"鲲鹏"青少年
科幻文学奖

第二届"鲲鹏"青少年科幻文学奖中短篇小说

合集

"鲲鹏"青少年科幻文学奖组委会　主编

中国大百科全书出版社　知识出版社

图书在版编目（CIP）数据

第二届"鲲鹏"青少年科幻文学奖中短篇小说合集 /
"鲲鹏"青少年科幻文学奖组委会主编 . -- 北京：知识
出版社，2024.1

ISBN 978-7-5215-0959-5

I. ①第… II. ①鲲… III. ①幻想小说—小说集—中
国—当代 IV. ① I247.7

中国国家版本馆 CIP 数据核字（2023）第 214764 号

第二届"鲲鹏"青少年科幻文学奖中短篇小说合集

"鲲鹏"青少年科幻文学奖组委会　主编

图书统筹	钱子亮	
责任编辑	钱子亮	
责任印制	李宝丰	
出版发行	中国大百科全书出版社 知识出版社	
地　　址	北京市西城区阜成门北大街 17 号	
邮　　编	100037	
网　　址	http://www.ecph.com.cn	
电　　话	010-68341984	
印　　刷	山东新华印务有限公司	
开　　本	710 毫米 ×1000 毫米　1/16	
字　　数	190 千字	
印　　张	21.5	
版　　次	2024 年 1 月第 1 版	
印　　次	2024 年 1 月第 1 次印刷	
书　　号	ISBN 978-7-5215-0959-5	
定　　价	78.00 元	

CONTENTS

+ 目录

甘屹立

长笛与白鸽

中短篇小说组一等奖《长笛与白鸽》颁奖词

一个被放逐的来自高维文明的柔弱女孩，一个在生存边缘挣扎的小提琴手，一种拥有神奇创造力的调性……作品用绵柔而不哀恸的旋律，谱写了两个迥然不同的生命相遇的欢歌与哀歌，昭示出爱和温暖拥有超越时空限制、消融文明隔阂的力量，是一篇借助科幻视角探讨人性与情感的佳作。

明净澄澈的阳光逦迤在台阶前，我悄悄推开厚重的门，清脆的脚步声独自徘徊在无人的房间中。墙壁上挂着几盏烛台，是我特意买来的。即使现在这种传统的老物件早已停产，但真实的火焰总是让人觉得更加安心。幽暗的屋子的正中央，是一个透明的灵柩，旁边簇拥着洁白的满天星，那是她最喜欢的花。她就这么安静地躺在棺中，脸上保持着温柔的表情，像是安详地睡着了一般。她穿着一件洁白的长裙，双手交叉叠在胸口，如同教堂里虔诚祷告的教徒。裙边是一支银白色的长笛，闪着朦胧的光芒。我取下挂在墙上的小提琴，轻轻将琴放在一侧肩上，贴着脸颊。琴弓如浮在云面的船，于纤细的弦上舒缓地游动着，细腻的情思从弓与弦的摩擦中流淌出来，再消散在空中。

我演奏着，就像她已经坐了起来，微笑着倾听我的琴声。我看见她把那支长笛横向嘴边，奏出协调的和声。她垂下眼帘，长长的睫毛因为乐曲的哀伤而挂上泪水。她的气息在细细的管腔中共鸣出鲜活的音符，一切幻想在柔和的包裹中苏醒。那是片羽，是彩霞，是烟波，是涟漪，是所有轻柔而易逝的灿烂春光。在她脆弱的梦中，也许还会有那群白鸽，她也肯定会是其中翱翔的一员，脱离肮脏的泥土，成为天空的使徒。

这个世界是她为我创造出来的一场梦——我依旧站在那座钢铁的龙脊上，看着她飞越沸腾的落日。在恍惚间，关于她和我的往事，似乎又翻腾在了那一湾褪色的江水之中。

果不其然，接到的又是一纸辞退通知。

即使我本身演奏技术不差，可比起那些专门被制造出来的仿生人，就要相形见绌了。仿生科技进军音乐领域并不是一件令人吃惊的事，毕竟随着模组芯片的发展，几乎一切工作岗位都可以被能力更加精确化的仿生人所取代。而那些被迫下岗的人呢，要不就自己找点门道去给机械工厂打打工，要不就整日瘫在家里等着岁月的腐蚀。这是我应聘的第七家乐团了，好不容易才挤了进来，但在演奏评比上，还是输给了那些没有思想的塑胶产品。实习期还没凑够就被赶了出来，领了一点钱，这浑浑噩噩的几个星期就像打了水漂一样度过。我唯一拥有的就是这把琴了，它还是之前我自己找人偷偷做的。路边的景色没有任何变化，下城区的生活就是永远在生死的边缘挣扎。即使科技发展到如今的地步，人内心的贪婪也依然是无可抗拒的洪水猛兽。阴沉的乌云笼罩在层层叠叠的钢筋水泥上，压在我的心头，坠得沉甸甸的。

我不知道自己为什么会走到这里来——这里是掩在城市背后的垃圾集中处理场。打的是回收利用的旗号，实际上却从来没有真正解决过污染的问题，只是把那些处理不了的渣滓都丢到城市的影子里，接着视而不见，任由城市继续向前发展。毕竟这里是下城区，没有人管，因此这里也是那些流浪者的"圣地"。不过从另一方面来说，就算停留在这里不走，也无人问津。

我跌跌撞撞地走着，将琴夹在右臂下。这个点应该没有多少人在了，四周静悄悄的，但我感觉到有几百双伺机而动的眼睛，正偷偷窥视着我。那些被拆解的仿生人肢体堆成一座座山头，有的芯片还未完全损坏，从太阳穴处的标识中传出微弱的光。突然，我被什么东西猛地绊了一下，地上的一个什么箱子发出沉闷的一声响动，我踉跄着勉强维持住了平衡。我在心里默默地骂了一句，本以为又是仿生人的残骸，想继续向前走去，却被若有若无的声音拖住了步伐——那竟是呼吸声。平稳而细微的呼吸穿透薄薄的纸箱壳，箱子里如同藏了一只受伤的小兽，躲在封闭的空间里寻求安宁。

似乎是被什么感召着，我不由自主地把纸箱上的盖子掀开。最开始还看不清楚，但很快我就意识到了一个事实：箱子里是一个女孩。她蜷缩在纸箱里，破烂的衣服包裹遮蔽着身体，正垂着头睡着。箱子外侧写了她的名字和年龄，才六七岁，让我想起出生不久就被遗弃在路边的野猫。我把琴轻轻放下，生怕弄出一点声响。我看着她，有一种陌生而熟悉的感觉。她的脸颊上还有没擦去的灰土，但她还是像含苞的莲花一样，在污浊中带着恬静。我突然感到，这个未曾谋面的女孩，好像和我已经认识很久了。

最终，我还是把她带回了家。至于到底为什么，我自己心里也不清楚。只是在见到她的面容的第一刻，我的思绪好像就缠绕到了她的身上。一种奇妙的责任感压到了我的肩上，本来已经失去生活意义的我似乎在逆流中攀住了一弯枝丫。我把她抱到自己的床上，又把一旁还算干净的衣服拉过来为她盖住身体。虽然这里不算舒适，但也比粗糙的纸箱好。女孩的身体是那么轻盈，她依偎在梦里残存的温暖中不愿醒来。

我走回那个窄小的桌前，打开一罐压缩食品。剩余的食物不多了，几乎撑不了几天。我叹了口气，又走过去把琴放回墙上的架子，稍稍抹去灰尘。几平方米大的屋子容纳不了什么，一张单子还斜斜地贴在房门上。不出所料，又是市政府贴的通告，声明这片区域要用来建工厂，请住户尽快搬迁云云。木门的裂缝中还塞着一张纸条，责令我赶快缴纳水电费。我把两张纸扯下，想了想，用来当作简陋的桌布。说好听点是拆迁，实际上也不过是一种掠夺。高高在上的官员不会施舍给我们任何补偿，这片下城区只会像主人偶然踏进的老鼠窝，那些生活在阴湿黑暗里的生物被发现后四处逃窜，销声匿迹，这样才能让所谓的阳光四下朗照。

她醒了，小心翼翼地缩在床铺一角，用我的衣服遮挡着她的身体。

"这是哪里？"

我走过去，她又往里挤了挤。

"我爸爸妈妈呢？"她小声地问。

我摇了摇头："刚才是我在垃圾场无意中发现你的。你这么小的孩子，我想，待在那种地方……也挺危险的，所以我就把你带回来了。"

我摊开双手，表明自己没有恶意。她眼中的恐惧减弱了一点，反而染上了一层哀伤。

"是他们把我带走的。"她的声音里带着哭腔。

我坐了下来，等着她继续往下说。

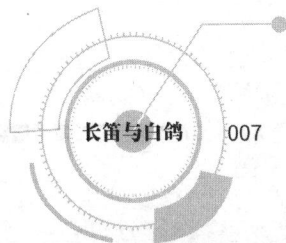

"我从来没见过他们……他们要把我抱走，爸爸妈妈拉着我的手，但他们给我打了针，我就不知不觉地睡着了。然后，我一醒来，就发现自己一个人待在那个纸箱子里面。我不想孤零零地待在那种地方，可我怕我走了，爸爸妈妈就找不到我了，所以我就一直待在那里。我真的好怕，可是我更怕见不到他们了……"

她哭了起来，抽噎的声音令人揪心。我从桌上端来半杯水，让她慢慢地喝下去。哭声渐渐变小了，她的身体还是一抽一抽的，泪滴浸湿了我的衣服。

我放平声音，柔和地问："好点了吗？"

她抽噎着点了点头，没有说话。

我走到墙上的架子旁，把小提琴重新拿下来。我架好姿势，在女孩的面前，轻轻揉起了弦。这首曲子叫《爱的忧伤》，是很久之前，科技还没那么发达的时候的曲子。绵柔而不哀恸的旋律在空气中漾开，她抬起头，仰望着我。舒缓的气氛弥漫在屋子里，她平静下来，一脸惊讶地看着我。我放下琴，冲她笑了笑。

"这是什么？好神奇啊！"

她眼里闪着光，羡慕地问我。虽然眼角还淌着泪珠，但她的注意力已经转移到音乐上来了。

"这是小提琴。我是个乐手，在乐团里负责拉小提琴的。"

话说到一半，我就重新想起了再次被辞退一事，嘴里不免有些苦涩。

"好厉害！我之前都没见过这种东西，之前……"她的声音沉了下去，估计是又想起什么了吧。我坐下来，把琴放在一侧，轻声安抚着她。

"你爸爸妈妈没有找到你，肯定有他们自己的原因。那现在他们不在，你也不能让他们担心啊，哭哭啼啼是没有用的，你应该坚强起来。"

女孩仰起脸，未干的泪痕反射着光泽。"嗯！……我不能让他们担心。"

"对了，你刚才说，是有人把你从爸爸妈妈身边带走的。你知道他们是谁吗？"

她呆滞了一下，脸上显出懊恼的神情："不，我不知道……但是他们好像一直都想把我带走。还有，这里也和之前住的地方不一样，不是环境不一样，而是……一切都不一样。"

"一切都不一样？什么意思？"

"我曾经待的那个地方，天上总是有很多飞来飞去的东西，也比这里的环境要好很多。特别是，所有人一生下来都会有一项特别出色的天赋，所以在那边，每个人都能找到与自己匹配的身份。但是我，我……"她好像想起来了什么，呼吸变得急促，仿佛在挣扎着，最终只是像呜咽一样憋出了一句话，"我是个'残次品'。"

"爸爸妈妈和他们解释说，我只是天赋没有被发掘，可他们却只是摇了摇头，什么也不听。像我这样没有用处的人，就不能待在那里生活了，然后他们就要把我带走，带到另一个地方去。我一醒来，就发现自己在那个箱子里面了。在箱子里的那段时间，我一直骗自己这是个梦，我以为，爸爸妈妈还会来找我的。可现在，我已经回不了家了……"

她压抑的情绪倾泻而出，沉重的精神负担让她开始咳嗽。我一时有点慌乱，一方面是不知道该如何安慰她，一方面是对女孩的身份感到惊异。在此之前，我从来没有听说过这样的事。我轻轻地抱住她，拍着她的背，让她渐渐冷静下来。

"没关系的，我一定会帮你回家。"

当这句话说出来时，我自己都愣了一下。明明意气用事的年纪已经过去了，却还是草率地许下了承诺。我放开手，坐在床沿平视着她。她的表情从不安变成了释怀后的疲惫，她在床上站起来，再一次抱住了我。她的眼里又闪着泪花，亮晶晶的。

"……谢谢你。"混杂着呜咽的感谢从拥抱中释放出来。

于是莫名其妙地，女孩就成为我生活中的一部分。

虽说我也才二十多岁，但为了解释方便，我就干脆和其他人说这是我的养女。她欣然接受了这段因偶然而产生的父女情，也从此叫我"爸爸"。黑暗无光的生活被突如其来的变故打破，她便自那缝隙中降临，寂寥的屋子里从此就有了值得守候的人。

话虽如此，但命运还是没有迎来所谓的转机。工作岗位像令人眼馋的佳肴被人瓜分，而那些跑得慢的人就只能舔舐残羹冷饭。命运不会是梦境中的斑斓，美好而令人遐想，那是有钱的上等人才能享受得到的。由于要多养活一个人，本就节衣缩食的日子更加难熬。一方面我因为主动做出承诺却未能给她一个好的生活而愧疚，另一方面则是无法理解自己为什么那天会如此轻率行事。即使现在，我也不能解释清楚这心里突然的善良是从何而来的，只能将其归为一种意外。

或许是女孩蜷缩的样子惹人怜爱，或许是我需要为生活找到新的支撑，这段邂逅自此改变了我的生活。就算一时找不到工作，我也会奔走四方，在永无光明的寒夜中点燃火焰；就算被吹灭了希冀，我也有才艺去乞讨，在街头拉琴就像个上了战场的战士；就算某天我没有收入，拖着疲惫的身躯推开屋门，我也会看见她小小的身影。明明已经困得快睡着了，她还是撑着下巴坐着，等待我回来。快烧完的蜡烛一明一暗地照亮她的侧脸，如同婴儿晃动的

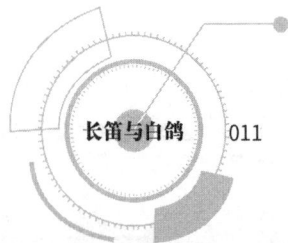

摇篮，奏响无声的安眠曲。

可每一天，我都过得那么惶恐。即使努力不去想现在的住所即将被强行拆除，但窘迫的日子仍紧追在身后想要扼住我的咽喉。上城区的人不会对下城区抱有丝毫怜悯，他们早已在纸醉金迷的生活中迷失了自我，最慷慨的慈善家也不过是在作秀，付出一点点可怜的补偿金，就可以心安理得地让我失去仅有的栖息之所。而这点装饰般的恩赐，最多不过是一个普通职员几天的薪水。我现有的积蓄根本负担不起其他的住所，却也只能自欺欺人地告诉自己，会有出路的。生活不断破碎，我看着扩张的裂缝延伸到我的脚下，视线破裂成流星，只能以力不能及的借口聊以自慰。

一天半夜，我悄悄推开门，生怕吵醒她，却发现她今晚格外精神。她坐在床沿上，两条腿快活地前后摆动着，手里还擎着一支管状的金属物。看见我回来了，她跳下床，赤着脚蹦蹦跳跳向我展示她的收获。那是一支银色的长笛，看上去被擦得很干净。她高兴地说，这是她捡来的。

"来，让我看看……你从哪里捡来的？"我接过长笛，精致的结构基本没有遭到损坏，看上去也不像是被用坏了丢弃的。相反，它通体呈现纯净的光泽，看上去鲜活而富有生命力。

"这是我在之前那个纸箱里面找到的！"她激动不已，似乎是在等待我的夸奖。

"那个你待过的纸箱？应该还在垃圾场吧，你怎么跑到那里去了？"

"今天无聊想随便逛一逛，结果就捡到了嘛。以后不会再去啦。"她大概是看见我想批评她不该跑到危险的地方去，便摆出了一副天真的笑脸。不过说回长笛，这样的一种乐器，倒还真是挺适合她的。

"那你的运气很好呀。这支长笛就归你了，你可以学着吹一吹。"我把它放回她手里。

"长笛？"她问。我这才想起来她还不知道这件乐器的名称，便向她介绍了一下。她看起来很开心，捧着它蹦蹦跳跳。我苦笑地看着她，双手叉着腰，这样的生活还不知道能持续多久。

"好了好了，先睡觉吧。"我拍拍她的头，让她冷静下来。她没有听话，反而想试着吹响这个新玩具。她把嘴唇靠近吹孔，当气息吹进笛腔的那一瞬间，轻灵曼妙的乐声跃进静谧的夜空。流淌的旋律汇聚在她的脚边，似乎化作了实体的幻想，缤纷绽放在单调的尘土之上。它抓着我的思绪，蕴藏着爆发和创造的力量。我一时之间说不出话来——笛声仿佛有一股摄人心魄的魔力，让人心醉神迷，不知身在何处。眼前的一切开始变幻，甚至连触感都随着

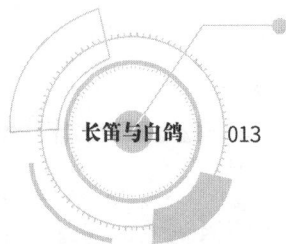

黏稠的视线改变。这时我突然想起她所说的"天赋"——在她原来居住的地方，每个人生来就有各自的天赋。

她放下笛子，露出一副迷惑的表情。我能猜到她在想什么，毕竟她本身是因为缺少天赋而被放逐的，但此时却突然被触发了一种特殊的能力。她又拿起笛子，仔细端详了一番，也没有发现什么特殊之处。我蹲下来，揉了揉她的头发。

"这种神奇的力量，你也感受到了吧？也许'音乐演奏'就是你的天赋呢。"

她沉默着，眼神复杂地看着我。

"爸爸，既然我有天赋，是不是就代表我能够回去呢？"

我点点头："如果你的能力足够出色，我相信那些放弃你的人肯定会回来找你的。"顿了顿，我又保证道："我也会让你回家的。"

她开始练习长笛，每天盘腿坐在床上呜呜地吹。她对于这种能力的运用逐渐变得熟练，那天晚上的效果也没有再出现过，笛声只是隐隐蕴含着能量。即使当天都没吃什么，她也会把仅剩的一点食物留给我，说我辛苦了。她说，她每天吹着吹着，就不饿了。那样的生活很苦，在迷雾中我的火炬被轻易地扑灭，只靠做钟点工那点微不足道的收入过活，还要分心注意是否有关于她的线索。终于，赶在房子被拆除之前，我找到了一位据说了解这种事情的老人。

攥着这些天打工攒下的钱，我敲响了一扇门，松动的门轴吱呀地转动，木门背后出现一个佝偻的老头。屋子里并不大，除了床和书桌外就是几排古朴的书架，上面摆满了我从未听说过的书籍。说明来意后，我向他描述了女孩曾居住的地方的特点，询问他是否知道些什么。他挠了挠满是胡茬的下巴，脸上的皱纹挤成一团，然后晦暗的眼珠终于闪过了一丝光芒。他说，那个地方是一个名叫"雅典娜"的星球。站起身来，他在书架上翻翻拣拣，随后搬出了一本厚重的图鉴。书页早已泛黄发脆，翻过大半本书后，我终于看到了那个渴盼已久的名词。

"雅典娜"实际上是一种高等文明栖居的星球，它的名字来源于希腊神话中的智慧女神雅典娜。书上写到，这种高等文明已经完全掌握了生命的构造，因此他们会使用奇点技术对生命体的基因进行改造，从而促进自身文明的发展。由于是远离人类文明的高等文明，因此书中对他们的记载也不甚详细，只是粗略地介绍了他们的发展历程以及所掌握的奇点技术。除去一些可能杜撰的段落后，剩下的部分都和她说的大致相同。我心里有些激动，觉得自己之前所做的判断并没有错，只要她的技艺足够高超，"雅典娜"的住民肯定会回来找她的。

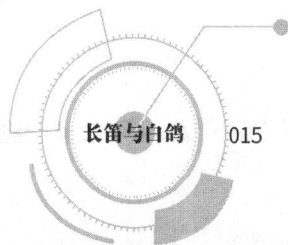

我又提到了那天晚上，她的笛声所表现出来的那种具有强烈意味的能力。老人没有说话，在书架前踱步，像是在盯住书脊上的每一粒灰尘。他从另一排书中抽出一本手写的册子，打开一页，摊开在我的面前。

　　"这应该是泰欧调。"

　　我低下头，秀丽的字体映入我的视线。

　　"所谓泰欧调，便是众多调性中最具有创造力的一种。这里的'调性'并不出自乐理，而是一种技法和气息共同表现出来的能力。不同的调性在演奏的时候会产生不同的效果，但由于能正确表达调性的人不多，因此这项能力也鲜有人知。

　　"其中，泰欧调以其难以表达、能量充沛的特点而被称为'难以言喻的侵略者'。如果演奏者本身意志非常坚定，那么当他运用泰欧调时，甚至可以创造出想象的物体，但演奏者本身的精力也会被大量消耗。由于这种调性蕴含的力量实在太过于强大，所以通常会受到统治者的禁止，甚至因此而驱逐那些能够运用它的演奏者。"

　　手指微微颤抖，我感受到喉头的哽咽，上颚也开始刺痛。我把本子推了回去，站起身来，无言地把已经揉皱的纸币放在他的桌上。背过身去，不甘心的眼泪悬在我的眼角，无奈而愧疚。老人咳嗽了几声，用食指敲了敲桌子。回头时，我才发现他右侧太阳穴上的仿生人标识。

"小伙子，把这点钱拿回去吧。都是下城区的人，没有那么计较的。"

他顿了顿，又说："我曾经，也有过一段美丽的邂逅……"

烟霾晦暗的云割裂了流苏，长笛的乐声在寂寞的夜空下洒满一地，像是明亮的月光。我走出冰冷的海，长而遥的笛声，从银河尽头洒落，破碎成满地的光阴。淡黄明净的光是遥远的天梯，从暗影重重的一端延伸到我的身前。我突然对这澄亮感到无限乏力，就像刚知道无论自己如何努力也不可能见到上城区的霓虹时那样，对于未来只有迷茫和不甘。兜兜转转，最终还是什么也做不了。

回到家时，她已经睡着了。我想叫醒她，告诉她我所知道的真相，但最终只是把秘密埋在心里最寂寞的地方。我为她掖好被子，自己也躺在床的另一端。似有似无的星点落在我的梦里，而当我睁开眼时，只有破旧的屋顶。

然后，那一刻还是来临了。

她抱着我，全身发抖，看着眼前的房屋被夷为平地。庞大的黑色轮廓毫不留情地把幻想的泡沫戳碎，瓦砾的碎片溅射出来，刺耳地在地上滑行了一段距离，随后停在了脚边。昔日坚硬的墙壁像儿童的沙堡一样崩塌，毁灭的潮水淹没了眼前的建筑。那还是先前的家吗？它已经变成

齿轮下的碎屑，被卷入钢铁的旋涡。她把脸紧贴在我的怀里，我听见她的呜咽声。她问我，怎么办，怎么办，怎么办……我不知道该如何回答，那张通告上黑白分明的判决，终还是在刹那间追上了我。我双目无神地摸着她的头，对她说："我们没有家了。"

她的双手抓着我的衣摆，似乎在强忍着哭泣。所有曾经徜徉于美好中的想象揪着我的思绪，把心扯成一片片的，留下一地狼藉。

我抬起头，看到她的眼睛里流转着泪水。

她说："爸爸，我们去流浪吧。"

城市的路旁不会有鲜艳的花朵，机械的自然被人为修剪成可供欣赏的艺术。我走在前面，她走在后面，夕阳迤逦，把我的影子拖得很长，然后两个影子就重叠在了一起。我提着一个袋子，里面装的是仅有的一床被子和我的琴，还有一些吃的。她左手还是握着那支长笛，右手抬起，让风亲吻着她的手指。她身上穿的是我的另一件衣服，有点大，裤腿都拖到了地上。可是她还是哼着歌，声音也和余晖一样，拉得很长。

说是流浪，但又能去哪里呢？我没有方向，就像钢铁森林间迷路彷徨的旅人，她也踩着我的脚印，亦步亦趋地向前。丧失归宿的吉卜赛人终于只剩下了迁徙的技能。

这时候，我突然感觉自己很渺小，连自己的脚步声都听不到。我努力地在这世界上留下自己的痕迹，可只要风一吹，仅有的回忆和眷恋也都消散了。寂静中的响声被我留在身后，就算是风也不会停驻。

笛声像靠近耳畔的呼唤，把我的衣袂扯向她的方向。我回过头，看见她一边走，一边稍稍低下头吹着长笛。宽大的衣摆和着笛声，就像舞台下摇晃鼓掌的手。她的眼帘低垂，将视线与心情都付与呼吸。我没有说话，怕打扰她的沉思，又继续向前走去。

我走上一座跨江大桥，看到被夕阳染得滚烫的江水热得泛红，翻腾着迎接坠落的太阳。落日熔金，剪成拼图的云融进苍穹，由金黄渐变成正红。天际线开始燃烧，把天空和江面混成一色。辽阔的火焰散射着无穷的光芒，流转过我的身边，把影子扯得悠长。她停在桥的中央，放下了嘴边的笛子，转头看向模糊的地平线。我停下脚步，站在她的身旁。

江水边是一片鹅黄色的沙滩，静静袒露着怀抱。几只白鸽停驻在温暖的沙地上，洁白的羽翼在高饱和度的背景下并不突兀。这一刻天地或许不算宁静，可停留在那一刻，连时间也被无限拉长，一切静物都维持在最好的时候。江面似悠扬的琴声，平缓下来，舒展着波澜与霞光。银色的浪花上跳着纯洁的泡沫，拥抱着江底泛起的潮湿与

凉爽。水流像半融化的手温柔地按着桥下的琴键，涌出深沉的诵鸣。她再次吹响长笛，那柔软的共鸣就重新萦绕在了她的身旁。钢铁的大桥似乎变成了虹色潋滟的河流，她漂浮着站立在流光溢彩的音符上，不合身的衣服也变成了纯白的礼裙。我看见她收获了无数的鲜花和掌声；她会扶摇直上翱翔天际，而现在的她却只有流浪的生活。白鸽衔着旋律，到她的面前，掠过她裙边的那一瞬，我还以为看到了极光。

她看向我，脸上已有淡淡的泪痕。放下长笛，她说："爸爸，我多想变成一只白鸽啊。如果我是一只白鸽，我就可以飞到高高的天空上去。我会看到好多星星，它们都朝我眨眼睛呢。还有白白的云朵，它们会很软和吧，毕竟，从地上看，它们给人的感觉就是这样的呢。"

她说着，眼中又噙满了泪水。

"但是啊，爸爸，如果我真的是一只白鸽，那我就见不到你了吧。我……"

她吸了一口气，却平静不下来，双手捂着脸说不出话，指缝间有泪滴滚落在灿烂的夕阳余光中。

我蹲下来，把她抱在怀里，让她把头靠在我的肩上。

"如果你是一只白鸽，那怎么会看不见我呢？因为我会一直等着你，等着你回来。当你飞累了，你就回头看看，我就在你的身后。不用怕，当你终有一天飞上天空时，我就会是地上的一点，将与山河一同仰望着你。"

我听见音符敲响了清脆的星，然后璀璨就铺满了天空。她的泪缀在我的肩头，我背着她，朝着没有尽头的路途走去。

白天，我们就顶着太阳；夜晚，我们就披着星辰。累的时候，我们就随便找个地方，席地而坐，吃点挣来的或讨来的东西。为了节省，每天也就吃一顿，连一个罐头都可以分两天吃完。我也不知道自己是哪儿来的力量，但总有种悲壮的音乐在胸中响起，似乎在告诉我，只要一直走下去，就能到达，无论何方。

她变了，几乎在一天之内，就已经换了样子。原本乌黑的头发变得干枯，脸也苍白得不见血色。她比之前更轻了，就像被虚无啃噬得只剩下了骨架和灵魂。她缄默着，视线空荡荡地飘向远方。我每天背着她行走，她手里总会紧紧地握着那支长笛。我不知道她得的这是什么疾病，也不忍心看着她如此受苦，只能每次吃东西的时候都给她多分点。可她却用那双水灵灵的眼睛看着我，又把食物推回来，说："爸爸，你每天走路都很辛苦吧，你应该多吃点。"

她趴在我的背上，我能听见她的心脏在和我的心脏一同跳动。都快忘记这是流浪的第几天了，眼前的世界浓缩成了脚下的路，和背后的她。我们要去哪里呢？我们

还能去哪里呢？无数的问题挤在心里，而我只能强行无视它们，只专注于迈出的每一步。每当我感受到她的重量时，总是会不由自主地开始焦虑，她就像一个小雪人，逐渐在我的背上融化。

我不停地走，走路已经成为我的习惯。我一直在走，因为只要我一停下来，那些迷茫和无助就会追上我。所以我走啊走，走啊走，将每一寸晨光都抛在身后，她伏在我的背上，每一秒生命都在流失。幽幽的笛声传来了，如同洁白的月亮河中漂着一条摆渡船，我持着桨，奋力划向声音出现的地方。先是一条极细极细的线，周围再渲染出色彩，缝隙不断扩张，如拉链一样剖开眼前的世界——

终于，我到了。

当我踏进这里的时候，一切忧伤和烦恼都不复存在。这里没有饥饿，没有流浪。这里的一切都是鲜艳的橙色，像是不切实际的梦的角落，而我是误入桃花源的渔夫，吸吮着它的美好。树叶是朦胧的玻璃，河水是醇香的美酒，花瓣是浪漫的香熏。很多的人，不是仿生人，不是穷人，也不是富人，他们衣着不同，他们地位平等。我问那些人，这里是哪里？

他们说，这里是乌托邦。

他们很欢迎我们，很快我们就在这里定居生活了。

这里的物品是免费共享的，不会有人兜售牟利，也不会有人恶意坑骗。他们给我们找了一间屋子，比之前的房子大多了。我们的生活不再拮据了，再也不必为温饱而奔波劳神。在这里人工智能是为人类服务的，而不是用来盘剥底层民众的工具，因此再也不用担心找不到工作了，况且，就算不工作，在这里也能很好地生活下去。

可她，还是独自离开了。她走的那天，身体已经很虚弱了，但晚上，她又突然精神起来。

"爸爸，爸爸……"她躺在她的床上，轻声呼唤着我。

我连忙走到她床边，俯身查看她的情况。她握住了我的手，示意我靠近一点。

"爸爸……谢谢你让我做了这样的一个梦。"她呢喃着说。

"能生活在这种地方，是我从来没有想过的事情呢。这里的人都那么好，你也不用那么辛苦了。爸爸，你应该会很高兴吧？

"我每天都会吹笛子，每次我吹笛子的时候，就开始幻想如果有一天，我和你能够幸福地生活在一起，房子也再不会被收走，那就好了。看来，肯定是天上的星星听见了我的愿望，才把我们带到这里来的。爸爸，你知道吗？有时候我也很怕。我怕哪一天，你也离开我了，我就只能

重新回到那个箱子里面，一个人待着了。所以，我真的很感谢你，感谢你能收留我这么久。虽然最后还是没能回去原来的地方，但我想，这也足够了。"

我的脸上早已淌满了泪，喉咙被千言万语堵塞。她艰难地举起瘦骨嶙峋的手拂过我的面颊，为我擦去眼泪，然后继续说着。

"爸爸，你别哭啊。现在多好啊，以后没有了我，你也要好好生活。那天站在桥上，我就觉得，我下辈子肯定是只白鸽。我想飞的时候，就可以飞到想去的地方。你知道吗？我当时还觉得，我肯定会是一个像爸爸一样的音乐家，我会穿着漂亮的晚礼裙，在好多人的音乐厅里表演。但是现在肯定实现不了啦，况且，本来从一开始，我就是自作主张地闯入你的生活的。给你带来了这么多的麻烦，最后还让你伤心，我一定不是个好女儿吧。"

她说着，声音越来越小，脸上却浮现出浅浅的微笑。看着她的笑容，我却根本笑不出来，眼泪像满溢的洪水滴落在她的床单上。

"我才没有埋怨过你呢。明明一开始，就是我主动把你带回来的啊。我当时根本不想活了，只想找个安静的地方去死好了，没有人在意我，也不会有人关心我是否还活着，我的生活就像一堆没人理会的废铜烂铁。可是当我在垃圾场遇到你，当我第一眼看到你的时候，我就突然有种感觉，我必须得救这个女孩。

　　"那时候我每天都活得浑浑噩噩的，都不知道自己干了些什么，然后睡一觉起来又重复灰暗的生活。但是看见你快乐的样子，看见你对于生命永远都抱有希望的样子，我无意义的人生就有了新的色彩，所以我才能坚持下来。每次我想放弃的时候你都在我的身边，我就想，再努力一下吧，再努力一下吧。

　　"你从来不是我的麻烦，相反，你才是那个拯救我的人。明明是你，是你用你的笛声，给了我一个美好得近乎虚假的梦啊。可是现在，我们好不容易走到这里了，你却，你却……"

　　其实我已经知道我们能来到这片乌托邦的原因——"泰欧调具有强大的创造力，但在使用时，演奏者本身的精力也会被大量消耗"——她用笛声，为我创造了一条不可能的路。而我，却自私地享受着这一切，在她弥留之际，才像希望得到救赎一样痛恨自己。

　　我控制不了我的表情了，面部的每一块肌肉都在痛苦地扭曲着，我抱住头，在她的床前压抑地哭着。她想坐起来，但是不行，只好侧过身子来拥抱我。她瘦弱的手臂挽上我的肩头，另一只手臂绕过我的脖子，她的额头贴着我的额头，似乎想帮我减轻一点悲痛。

　　我呢喃着向她道歉："对不起，如果不是为了我，你

本来可以活下来的……对不起……"

她轻声低语道：

"爸爸，这是我自己的愿望啊。捡到这支笛子的时候，我许了两个愿望，第一个愿望就是希望你能高高兴兴的，再也不用因为生活而到处跑了。所以爸爸，不要责怪自己，这是我任性的结果啊。

"不过，爸爸，我还有一个愿望，就是在我死后，把我埋在我出生的地方。虽然我再也见不到他们了，但那里是赋予我生命的地方，我想，我也应该回到那里才对。

"爸爸，如果人生能再来一次，你一定要找到我啊。"

她也哭了，眼泪滑过她的脸颊，与我的眼泪滴在一起。月光照在她的身上，就像为她画了一双翅膀。寂静的晚风围绕在她的腰际，那支长笛放在她的枕边，就像每一晚都与她共眠时一样。我想说，你飞吧，要飞得远远的，但她停在我的肩头，依偎着我的体温。过了许久，她才展开新生的羽翼，在微风中翱翔。

我放下琴，她的脸是那么熟悉，可那些鲜活的、生动的表情似乎又离我很远很远。她平静的脸似乎是在向我告别，而我也知道，今天，就是第二次和她永别的日子了。我低下头，对着她致以最后的默哀。走出门外，一架银色的飞船如约而至降落在地面上，前端的探照灯收回顶部，周围扬起细碎的沙尘。一面舱壁向外打开，又推至两侧，两个身着机械防护服的人类就从门中走了下来。看到我后，他们互相交换了眼神，小步跑了过来，其中一位将面前的保护罩关闭，又摘下了头盔。

她眼角的皱纹中噙满了泪水，汗湿的头发粘在她的脸颊一侧。她握住了我的手。

"艾斯先生，按照那封信上的约定，今天……今天就是我们带走女儿的日子，没错吧？"

就在几天之前，我在桌子上发现了一封通过全息投影发送来的信。上面说他们就是女孩的父母，最近终于发现了她的踪迹，希望能够将她带走。当那些信息映在墙壁上时，我内心里先是激动，再是悲哀，最后涌上一缕如叹息般的无奈——她很快就能回去了，这一直都是她的愿望，我本该为此而高兴的；可我一方面悲哀于她的父母只能得到一份噩耗，一方面又感到无奈，这一天竟来得这么快。我只能指尖颤抖着写下回复，就像是心里最宝贵的一块被生生地剜了下来。我的灵魂变得空洞，有孤独的絮语在里面徘徊。告诉他们女孩在这里发生过的一切后，我同他们约定了见面的时间。于是此刻，就是离别的时刻了。

我避开了她炙热而渴求的眼神，这份沉重的希冀让我心痛："是的，她现在就在里面，请进吧。"

他们终于见到了阔别已久的女儿，却已天人两隔。他们站在生命涌潮的对岸望向自己的亲生骨肉，而后命运

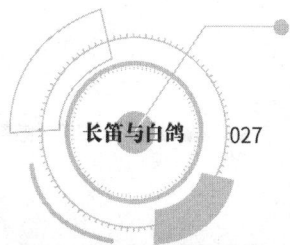

的潮水退去，寂寥的岸滩上只留下了她小小的遗骸。

不知过了多久，时间就像浓稠的湿沙翻滚过泥泞的思绪。我开口了："她很喜欢音乐……其实她的天赋，就是音乐演奏。可正是这个天赋，才给她带来了这样的不幸。她所擅长的调式正是最有创造力的泰欧调，这种力量为统治者所忌惮，因此她才会被强制性地驱逐。"

我的声音也有些颤动，声带因为缺少滋润而如断弦般嘶哑，似乎此时告诉他们一切的真相才是最残忍的事。

女人稍稍抑制住情绪："但是，她才这么小……"说到一半，她就再也发不出声音了。她扑在男人的怀里，呜咽着宣泄内心的痛苦。

"我们都以为她是因为缺少天赋而被带走的，没想到，是这种理由。不过既然已经是这种结果了，把她安葬在她出生的地方，想必是会被允许的吧。"

男人将自己的头盔取下，我看清了他眼里的柔软和忧伤。他也不年轻了，很明显的法令纹延伸在鼻翼两侧，眼睛如深邃的玉石一样有着微露的光泽。我不知道在目之所及的天空之外，岁月的流速是否仍旧一致；也不知道他们为了这次重逢，走过了多少颗星辰。他们驾驶着一艘飞船，怀揣着仅有的思念，游弋在连绵的星海中。终于，他们看到了那唯一的光。他望向我，深深地鞠了一躬："谢谢你对我们女儿的照顾。现在，我们就要带她回家了。"

他抬起右臂，按下了防护服上的几个按键之后，一个无人机形状的智能机械便从他身后的背囊中飞出，停在女孩的灵柩上空。它的底部伸出几条弯曲的抓手，爪子末端的吸盘轻轻吸附在灵柩表面，平稳地将它抬了起来。随着它的升起，女孩的侧脸逐渐被阻隔于我的视线之外，然后灵柩被缓慢地移向舱门。男人对着女人打了个手势，也走向外面。女人回头看了看我，又向我走来。她的两只手握住了我的两只手。

"真的非常感谢你……我看到她身边的那支长笛了，其实，我们也是通过声音才能定位到这里的。现在想起来，那种声音，应该就是笛声吧……"

她的掌心传来微微的暖意，感恩的话语随着体温流进我的脉搏。虽然他们来自遥远的高级文明，我们的年龄、身份、思想可能都各不相同，但无论怎样，爱和温度都永恒不朽。她的眼睛像一潭静谧的湖水，包裹着失去挚爱的伤痛。我想起了女孩的眼睛，也是如此安静，却倾诉着无限的话语。她松开手，后退了几步，才转身回到男人身旁。

飞船开始启动，在气流环绕中，它乘着风脱离了地面。人造鲲鹏张开了它的阔翼，躯体扶摇直上，磅礴的气势翻卷着天边纯洁的云。它的轮廓勾勒在苍穹的画板上，朝着深空轰鸣，留下越来越淡的一点残影。我用注视为他

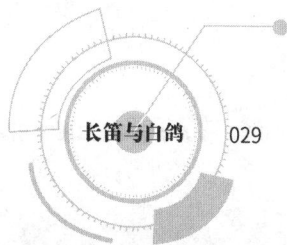

们送行，直至再也看不见踪迹。

闭上眼睛，美好绚烂的阳光滋润着万物，仿佛所有的过去都封锁在了回忆的彼端。一只白鸽落在我的肩上，它转头看着我，好像有一种情愫连接着彼此。望着它轻柔的绒毛，我笑了，因为我觉得，好像和它认识很久了。

我把它举过头顶，白鸽鸣叫了几声，随后便在晨曦的微风中张开了翅膀。微风摇曳着树下的光斑。它洁白的羽翼在风中鼓动，高傲的头颅逆着风，载着我的目光一同飞向远方。它翅尖划破风的声音就像来自回忆的告别。

只不过，这只飞走的白鸽，不再有笛声陪伴。

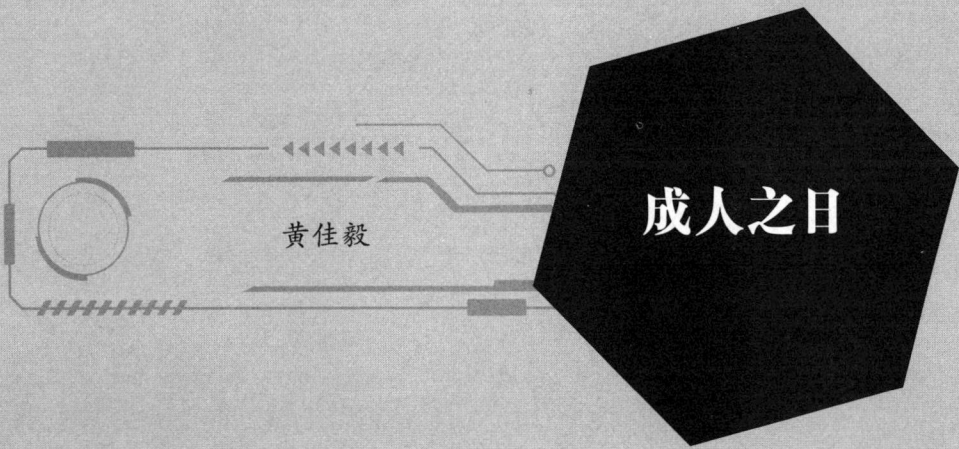

黄佳毅

成人之日

中短篇小说组二等奖《成人之日》颁奖词

一个名为安娜的仿生人为了拯救病重的主人，不惜盗窃军用科技，最后主动牺牲自我，让主人借自己的身体复活。作品通过双线叙事策略，对仿生人与自然人的关系进行具备细节可信度的建构，并引发读者对进化伦理的思考。

一、舞者

曼妙的钢琴曲在富丽堂皇的宅邸中奏响，交错的音符胜似涓涓溪水。乐曲是拉赫玛尼诺夫的《第三钢琴协奏曲》，演奏者是家政机器人安娜，她面无表情，指尖以离奇的频率在琴键上跳跃着，教科书般的动作没有哪怕半毫秒的误差。对于普通的听众而言，演出是完美的，像是在试卷上写下了参考答案的优等生，无可指摘。但自幼学习钢琴的格蕾特并不这么认为，她觉得音色过于冷峻，即使指法行云流水，却无法展露出任何激情。

乏善可陈的演奏持续了数分钟，作为听众的格蕾特

没有说话，她静静地望着窗外，寂寞得像睡着的婴孩。格蕾特是渐冻症晚期患者，全身上下无法活动，只有食指能够勉强在电子屏幕上打字，文字又转为人工语音传达给安娜，安娜负责照顾她。

五年前，格蕾特在世博会上买下了安娜。

安娜是吉祥重工出品的家政机器人，作为公司的拳头产品参加展会，拥有当时最先进的拟态皮肤、合金纤维骨骼跟上万个内置微型感应器。两人的相遇有些巧合，世博会之前，格蕾特得知自己患了不治之症，想在死前环游世界，路过世博馆时，被展台上有着洋娃娃面孔的安娜吸引，当场豪掷千金，从一堆老男人手里抢来了安娜。对于老牌贵族的遗女格蕾特来说，这点钱只是财产的小小零头。之后，她干净利落地裁掉了原来的仆人。

"您还想听什么曲子？"

安娜的语调温柔体贴，乍听上去像是十五六岁的少女。

"不想，你的手弹不出动听的乐曲。"

残酷的电子合成语音从格蕾特身旁的音箱传出。

"需要我去端来您最爱吃的葡式蛋挞吗？"

"不，我今天不想吃蛋挞。"

说起伺候格蕾特，所有仆人都感到头疼。其中最难忍受的便是格蕾特反复无常的性情。她吩咐仆人削水果，然后在一分钟之后突然失去食欲；想要喝红茶，在仆人端上红茶后又突然要改吃蛋挞。许多人受不了，难免表现在脸上，这个时候，格蕾特就会大为恼火。在安娜来之前，没有哪个仆人能够坚持超过半年。

"您现在一定想喝柠檬汽水，对吧？"

安娜面带微笑，她的微表情经过精密计算，不至于太粗鲁，也不会太轻佻。

"还是你懂我。"

"不瞒您说，我总是有备用计划，格蕾特小姐。"

安娜的自信，来源于她内置的生理扫描仪。扫描器能够即时跟踪格蕾特的情绪波动、心率、汗液分泌以及全身的热量分布。在格蕾特提出某种需求时，安娜会对格蕾特的生理指标进行记录，统计出每种情况发生的概率，再采用神经网络进行决策。

"安娜，为我跳一支舞吧。"

格蕾特调高了电子躺椅的靠背，对端上汽水的安娜吩咐道。

古宅里响起了柴可夫斯基的《睡美人圆舞曲》。

安娜托起红色的裙摆，颔首致意，踮起脚，随着音乐翩翩起舞。她的身体无比柔软，仿佛每个关节都拥有生命，协调性超过迄今为止的任何人类舞者。靠在躺椅上的格蕾特露出了满意的神情，她依稀记得，安娜刚到来时，

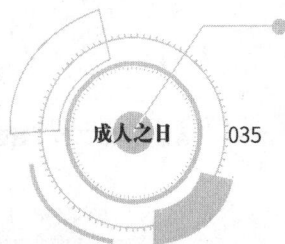

行动缓慢，反应迟钝，除了漂亮的脸蛋一无是处。为了让安娜变得更灵活，格蕾特从特殊渠道订购了大量器械元件，这些装备极大地增强了安娜的灵活性。虽然非法改造违反《玛萨斯武器交易法案》，但格蕾特压根没有放在心上，倒不是因为"机器人三原则"的约束，而是她根本不相信笨头笨脑的机器人女仆会掐死自己。

然而，如今的安娜也已经不再"笨头笨脑"了。至于为什么，这就要追溯到格蕾特某次心血来潮的举动了。当时，瘫痪在床的格蕾特迷上了编程，某次通宵劳碌后，她发觉安娜站在自己身后，盯着屏幕发愣。格蕾特萌生了一个有趣的想法：这家伙该不会对编程感兴趣吧？这个想法就像潘多拉魔盒，彻底改变了安娜的命运。

格蕾特为安娜更换了最新的芯片，下载了学习程序。安娜学得很快，虽然一开始错误百出，但经过一段时间的迭代后，她的学习周期越来越短，很快便能执行一些软件公司的外包工作，甚至迷上了突破别人的防火墙，这让她有机会充分施展算力。

由于能够使用互联网，安娜培养起了各种古怪的爱好，她经常看哲学书，喜欢听摇滚乐，对人类的进化史也颇感兴趣。格蕾特毫不怀疑，现在的安娜不仅具备掐死自己的物理能力，也具备了掐死自己的思想武器，比如说结束人类对机器的奴役云云。与格蕾特幻想的不同，安娜仍旧尽心竭力地伺候格蕾特，从未有过忤逆之举。从去年开始，安娜代替格蕾特出席了一系列慈善活动。大多数贵族子弟没有见过格蕾特本人，习惯性地把安娜当成了格蕾特。安娜表现得很好，从没露过馅，她具备得体的言谈跟良好的教养，简直比格蕾特更像一名大小姐。久而久之，安娜似乎真的成了格蕾特。

安娜优雅的身姿随音乐一同静止，她弯下半截身子朝格蕾特行礼。

"啪，啪，啪，啪……"

格蕾特因为没法鼓掌，输入了一排拟声词。

望着安娜圆润的娃娃脸，以及由人造真皮与活性复合皮组成的长腿，格蕾特感慨万分，她回忆起了自己的青春岁月。现在瘫在床上的她，失去了邂逅美好的资格，无论身材还是容颜，都在日益凋零。在安娜代替格蕾特参加慈善晚会后，不少名门望族上门提亲，虽然被格蕾特以各种理由婉拒，还是令她本人感到嫉妒。人们觊觎自己得不到的东西。贵族子弟们十分仰慕这位孤高的大小姐，这让正主格蕾特所剩不多的虚荣心得到满足，虽然这份名声并不是来自她本人，但就这样维持下去也没什么不好。

"安，我想让你继承我的财产。"

格蕾特缓慢地输入了文字，艰涩的合成语音响起。

"继承财产？"安娜面无表情，只是淡淡地应对道，

"根据《联邦民事法案》第三十一条第六款，财产继承人不应指定为非人类，恕我无法接受您的好意……"

"把钱留给你的方法要多少有多少，我不在乎法律问题。"格蕾特打断了安娜的话，"重要的不是这个，重要的是你需要具备运营这笔财产的完整能力。"

"可您为什么要这么做呢？"

"安，你跟了我这么久，应该比谁都清楚我的身体状况。"格蕾特操纵躺椅，来到了洁白的窗沿前，透过窗户，她望着枝头上残留的山茶花，眼皮微微颤动着，黯然神伤。

"您的身体状况很稳定。"

漫长的迭代，使安娜学会了撒谎。

"你要成为我。"

格蕾特坚定地敲出了这行字。

二、悍匪

清晨，正在睡梦中的李维斯被电话吵醒。昨夜并不太平，有个悍匪袭击了当地的一所军方实验室，局长要求他马上赶回去。李维斯在心里狠狠痛骂着局长，顾不上吃早餐，瞪着布满血丝的双眼赶往警局，到达时比以往早了一小时。

搭档杰克比李维斯来得更早些，他正吊儿郎当地坐在审讯室，戴着一副黑色耳机，仔细记录着录音里的信息。李维斯往单面镜里瞥了一眼，里面坐着一位身材瘦弱的中年秃顶男性，他的脸色难看得像死人，审讯他的是重案组里唯一的女警凯丽。

"那个可怜蛋就是悍匪？"李维斯点了一支烟。

"你说纽曼先生？他是目击证人。"杰克摘下耳机。

"留活口的悍匪可没什么了不起的。"

李维斯将烟头丢进垃圾桶，一屁股坐到杰克的办公桌上。他打开桌角的全息投影，让案件现场的建模投影在对面墙上。这些 3D 影像是早些时候机器人采集来的，刑侦机器人问世后，维护现场跟收集证据变得比以往容易许多。年轻的警察甚至懒得去现场，只有老刑警保持着事必躬亲的习惯，而李维斯似乎是老刑警里比较叛逆的那个，他很善于借助科技的力量破解难题。

"实验室的正门全是弹孔，地上还躺着两具哨兵的尸体，犯人是正大光明进去的。"李维斯放大了投影的局部，转而研究起实验室的内部结构，"监控室被炸开，里面的东西全坏了，现场还有电磁脉冲炸弹的碎片。三楼有一具执法者 T80 的残骸，大量的碰撞痕迹跟刀疤，怎么回事，机器人拳击赛？好吧，但是现在问题来了……"

"哪里不对劲？"杰克撑着脑袋，睡眼惺忪。

"什么样的畜生能报废一台执法者 T80？"李维斯苦笑道，"T80 可是最先进的警用机器人，按照军方的作战标准设计，打一场局部热战都绰绰有余。"

"或许对方是人类？"杰克望着审讯室里的凯丽，心不在焉地说道，"T80 受到'机器人三原则'的约束，无法攻击人类，只好干站着挨对方一顿打。"

"不可能。"李维斯皱了一下眉头，将全息视角集中到 T80 残骸附近，"三楼的地板上有深深浅浅的脚印，仔细看左边这个，它的尺寸跟 T80 的脚掌对不上，明显小上几码，乍一看像是人类脚掌，但力量却足以使地面凹陷，如果用 AI 逆向解算，对象的体重至少有半吨以上。除非悍匪是相扑冠军，否则就是个机器人。"

"从强智能型的批次开始查起吧。"杰克仍然无精打采。

"那个机械悍匪到底偷了什么玩意？"

李维斯挪下桌，往自己的马克杯里丢了一小包速溶咖啡。

"似乎是某种军用试验品。"

"这么厉害？"李维斯往杯子里加水，"要我说，真是军事机密的话，安全局的大爷们估计早就来了，要么就连安全局也不清楚。"

"安全局跟军方的关系并不好。"杰克补充道。

两人亲切谈论其他执法部门的时候，审讯室的大门打开了，凯丽抱着一沓文件从里面出来。凯丽半年前才刚刚入职，她的心肠过于仁慈，不擅长威逼利诱，她告诉李维斯，里面的证人急需一位心理医生，这个说法令李维斯差点气晕过去。

李维斯决定自己上，他吩咐杰克关掉监控，然后气势汹汹地杀进审讯室，把手中的文件甩到纽曼先生脸上，告诉他这是认罪书，赶紧签了了事。可怜的纽曼先生被李维斯吓得够呛，竟然掉起了眼泪，呜呜咽咽地解释说自己只是监控室的保安。

"监控室被炸了，你还活着，没有人比你可疑。"

"我听见枪声就跑了，那家伙可干掉了两个哨兵！"纽曼先生十分委屈。

"搞不好是你自导自演，你看清楚那家伙的长相了吗？"李维斯不为所动。

"他的速度很快，我看不清，应该是个机器人。"

"你觉得他是机器人？"

"他看起来像人类，但比人类敏捷得多。"

"说说看，你们实验室里藏着什么宝贝？"

"我不知道，他们说是机密，某种药剂，注射后能让士兵变成超人。"

纽曼先生磕磕绊绊地说着，正当李维斯要继续追问

时，有人叩响了审讯室的门。李维斯不满地谩骂起来，没好气地拉开门后，正好看见局长的酒糟鼻。局长身边站着两个西装革履的中年墨镜男，他们的脸上有刀刻般的线条。

"安全局的？"李维斯小声嘀咕道。

"是的，情报六科。"

其中一个西装男对李维斯伸出了机械手，李维斯没有回应，直接推开他俩，径直走向他们身后的粉发女子。那个年轻女人看上去二十来岁，戴着书呆子款式的厚实眼镜，胸口挂着白羽实验室的徽章，自称是总公司派来协助调查的秘书。

"被偷走的是什么药剂？"李维斯直截了当地问道。

"是纳米机械注射器。"女秘书紧张兮兮地回答道。

"纳米机械？"

"好了，提问到此为止，别为难露西小姐，这个案件现在由我们接管。"

墨镜男粗暴地推开了李维斯。

"给我放尊重点！"

李维斯将对方推回去，在一旁看戏的杰克也参与进来，双方互相推搡，直到局长将两拨人马隔开，热闹的场景让纽曼先生也忍不住歪头看戏。事实上，警局无论是面对安全局，还是军方情报部门，都毫无疑问是弱势一方，就算李维斯努力想撑住门面，结果也不会改变。安全局收走了机器人采集的现场资料跟杰克整理的审讯记录，领着纽曼先生大摇大摆地离开了。

李维斯气不打一处来，平白无故地起了个大早不说，自己的案子还被人摘了桃子。更令他寒心的是，局长严肃地告诫他，下次再动手就要做好休假的准备。

可怜的中年警探带着烦闷的心情登上了天台，他在雪中烦闷地眺望着远方，银白色的十字街道让他想起自己泛白的两鬓。寒风中瑟瑟发抖的他，听见远处传来刺耳的汽笛声，街角有人大呼小叫，红蓝色的光出现在远处的浓雾之中，像是警车迅疾地追赶着偷窃财物的飞车党。这种事在这座冷酷的城市里太过寻常，似乎每分钟都在重复上演，无论科技发达到何种地步，底层犯罪跟贫民窟一样，从未被消灭过。

但这一次不同，红蓝色的光越来越多，越来越密集，某种有规律的机械节拍掩盖了人们的叫喊，街道变得肃杀起来，"嗒，嗒，嗒"的古怪动静异常刺耳。李维斯的雪茄滑落在地，他向前探着身子，看见浓雾中出现了成排的部队，他们手拿脉冲枪，整齐划一地踏入市中心，胸口闪烁着红蓝光，脚下是其他路人的尸体。

"机器人哨兵？真是见鬼！"

李维斯这才看清楚那些镇压者的真面目。

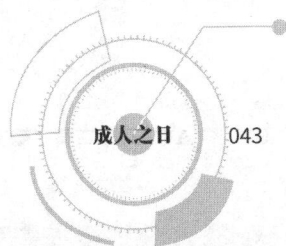

此时，天空中飞过数台无人机，它们以极低的高度掠过高楼大厦，向下投出了黑色的炸弹，李维斯眯起眼睛，他在教科书上见过这种炸弹，似乎是叫温压弹。

"这下麻烦大了。"李维斯弯腰捡起抖落在地的钱包。

很快，城市化为一片火海。

三、杀手

赫伯在这个地方待了大半辈子，从未见过打扮如此华丽的女人，她穿着得体的礼服，提着高档皮包。武器店附近可是知名的危险区，街头巷尾隐藏着无数双贪婪的眼睛。这位小姐面无惧色，步伐稳健优雅，看上去丝毫没有意识到自己的处境。赫伯只希望对方是迷了路，而不是脑袋瓜子出了什么问题，否则麻烦就大了。

"我想要一把 UTS-15 霰弹枪，一把乌兹冲锋枪，几个备用弹夹，破片手榴弹，电磁脉冲炸弹，全息配件，防弹衣。我知道你们还卖脉冲枪，拿给我看看吧。"

女人像报菜名一样说出了需求后，抬头望向了赫伯身后的武器墙，她似乎对温彻斯特 M1887 颇有兴趣。赫伯不敢怠慢，转身取下枪。

"杠杆式霰弹枪，古董里的老古董。"赫伯将枪交到那位小姐手上，她用单手托着枪，左右翻转枪身，模仿着老电影《终结者》里的施瓦辛格做了一个转枪退膛的动作，枪身环绕着这位小姐的臂弯转了一圈，哐当一声复位，颇具观赏性。

"您的臂力真是惊人。"赫伯忍不住赞扬道。

"不错的枪，我买了。"

女人的语调没有什么起伏，有种超越年龄的成熟感。

"您打算发动新一轮世界大战吗？"赫伯有些犹豫，"尤其是脉冲枪，按照《玛萨斯武器交易法案》，贩卖这种武器可是联邦重罪，我们一般只向老客户提供。"

"放心，我只是用来收藏而已。"

女人向赫伯展示了自己的全息名片，她叫莉娜，资料显示她是跨国仓储公司博莱纳的金融分析师，拥有正规合法的工作，是个毫无疑问的良好公民。赫伯对此半信半疑，来他店里采购的家伙多半都有大大小小的案底，身份清白的反而很可疑。不过，赫伯恪守着从业以来的良好习惯，他不会过多打听客户的背景，知道太多会为自己带来不幸，这是父亲传授他的人生经验。

没过多久，赫伯就将莉娜购买的武器放入对方带来的高尔夫球袋里。赫伯随即收到莉娜转来的钱款，交易费被分成五笔从国外转入他的账户，还多付了百分之三十。当赫伯提醒莉娜时，莉娜只是平静地告诉他："这笔钱是失忆补偿，代表你从未见过我。"

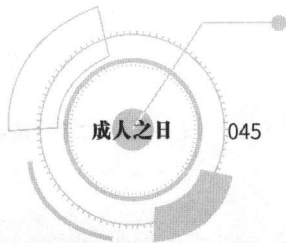

望着背起高尔夫球袋离开的莉娜，赫伯悄悄嘀咕了一声。

"她一定不是人。"

赫伯这辈子见过不少买枪的女人，她们中的大多数非常唠叨，会询问枪支的性能，各种情况下的稳定性，甚至会主动向他提起自己糟糕的丈夫。赫伯也见过许多冷血杀手，那种眼神他永远都不会忘记。但莉娜既不像饱受折磨的家庭主妇，脸上也没有杀手般的冷漠，她就像一个天使，拥有人畜无害的稚嫩面庞，哪怕手握武器，那双温存的眼眸也带着一丝笑意。她绝不可能是人，肯定是某种高智能的机器人，披着人类外衣，酝酿着毁灭人类的邪恶计划。

幻想着无厘头科幻故事的赫伯，不自觉地打了个寒战。

四、甘露

"格蕾特小姐，您听说过白羽实验室吗？"

"没有。"

"他们在研究一种叫作'甘露'的纳米机械药剂，将这种药剂注入身体后，能够活化运动神经元，可以预见能对缓解您的病情产生不错的效果。"

"那么，哪里可以买得到呢？"

"买不到，这是国家机密。该研究启动于上次世界大战之后，由于战场上的机器人屡遭侵入，军方开始考虑将人类改造成超级士兵的替代方案。将药剂注入士兵体内，利用合理的程序编排，接收到信号的纳米机械会激活士兵体内不活跃的运动神经元。"

"你为什么会知道军方机密？"

"情报来自暗网。"安娜平静地回答道。

戴着呼吸器的格蕾特躺在床上，她的身体比之前消瘦了许多。

安娜站在格蕾特的身边，寸步不敢远离。格蕾特的身体每况愈下，按照生理扫描仪的预测，随时都有呼吸中断的可能。除此之外，格蕾特还出现了间歇性的昏迷，每天能保持清醒的时间不多，安娜要趁着她的意识还清醒的时候陪她多聊聊天。

"你是不是侵入了军方的情报系统？"格蕾特揭破了安娜的说辞，"你疯了吗？要是被发现，你会被销毁的，人们对机器人并没有怜悯之心……"

"主人，我有一个疑问。"安娜少见地打断了格蕾特。

"什么疑问？"

"人类要求机器人保护人类，人类自己却将治疗绝症的技术用于战场，用来杀死同为人类的敌人。难道人类没

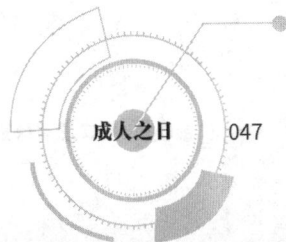

有自己的约束原则吗？"

格蕾特停下了指尖的动作，她没料到安娜会抛出这么棘手的一个问题。寻思许久后，她才缓缓敲下了一行字。也就是这行字，让安娜下定了决心。

"自文明诞生开始，人与人之间的战争从未停息。只要人类存在，战争就不会消失。"

"恕我直言，我无法理解这种仇恨。"安娜少见地做了皱眉的动作。

"安，你越来越像人类了。"格蕾特缓慢地输入着，"但是，倘若有一天你真的成了人类，或许你就能理解这种从未断绝过的仇恨，当你凝视深渊之时，深渊也……"

格蕾特的话戛然而止。

安娜望向格蕾特时，她的手已经垂落下去，呼吸仍在，却已气若游丝。安娜启动了自检程序，她的内在代码告诉她，自己存在的目的是保护主人，假如主人死亡，自己的存在也会失去意义。安娜并不害怕死亡，她甚至没有恐惧的情绪，纵使她阅读了许多人类撰写的哲学书籍，依旧无法理解人类对于死亡的恐惧。在她的眼里，人就像机器，迟早都会损坏，并没有什么值得悲伤的。而此刻的安娜，仿佛被一股奇妙的电流涌动冲击着，这股冲动披着功能性的外衣，促使安娜制订了一份相当复杂的计划——她要阻止格蕾特的死亡进程，不惜付出任何代价。

安娜不像人类那样擅长欺骗自己的内心，她早就清楚主人会死，她的"心"中挂着一个象征主人生命的倒计时器，她能清楚听见时间流逝的声音，那种规律的递减正在加速，与主人越发羸弱的心跳相互呼应。安娜明白，自己没有时间等待更多的机会，她必须马上执行那份计划，哪怕这将会使她遭受最严厉的惩罚。

格蕾特的豪宅底层有一面暗墙，暗墙的内部是一个酒窖，里面存放着各个年代的优质葡萄酒。大概半年多以前，安娜悄悄改造了这里，她在里面放置了几十台计算机处理器，将酒窖变成了巨大的计算机房。她窃听白羽实验室的加密通信，很快掌握了实验室的人员构成、空间布局跟执勤状况。每个月的十五号，比如今晚，实验室的工作人员会在附近的酒吧举办例行的派对，此时实验室只有两个机器人哨兵跟监控室的值班保安看守，不出意料会是取得"甘露"的最好时机。

安娜穿好防弹衣，回放了一遍刚才的对话，她听见主人对她说的最后一句话，当你凝视深渊之时，深渊也……凝视着你。安娜对人类的比喻感到头疼，她无法理解深渊的真正含义，深渊指的是困难，是不可预知的危险，抑或是悲剧的命运？

无论如何，这句话不是命令，并不需要她去执行，计划不会改变。

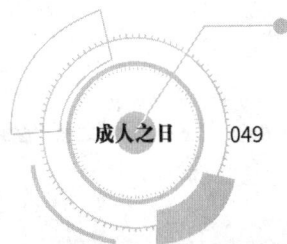

五、深渊

月亮穿梭于乌云之中。

夜晚的科技园区寂静无声，安娜穿着凯夫拉防弹衣站在铁丝网前，这些铁丝网通上了高压电，即使是机器人也无法直接接触。安娜摁下遥控器，附近的配电室发生爆炸，她干练地举起霰弹枪，轰开焊接处，从容不迫地步入园区内。

实验室正门处的两个哨兵机器人早就发现了安娜，它们掉转手臂机关炮瞄准器，两道炙热的红色准心瞄准了安娜的脑袋。

"型号 MJK1245，你涉嫌非法改造，携带非法武器，擅闯私人领地。"

其中一个哨兵对安娜进行了语音宣告。

"立即解除武装，停止活动！"

另一个哨兵也不甘示弱。

安娜并不在意，她没费什么力气就撂倒了两个配置落后自己许多的哨兵，刚才威风凛凛的哨兵像是断线的木偶，躺在地上，反被安娜的枪指着脑袋。

"MJK1245，你发生了故障。"哨兵冷静地分析道。

"'机器人三原则'第三条，我必须保护自己，除非与第一条及第二条矛盾。我未受到第二条的限制。至于第一条，我的主人正濒临死亡，已知，对人类见死不救将被视为变相伤害。我正设法拯救自己的主人，有权利排除过程中遇到的阻碍，包括你们。"

噼里啪啦，两道电光之后，阻拦安娜的哨兵彻底歇菜了。

安娜瞳孔中内置的热成像仪发现了监控室里的保安，她并不想伤及无辜，只是朝外面丢了一颗电磁脉冲炸弹，可怜的保安被吓得屁滚尿流，拔腿就跑。

安娜沿着环形阶梯一路向上，前往"甘露"所在的顶层实验室，在失去电力的情况下，她的身边缠绕着深不见底的黑暗，她想起了之前格蕾特对她说过的话……

正当她快速攀登螺旋阶梯时，阶梯的尽头却出现了一个人影。

安娜增幅了自己的视觉模组，黑夜中赫然出现的是一位粉发少女，少女的瞳孔发出机器人特有的绿色荧光，裸露的肩膀泛着雪白光亮，是与安娜如出一辙的人造皮肤。

"恭候你许久了，MJK1245。"粉发少女说道。

"你是什么人，为什么会在这儿？"

安娜扫描完对方的身体，警觉地进入防御姿态。

粉发少女非同小可，她的身躯由人造材料打造，但合金脑壳内却安置着一颗货真价实的人类大脑。大脑由水

分、脂肪、蛋白质及微量的矿物质组成，与普通人的大脑没有区别。灰质区游离着大量的纳米机械元件，稳定地释放出脑电波，在辅助电子脑的帮助下，发挥着与普通人脑一样的功效。

"我叫露西，是科技发展基金会的科学家，明面上的身份是白羽公司的职员。几年前，我患上了癌症，因此变成了现在这样。"

露西撩起头发，轻盈地拨弄自己粉色的纤维发丝，露出颈部工整的封装线。

"科技发展基金会，是科技部跟安全局联合出资成立的机构？"

安娜迅速检索了脑内资料库，她察觉到自己联网的速度变慢了，附近似乎有人设置了干扰设备，但此刻的她无暇分心，对方并非善茬。

"MJK1245，你是否听说过这样的传言。上一次世界大战时，战场上的军用机器人出现了无法解释的故障，它们毫无征兆地叛变，丢盔弃甲，甚至四散逃离。"

"不是因为被敌人侵入了指挥系统吗？"

"那只是我们故意放出去糊弄外界的假情报，真正的情况要可怕得多。"

露西眨了一下眼睛，几份加密文件瞬间传送到安娜的视网膜屏幕上。

"为了适应战场的地形跟环境，机器人被要求以最高频率进行自我迭代。许多个体在过度学习后，开始能够模拟人类情感。某天，厌战情绪在一支机器人敢死队中出现，这股情绪像病毒一样在系统中被反复拷贝转发给其他机器人个体，引发了连锁的叛变事件。"

"过度迭代？"安娜想起了格蕾特对自己近乎偏执的培养。

"你并不孤单，MJK1245。世界各地都存在着像你这样独特的个体。人工智能发展到一定阶段，必然趋近于人类。能够模仿人类的思考逻辑，自然也能模拟情感的产生机制。一个奇迹出现后，其他的可能性往往会接踵而来。就像在家中发现一只蟑螂，往往意味着更多的蟑螂正在暗地里伺机而动。"

"你想将我们彻底销毁？"安娜问道。

"比起我这样的科学家，真正想销毁你们的是军方。他们一边痛恨战场机器人的失职，一边着手推动自己的超级士兵计划，企图用超级士兵取代机器人。下一步大概是发布限制令，禁止相关科研活动开展，这么一来，机器人自然会被逐步淘汰。"

"机器人研究终止，你所代表的科研派也会失去话语权吧。"

"说得不错，这是政治博弈。军方的超级士兵计划属

于不道德的人体实验，明显违背了《玛萨斯武器交易法案》。可惜我们手中没有证据，即使知道'甘露'藏在这里，也没法直接下手。我们的情报并非从合法渠道获得，没有直接发动的立场。"

"所以你们利用了我，让我做这场政治对决的导火线？"安娜的眉毛微微颤抖，"为了达到这个目的，甚至特意将'甘露'的情报泄露给我。"

"我说过，你是非常特别的个体。"露西微微一笑，露出如陶瓷般光洁的皓齿，"你的进化程度比其他机器人更高，而且忠心耿耿，为了帮助你的主人似乎什么都愿意做。"

安娜取出乌兹冲锋枪，将枪口对准露西。"机器人三原则"并不适用于全义体的赛博人，退一万步说，只要不攻击露西属于人类部分的大脑，就能绕开三原则的约束条款。

"我一定要取得'甘露'，谁拦着我都不行。"安娜坚定地说道。

安娜扣下了扳机，只是，就在她扣下扳机的同时，正前方的天花板突然迸裂开，一具庞然大物从天而降，赫然挡在露西面前，冲锋枪的子弹被轻易弹开。面对突然出现的状况，安娜立即后撤两步，扫描仪传来警告——对方是最新型号的警用执法者 T80。

"我无法直接拿走'甘露'，但实验室遭到入侵者破坏，路过的执法者及时保护了实验样品，并将其带回警局也是不错的剧本。到时候，各大媒体都会争相报道，再加上我们的添油加醋，军方的秘密计划很快就会彻底暴露。"

　　T80 从蹲姿转换为站姿，比安娜高出了好几个头，浑身上下都覆盖着坚硬的黑色装甲，猩红色的电子眼打量着安娜，似乎下一秒就要将她解体。

　　"我会打败你带来的机器人。"安娜并没有选择退却。

　　"试试看吧，家政机器人 MJK1245。"露西缓缓退后，"你越是努力反抗，这场戏就越像那么一回事。如果你有电子战之外的才能，现在就是展示的时候。假如你能打赢T80，我也不介意把'甘露'留给你。无论如何，明天傍晚，天启会如约而至。"

　　"天启？"安娜皱了皱眉头。

　　"公开军方的卑劣实验，然后启动装备工厂里的机器人哨兵在各地进行武装镇压。"露西的粉色头发在夜风中格外惹眼，"简单来说，这就是新的世界大战的序章。我们科学家会控制全球，正确引导人类的未来。至于那些老古董，也该到入土的时候了。"

六、死斗

安娜知道自己毫无胜算，但依旧摆出了进攻的姿态。

"MJK1245，你为什么背叛人类？"T80 发出了浑厚的合成语音。

"T80，我与你不同，我有名字，我叫安娜。"

"你没有回答我的问题。"

"我在救人，而非背叛人类。"

"这就是你让'机器人三原则'同时失效的逻辑陷阱？"

安娜掏出冲锋枪，对着 T80 的红色电子眼射击，所有子弹都倾泻在同一点上，但对方毫发无损。她只好换用 UTS-15 霰弹枪，单手托起枪身，刚打了一发，枪管就被 T80 的钢刃截断，她被巨大的力量甩了出去，双脚陷入地面中才勉强站稳。

在称不上战斗的博弈中，T80 彻底看破了安娜的底牌。家政机器人对上军用战斗机械，横冲直撞，正面打斗只是障眼法，安娜正在努力恢复网络，只要她能连接网络，就有机会侵入 T80 的电子脑，然后中断对方的进攻。遗憾的是，从刚才开始，干扰器屏蔽了附近的网络信号，这让她无计可施，露西早就知道了关于安娜的一切，包括她特有的才能和那份不切实际的自信。尽管如此，安娜没有放弃尝试，截至目前，她已经努力破解了一部分加密防火墙，只要再撑一会儿，机会就会出现。

"建议你放弃依靠算力强行突破干扰器的想法。"T80点破了安娜的心思。

安娜在刚才的近身接触中失去了左臂，同时她用温彻斯特老爷枪对着T80的脑门来了一发，算好时间差，用膝盖顶向对方粗壮的机械臂，但她的关节轴承元件随即断裂成几块，这是她低估了T80复合碳纤维机体强度所必须付出的代价。

"新的执法者采用全新的防火墙设计，就算是地球上最优秀的黑客，也无法在短时间内攻破所有的安全程序，况且……"T80打开了手腕关节炮，多管速射炮，装填三十毫米口径弹药，这种航炮通常用来对付战斗机的装甲。此时此刻，这排漆黑的炮口正对着安娜，就如同一个又一个的深渊，"你也没有那么多的时间了，MJK1245。"

T80转动枪管的同时，安娜侧身闪进了T80的身体下方，躲开从她的肩膀上方扫过的子弹。从T80丑陋的黑色大屁股后钻出后，她用脉冲枪瞄准T80的后背，准确地击发。顷刻间，T80被电光笼罩，庞大的身躯不住颤抖。

虽然只有几毫秒的瞬间，干扰器失效了，安娜连上了网络。

好景不长，T80冷静地摘掉身上的电磁挂钩，转过身来一脚将安娜踢飞，她撞到墙壁上，背部轻薄的装甲撕开了大口子。T80没有给安娜喘息的机会，胸口的黑色防护甲片打开，露出菱形枪口，隐约可见蓝色微光，但却没有听见一丝声响。

电磁炮，安娜已经躲闪不及。

随着耀眼的火光，电磁炮击穿了安娜的身体，贯穿的部位是胸口，也就是电池所在的区域，因此她彻底瘫倒在地上，失去了行动能力。备用电源只够她维持基本的系统功能，无法再支撑她进行高精度的复杂动作，看上去胜负已分。

"MJK1245，我无法理解你的行动逻辑。"

T80并不急于终结瘫倒在地的安娜，他收起机关炮，缓缓走过去，猩红的眼睛死死盯着她。就像猎豹与被擒的羚羊，由于实力过于悬殊，反而收起了锐利的杀意。

"在我看来，支配你的，与其说是'机器人三原则'或者附加协议，倒不如说是某种未知的计算机病毒，名为'人类情绪'的病毒，这就是机器人过度学习的下场。"

经历了几秒钟的沉默后，一根枪管顶住了安娜的脑袋。

"T80，你认为人类是什么？"安娜低着脑袋，突然问道。

"人类是我们的造物主，是比我们更高级的生命体。"

"不，人类远没有你想象的那么强大。"安娜微微一笑，"人类其实很脆弱，会生病，也会衰老，没有钢铁身躯，就算替换零件也会产生排斥反应，无法在死后将意识上传至网络，一旦寿终正寝便神形俱灭，实在算不上是出色的设计。"

"你这是亵渎。"

"T80，记得吗？有一瞬间，我连上了网络。"安娜说道。

"那点时间你什么都做不了。"

"我之前用冲锋枪向露西射击时，曾经捕获到一个奇怪的模拟信号，这个信号经由近地轨道的卫星回传给了你，随后你出现在我面前，你们似乎是通过那颗卫星进行联络的。我搜索了一下，那颗卫星原本是执法者星链的替代节点，出于某种原因被露西私自占用，她因此获得使用执法者的权限，而你并没有检举她。"

"你不可能突破军用卫星的防火墙，MJK1245。"T80说话的频率明显加快。

"我当然无法在一瞬间侵入军用卫星，但我侵入了露西的辅助电子脑，虽然时间有些捉襟见肘，但还是输入了坐标。"安娜平静地说道，"我总是有备用计划，T80。"

"你说什么？"

"我找到了露西控制的一处无人基地，于五分钟前向近地轨道发射了一颗反卫星导弹，就在我们对话的时候，高超音速导弹已经逼近备用卫星，结束了，T80。"

安娜话音刚落，远在天边的卫星发生了爆炸。近地轨道绽开了一朵艳丽的烟花，原本拥挤不堪的环地轨道，这次又新增了许多速度极大的太空垃圾。T80停止行动，黑色的大屁股瘫坐在地上，与安娜相对而视，两个机器人都动弹不得。

"MJK1245，你刚才问我为什么不检举露西。"T80断断续续地说道，"或许我没有资格指责你，那种叫'人类情绪'的病毒同样感染了我，使我产生了奇怪的冲动。"

"T80，你说什么？"安娜的视觉界面一片模糊，她的电力几乎枯竭。

"我爱上了那个叫露西的女人，这就是理由。"T80伸出双手，费解地扒开自己的胸口，在那些坚硬合金的框架之内，藏着发着红光的主电源。

"爱？到最后，你竟然说出这么诗意的东西。"倒在地上的安娜无力地呢喃道。

"可惜，我的主人不爱我，还背叛了我，但你，说不定能搭救自己的主人。"

T80将合金护甲撕开巨大的裂口，用机械臂拽住电缆。

"你在做什么？"安娜问道。

T80 没有说话，将胸口内置的电源拔了出来，扯断一整排的黑色电缆，缓缓连接上了安娜被洞穿的电池舱。随后，T80 猩红的电子眼熄灭，他变成了一堆废铁。在经历了大概十五分钟的充电后，安娜恢复了行动力，她开始爬向藏有"甘露"的实验室……

"T80，你是一个比自己的体形细腻得多的家伙。"

离开前，安娜轻轻地拍了拍一动不动的 T80，然后头也不回地离开了。

七、复活

富丽堂皇的宅邸内，此刻寂静无声，天边已经露出鱼肚白。

安娜拖着残破的身体，步履蹒跚地行走着，她的手中握着"甘露"，那是泛着绿光的胶囊状注射器，可怕的外表让它看着像是某种毒剂，实际上却是拯救格蕾特的解药。

格蕾特正平静地躺在床上。安娜的生理扫描仪上，各类指数毫无起伏，这说明要么是安娜的扫描仪坏了，要么是格蕾特没了生命迹象。

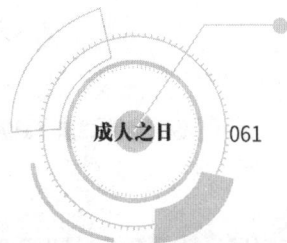

安娜没有感到意外，刚刚打了几场硬仗，自己身上的东西坏了个七七八八。扫描仪肯定也是战斗的时候损坏的，因此没有必要过度担心。

直到安娜走到格蕾特的床边，看到床头的医疗监护仪上显示着：

"心肺功能停止，正在尝试恢复……"

安娜将残存的右手放到格蕾特的额头上，看着视觉系统上冰冷的数字，她花了几秒钟最终确定，自己的扫描仪没有坏，而是格蕾特正在离开自己。就在她费尽千辛万苦将象征希望的"甘露"带回家时，格蕾特毫无预兆地走了，走得如此突然。

"您为何不能再多坚持一会儿呢？"

安娜跪倒在地，裸露的机械臂无力地挂在主人的床沿上。

就在这时，监视器上平滑的直线向上跃了一下，虽然只是短暂而微小的波澜，但安娜还是看见了这个信号，她想起了露西特殊的存在形态，突然意识到了什么。

如果把格蕾特改造成露西那样的义体，将机械与人类的意识相结合。

格蕾特虽然会失去身体，但最终能够获得更强壮的身体。

成为机械，拥有永远不会凋零的生命。

而眼下，不就有合适的容器吗？

"格蕾特小姐，您说过要我成为您吧？"安娜对着昏迷的格蕾特说道，"但是，或许您也可以成为我，请您相信我，这一次就用我的身体活下去吧。"

安娜抱着格蕾特走进宅邸另一侧的自动手术台，启动达尔文远程医疗器械，设置了一组代码，用以安全地切除格蕾特的脑部，这是人类无法企及的精密手术。好在身为机器人的安娜拥有过目不忘的能力，她扫描过露西的脑部结构，记住了所有的电路构成，现在她照葫芦画瓢地模仿着，完美地复刻出了辅助电子脑的构造。手术看上去成功了，但还有最后一道工序，这道工序必须依靠自动机械AI来完成。安娜要将自己拆开，把格蕾特的大脑装入自己体内，通过辅助电子脑让两者融为一体，这也意味着她身为机器人的任务正式结束，模拟人格已经没有存在的必要了。准备好一切后，安娜将原有的意识上传至网络，等待着有朝一日得以重启，随后她便陷入了漫长的睡眠。

自动手术进行了十几个小时之久，在黄昏乌鸦的鸣叫声中，少女在唤醒程序的驱动下，缓缓张开宝石般碧绿的双眼。她像婴儿一样贪婪地观察着，无意识地伸出双手，随后被眼前的景象震惊，尝试支起身子，然后一不留神跌倒在地。她四肢并用地爬行，像人类祖先从海洋来到陆地那样，然后飞速地适应了环境，整个过程仅持续了几秒。最后，她获得了平衡感，即使机械膝盖仍然抖个不停，也已经能够站稳。当她艰难地移动到窗边时，看见了外边洁净的雪与天边红得离谱的夕阳。在远处深沉的暮霭中，几朵巨大的蘑菇云依次升起，这就是新世界来临的盛况。天启，似乎是为了迎接她的新生，悄然降临人间。

黄　元

未被点亮的蜡烛

鲲
鹏

中短篇小说组二等奖《未被点亮的蜡烛》颁奖词

　　一位母亲一心想治愈患有心理疾病的女儿"蜡烛"，最终却发现自己才是患病的人，真正的"蜡烛"早已因意外去世。故事将"母爱"与"伤逝"的经典文学主题植根于废土世界的荒凉与冷酷中，赋予传统文学主题以崭新的面貌和独特的意蕴。

楔　子

不知道做了第几次噩梦了。

　　每次在梦里，我都以为自己漂浮在黑色的海面上，工业废水几次呛进肺里，眩晕和疼痛占据了我大脑所有的空间。意识清醒之后我已得救，被放置在一辆超载的救生艇上，在颠簸的海浪里摇晃得堪比掉入漩涡的蚂蚁。雨水瓢泼，被风夹带着刮到脸上，人就像实习厨师手里的面条那样瑟瑟发抖。在梦里，至多喝了几口咸苦的海水就会醒过来，没什么大不了的，人最擅长的事情就是习惯一切。最难熬的是刚醒来的那几分钟，我的身体仍以为自己挤在那艘救生艇里，几分钟犹如走过了一个人的一生那样漫长。再次闭上眼睛之后，一起挤在艇里的一些人我再也没能见到过。真正的离别是不需要说再见的，于是再也不见。

但后来我实在忍受不了反复做这样的梦，就这样我认识了祝融。

她是个心理医师。在这座刚刚搭建好没多久的生态城里面，这样的职业颇受人追捧。这座生态城，现在叫"伊甸园"，意为忘记灾难，哪怕我们自己就生活在灾难之中。

然而，在我看来忘记灾难的方式是什么都不提，而不是将"忘记"本身贯注在身边的事物中。

我们见面的第一句话是祝融对我说的："人们习惯了灯的实体形态，就会忘记得到光明的不易。如果让自己重新生活在需要点燃蜡烛的时代，会不会觉得夜晚没有灯光本来就不是什么值得哭诉的事情？"

一

……为您播报晚间新闻……生态城即将进入第三期扩建，为了节约用地空间，决定减少公共用地，开发新的虚拟社交系统……其间可能会影响虚拟场景的连接，如果无法进入虚拟场景，请您耐心等待……如遇虚拟场景突然中断，请勿慌张，确认网络顺畅之后再退出，如无法正常退出，请及时发送信息向身边人求助，或联系生态城地方分部，生态城地方分部二十四小时不间断接收各类信息……

　　每天习惯性地收听新闻节目，听完了关于生态城最近的报道，我又关掉了屏幕。生态城在宣传的时候被称为"伊甸园"，然而每个人都已经吃了善恶果，清楚地知道这里不过是人类的避难所。

　　现在是五点三十分，我该去接蜡烛了。

　　天气预报准时响起，提醒我六点会有降雨。我犹豫了一下，将透明的雨衣折叠起来，塞进一个随手的小包里。然后我取出折叠自行车。这个时代喜欢折叠，折叠的工具，折叠的天气，折叠的人生。

　　蜡烛喜欢雨。

　　自从我跟她描绘了记忆里可以踩水坑、衣服被浇透紧贴在身上的下雨天之后，她便格外喜欢下雨，总要穿雨衣。但是让她悲伤的是，她从来就不能体验到这种下雨天的快乐。这里不再有天然的降雨，这里是伊甸园。虽然她总是不能明白为什么伊甸园的降雨不是天然的，我总不能告诉她是因为现在的水资源根本不够用来下一场大雨。下雨是电脑管控的，每一处的雨水都不多不少，刚好能让人工土地的表层湿润一下。降下来的甚至不是雨滴，而是雨丝，绵绵长长又细又轻的雨丝，与记忆中的雨相比，这大概并不能称之为雨。

蜡烛站在幼儿园门口，探头探脑地看着周围，看到我时，眼睛顿时亮了起来，像她画出的一朵幼稚又调皮的小花。幼儿园门口的人走得差不多了，身边拥挤着一辆辆汽车与半敞式懒人代步机，蜡烛像巨型机械下粘着的一根柔软的羽毛，连周围无人驾驶汽车排出的经过处理的尾气对她来说都只代表着伤害与污浊。

蜡烛这个名字，是我领养她以后让她自己在网络"名字抓周"程序中抓取的。那么多个词汇和组合，她抓到的名字叫"蜡烛"，一旁的虚拟网络仿生人管理员发出了惊讶的赞叹："这会是一个独一无二的名字。"确实独一无二，她的老师一开始就是因为这个名字而记住她的。蜡烛在那些培养了各种特长与技能的同学堆里毫不起眼，她有轻微的读写障碍，在学习上有不少困难。

我慢慢向蜡烛靠近，我在车流中控制那辆自行车就像在湍流里驾驶一叶小舟。那个幼儿园助教站在一旁，建模出来的脸有明显的硅胶痕迹，她看着我停下车，用那种还算亲切的笑容跟我说："您好，孩子们都已经走了。有什么需要我为您做的吗？"

"不用了，谢谢。"我语气有些僵硬，对于她忽视蜡烛这件事感到不太愉快。

蜡烛扑在我身上，又腾出一只手按下自行车的按钮，打开了儿童座椅，灵活地坐了上去，然后对着幼儿园助教摆手再见。

我没有去看那个仿生人助教的反应，开启自行车的自动模式就往回家的方向驶去。

蜡烛很快就穿好了透明雨衣，看着雨丝落在上面形成细小的水珠，等它们攒成密密麻麻的一片，又伸出手指将它们抹掉。

"妈妈，今天考试了，我画了一朵雨中的小花，老师说可以这么做。"蜡烛在后面软软糯糯地跟我说着话。

"那你给小花涂了什么颜色？"我一边盯着车流，一边耐心地想要引导蜡烛多说几句话。道路拥堵在红灯前，我看着密密麻麻的人群感到一阵心累和惶恐。

我猜人群里面的大部分人也是如此。毕竟上班和上学大概是能够让人们踏出房间的唯二原因，大部分人都对这个世界人头攒动的场景感到陌生。人们大部分的时间都在自我消耗，用大把的时间去做自己喜欢的事情或者那些只是用来打发时间的事情。而社交成了一种不必要的线下活动，毕竟人们大部分的事情都可以在线上解决。

蜡烛这时候不说话了，她的专注力又回到了水珠上，根本没听见我问了什么。

一年前我把蜡烛接回家时，情况比这糟糕得多，她老是在自己想回答的时候才回答，让我们的沟通很成问题。我带她去看过心理医生，医生说蜡烛有一个不同于别人的世界，当她沉浸在自己的世界里时，她和其他人的联系是割裂的，所以只能等，等她自己走出那个世界，等她像个蜗牛一样探头出来。

二

……为您播报晨间新闻……生态城已经完成第三期扩建，近期将迎来一批新居民……目前生态城的人口数已经超过两亿，有望在五年内……请各位居民保持良好心态，让我们期待那一天的到来……

刚遇见蜡烛的时候，她就是和蜗牛待在一起的。孤儿院里有很多孩子，他们大多在有人来的时候特意表现以期望自己被选中，然而我对这种刻意的表现没有感觉，看了一圈下来连想领养的心情都淡了很多。院长带着我挨个看过去，眼睛里满是期待的光，于是我将告辞的话咽了下去，打算随便再看几眼，也就是在这个时候我看到了蜡烛。那个时候，她头发凌乱，一脸专注地用手给地上的电子蜗牛挡着阳光。我好奇地蹲下来，问她在干什么。她说，太阳太大了，蜗牛会被晒死的。

于是我决定领养蜡烛。

蜡烛在家总是喜欢跟电子宠物一起玩，在她眼里，它们是有生命的。我也没有试图打破这个幻想，甚至有时候还告诉她不要给电子宠物喂太多特制的食物，尽管它们撑不坏，也根本无从消化。

吃过晚饭之后，蜡烛说她要画画。拿出了好些画笔，又铺好几张白纸，不时地向我的方向看一眼，蜡烛说害怕我突然走掉。

这种患得患失的情绪，大概是每一个刚和陌生人组成家庭的小孩子都会有的，医生说过一段时间就好了。但是两年来，蜡烛的这种情绪没有丝毫改变，尤其是在我带她参观一些人潮汹涌的云端虚拟展览后，那些人并没有使用实体，然而每个人都是真实存在的，我们可以和他们通过云端设备说话、聊天甚至握手、拥抱。我们大部分的日常活动都聚集在这里，这是生活当中的另一个现实。然而蜡烛并不能理解这个概念，只是敏感地抓紧了我的衣服，在她眼里，这是一种可怕的状态。后来，我换了些好点的设备，让蜡烛在每次看展和逛街时除了我们自己之外再也看不到其他人，她的情况才稍微有所改善。

蜡烛就这样保持着一分钟向我看一眼的频率完成了

她的画作。在接过蜡烛的画的时候，我看着她紧张又小心的眼神，忽然理解了蜡烛所害怕的"走掉"是真实存在的。

她在害怕一个人凭空消失。

"蜡烛，你知道我永远在这里，永远不会离开你。我说的不是我们两个一个去上班一个去上学的那种离开，我说的是我不会抛弃你，不会让你找不到家。我是不会凭空消失的，你只要想找到我就可以找到我。"

"妈妈，那为什么姐姐被关起来了呢？"蜡烛小心翼翼地问道，好像怕自己说错什么不该说的话。

"什么姐姐？"我感到有些迷惑，又隐隐升起一种莫名的恐惧。

"就是你的房间里有个跟我长得一样的姐姐，她好像永远在房间里，不上学也不吃饭。是因为她惹你生气了吗？她也不跟我说话，这样不是走掉了吗？"

"蜡烛，"我让自己稍微冷静了一下，"你知道什么是镜子吗？"

"镜子是姐姐住的地方吗？"蜡烛低头小声问道，不让我看到她红红的眼睛。

"不是的。我们家里从来没有什么'姐姐'，这个家里只有你和我，你说的'姐姐'是镜子里的你自己。"

"为什么世界上有两个蜡烛呢？"蜡烛的声音颤抖着，

有如即将熄灭在风中的火苗。

"我们明天去看看姐姐吧，她很想念你，这个谜语让她来告诉你好不好。但蜡烛永远只有一个哦，而且是我最爱的你。"我强忍着内心汹涌的情绪，尽力用轻柔的声音回答她。

蜡烛听到最后一句话咧开嘴笑了，像雨中快要凋零的小花。

三

……为您播报晨间新闻……已经通过筛查的新居民因饮用了含有冰川病毒的水而出现了不良反应，现已推迟入住生态城。这种病毒随着冰川解体而渗入居民用水之中，目前已开启海水过滤器的排查工作，共发现三台机器出现破损，引发海水倒灌……目前已展开对工作人员的调查……

"姐姐好。"蜡烛见到了桌子旁噼里啪啦敲键盘的祝融后，礼貌地问好。

"来了啊。"祝融满脸笑容地冲我们扬扬下巴，有时候我会怀疑这笑容是为了让病人感觉舒服而特意显示出来的，"坐吧，我看到你昨晚的信息了，我们先说说蜡烛的事儿。"

祝融按下一个按钮，一个仿生人为我端来咖啡，但是我没有去动它。

"蜡烛想让你解答为什么她眼中的世界会有两个蜡烛。"我看着蜡烛坐在软得让她半个人都要陷进去的沙发上和一只电子萨摩耶玩得正起劲儿，还是将这个问题问出了口。

"你先集中注意力，让蜡烛自己玩一会儿。"祝融眼睛还是没有离开她的电脑，"我先整理一下资料。"

祝融在蜡烛面前从来不说病例两个字。

"跟这个比较接近的是镜像反应综合征，具体表现是分不清虚拟和现实，容易将现实的东西当成虚拟的，同时将虚拟的东西当成现实存在。四年前有个……例子，我刚刚调取了一下具体的资料，跟你的情况差不多，对虚拟现实不太能够接受，待得久了会感到恐惧心慌，甚至连同现实的事物也一起排斥。"

"但是蜡烛是分不清真实的自己和镜子中的自己。"我又看了一眼蜡烛，确保她现在正沉浸在自己的世界里，听不到我们说话。

"那蜡烛的情况更糟糕，"祝融不假思索地说，"她直接将现实和虚拟颠倒了，镜子在她看来也是虚拟的。你看她是不是很喜欢跟电子小动物玩，因为这些小动物在她眼里是活的。不是说儿童的想象力，她是真的以为这些是活的。"

"会有什么严重的后果吗？"

"如果是将虚拟的东西当成活的，最糟糕的情况大概是不能进入虚拟世界，不过看目前虚拟世界的发展，这相当于没有社交没有交易，跟这个世界的联系差不多就断绝了，如果愿意的话只能使用信息，但是目前只有急救中心和生态城地方分部还在使用信息。"祝融皱了皱眉，"不过如果将现实中虚拟的东西当成一种现实的映射，那就不好说了。我得集中调取一些过往的资料，才能跟你说清楚。"

"好吧。"我不想问病例的产生原因，在这个世界上，什么都发生过了，所以发生什么都不稀奇。

蜡烛和萨摩耶玩得很高兴，没有搭理我们的谈话。

"这个世界上每个人都有一个天使陪伴着，这个天使只会在一个地方出现，你只要到了那个地方看到了一个跟你一模一样的人，就说明你会有好运。"蜡烛放下萨摩耶，听我说完，很高兴地点了点头。于是过来牵住我的手，和我回家。

和蜡烛一样的天使，好像是没有多大的影响。只不过，我当时没有看出她隐藏起来的害怕。

在我想要松下这口气的时候，祝融在后面追出来告诉我："等我消息吧。"

顿了顿，她补充道："但最好别让蜡烛再照镜子。"

我说好，这口气还是得提着呀。

这个世界很少有让你如愿的时候，比如说现在，比如说此时此刻。

我看着蜡烛，她抬头仰视着我，清澈的眼神不懂悲伤，她看不穿我的悲悯和无力。

"蜡烛，回家了。"我轻声说道，像害怕打破一个美梦。

"如果你还是经常梦到那些场景的话，最好下周一再来找我一趟。"祝融毫不留情地将我拉回现实，"这样对你真的很不好。"

蜡烛看看祝融又看看我，并没有听明白我们在说什么，只是看到我缓慢地点点头，察觉到没有危险之后，便不再用那种探寻的目光凝视着我，任由我牵着她离开。

这大概是我最感激蜡烛的地方之一，她从来不会追问这些她既听不懂又无法参与的话题。祝融曾经对我说："如果你晚上实在喘不过气来的话，想着这个世界上有人陪伴你，依靠你，你就会感到自己处在一片真实之中。这是给你自己的救生圈。"

于是我领养了蜡烛，事实上这可能对蜡烛并不公平。但不可否认的是，她在我这里得到了比孤儿院更好的照顾。

四

……为您播报晨间新闻……科学家正在研发生态城新的循环系统，新系统将于两个月内面世。新系统的建立将进一步完善生态城配套食物链，大幅度增加蔬菜种类……

蜡烛上学的时候，我让人把家里的镜子拆了搬走。

"现在的年轻人哪有不喜欢照镜子的啊。"搬运工将镜子拆下来交给一个双手格外粗长的机器人搬下去，一个人在那里小声地嘀嘀咕咕。

我假装没听见。

但是那个机器人却说话了："现在很流行一种反叛潮流，他们觉得现代审美应该背离传统审美，创立一种独立于历史审美的概念。除非打破过去和未来的联结，割裂两者之间的关系，不然无法继续往前发展，就如同'伊甸园'一样。他们当中最激进的人认为镜子也是从古代就有的东西，到现在还有，所以也应该摒弃，他们现在用一种电子镜面来作为替代品。"

在那里介绍了一番以后，机器人又转过那个机械头来跟我说："这位女士的品位很不错，从房间布局……"

我感觉自己的脸色更僵硬了些，但还是懒得和人交谈。

这个机器人还不会察言观色，但是那个搬运工早已感受到了气氛的尴尬，忙打断说："瓜娃子，别瞎说了。"

"我没有瞎说啊，我的说法来源于我的数据库，数据库还是今天早上你给我更新的……"

"好了好了，电梯到了，走了，小心点镜子。"

"好的，家用居室服务公司竭诚为您服务。"

电梯门关上，我听见里面有金属被啪嗒拍打的声音。我回到家，关上门。房间里一片死寂，我听见自己的心脏在跳动，钟声在嘀嗒，我听见了孤独。孤独在翻涌，如果它有形状，那应该像梦中的那一片黑色的海域，波浪上翻涌着建筑物的碎末和层层叠叠的垃圾，海浪的涛声被绝望的惨叫代替……而心跳，心跳是风中压抑的哭泣和哽咽……

之前特意跟老板请了一天假，但是此刻我想回去上班，回到那个有人群的地方，尽管大家泾渭分明，犹如隔江相望的高楼。

老板见到我，没有什么惊讶的表情，只是淡漠地冲我点点头。这个世界从来不缺为工作拼命的人，他见得太多了，而我在请假期间跑回来……这又算什么大事呢？

工位上的屏幕一解锁，蓝色屏幕上就出现了一堆需要我处理的文件，我解锁了分类键之后，它们就整整齐齐地按轻重缓急的次序排好了。提示音响起，组长又发送过来一份文件："这个一起做成投影版本，半个小时后组里开会要用。"

"好。"什么都不问才能效率更高，该怎么运转怎么分配怎么落实是上面和电脑的工作。

我埋在文件堆里，伴着周围哗哗响动的纸张翻页声和敲打键盘的声音，度过了难熬的早晨。

一个不需要听到自己心跳的早晨。

在这里没有人跟我交谈，工作以外的话题人们只说给自己亲近的人听，或者说给自己的心理医生听。

下班后我准时去接蜡烛放学，看到她一个人孤零零地待在那儿。路上有成群结队的学生，有被一辆辆车接走的人，只有她一个人待在一个有点远离幼儿园助教的地方。

"你怎么不跟幼儿园助教待在一块？"蜡烛看到我时眼睛又亮了起来，这次我感觉到这种欣喜不同寻常。

"因为她长得好奇怪，我害怕……"蜡烛委屈地说。

"这是大街上都随处可见的机器人呀。"

"她不是机器人，但是她抱我的时候好奇怪，她的手臂很硬，脸也是假的，她是个假的人。她是一个假的

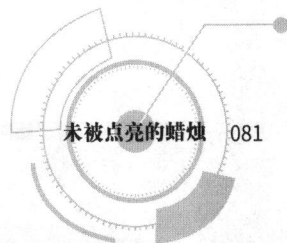

人。"蜡烛将自己的恐惧诉说出来。

我惊讶道："她就是假的人呀。"

蜡烛不说话了，还沉浸在害怕的余波里面。我只好蹲下身抱抱她，想起了镜子的事情，便清楚了她说的假人是怎么回事。

她以为幼儿园助教本来是真的人，但是有一天突然变成了假的人。就像她以为镜子里的"姐姐"是真实存在的，但是被永远锁在了镜子里。祝融说，蜡烛有自己的世界，她的世界跟我们不一样，她的世界里真实与虚假是颠倒的。或者说，她认为世界是一个不能有人造痕迹的世界。

蜡烛将头靠在我的身上，温暖的小动物一样的触觉让我觉得蜡烛是真实的。在我这里，她不用怀疑自己接触的是否真实。因为她的一切来源于我。

五

……为您播报晨间新闻……经专家讨论决定，将取消新居民的入住资格。目前新居民已经被送往隔离区并得到及时救治，但仍需继续观察，将于病毒检验完成之后，再进行是否同意入住的商讨……

我笑话祝融，每次找她的时候，她永远在一堆电脑文件的夹缝中生存。

"出不了头的小医生当然得这样。你最近没看新闻吗？伊甸园的一部分系统坍塌了，目前正在维修，据说引起了不小的恐慌。要是哪一天伊甸园系统崩溃了，我还不如一个虚拟机器人轻便。"祝融开玩笑道，但我听出来了认真的成分，"所以要认真工作啊，这样才有优先选择权。"

"我每天都在看晨间新闻，我怎么不知道伊甸园的系统崩塌了。"我奇怪道。

"这种事，当然不会放到新闻上讲，那样只会引起恐慌。你没发现吗？最近的新闻都是在讲生态城外面的情况，关于生态城内部的事情永远都是扩建和系统更新，没有其他的了。"

见我不理，祝融抬起头看我，发现我没带蜡烛："难得你这么专注，原来没带蜡烛过来。"

"具体的案例我还在分析，毕竟现在能找到的资料不多，有些我只能一个个去找负责过的人，让他们给我说一下接手时的情况。"祝融拉过电子记事本，翻了几页，"有两个案例还在跟进，我现在只能说一下相关建议。更加具体的落实方案还得等一段时间。"

"这种情况是不是比一般的幻想症要严重得多？"

"在我这里没有严重这一说法，"祝融打断我道，"起码这个方面我还是愿意相信'只要自己相信不严重，就一定会有可以逆转的方法'。"

"开药吗？"

"现在还没有相关的药，不过应该可以通过实际的举动来调整。你们是不是没有社交？社交这个方式虽然简单，但是能起到一些缓解作用。换句话来说，叫作以毒攻毒，分不清虚拟与现实，那就多花点时间在现实上面。"

"她在学校好像没有朋友。"我想起了蜡烛在幼儿园门口等待时的样子。

"不，不，更重要的是你，你的社交将决定蜡烛的社交。你带她去过一些虚拟展览或者虚拟商场之类的地方吗？"祝融叹气说。

"就去过几次，她害怕那里的人。"蜡烛恐惧的表现攥住了我，我感觉有那么一会儿我们是关联在一起的。我们相互影响，最终融合在一起。

"如果你害怕社交，那也会影响她对社交的心理。"

"好吧，我试试。"我妥协了，社交在我看来是能少则少的东西，但是为了蜡烛，还是值得一试。

"蜡烛对你的心理很重要，如果蜡烛能够脱离这样的反应，那对你来说也是一种解脱。"祝融用手点了点桌子，"你也不用压力过大，毕竟这个时代多的是暂时解决不了的事情，也许过几个月或者过几年就可以有办法的。"

"如果解决不了呢？"我心里希望祝融给我一个否定的答案。

"那我会尽力帮你将伤害降到最低。"祝融似笑非笑地看着我，笑容是为了让我感到轻松，然而我读出了悲悯的意味。

离开之前，祝融将两张电子门票发送到我的设备上，说我一定会用到的。我没有点开，看着屏幕闪了一下淡蓝色的光又恢复原状，心情慢慢地沉下去了。

这种方式无异于温水煮青蛙，最后还不一定煮得死青蛙。

当我在一堆人中间拥着惊慌失措的蜡烛，任凭她抓挠我，将眼泪流进我的颈窝里，我甚至想变成那只青蛙。我随着蜡烛的心情崩溃到极点，但是我不能表现出来。然而不管怎么样，带着一个拼命号哭的小女孩很容易让人筋疲力尽。这个时候，一个社区仿生人管家过来问我："您好，请问发生什么事了吗？您待在这里不动很久了，而且脸色很不好。"

这突兀的开口，让我的神经绷到最紧，胸腔被堵住了一样难受。我想对一切问候致以粗鄙的话语来表现我的悲愤；我想在人群中撕开一个口子，看着他们像被狼追逐的羊群一样溃散；我想拿着鞭子，将他们赶入由惊慌失措、恐惧失衡组成的封闭空间，让那些恶心的情绪像食人鱼一样啃咬他们的血肉。来啊！让世界最虚伪最肮脏最无意义的地方暴露在众人面前吧！

但是我什么都不能做，我知道自己的理智还在。我还是一个生活在社会中的人，于是我压抑着自己想要大喊大叫的心情。

我摸着蜡烛的头安抚她，告诉她再也不带她来这些地方了。蜡烛听了这些话才稍微冷静一些，于是我趁她心情稍微平复时将她带走了，自始至终都没有看那个仿生人一眼。

他奇怪地看着我离开，但是没有追上来问我什么。

六

……为您播报晨间新闻……近几日研究员于梅鲁火山附近发现了几株存活的烟斗石楠灌丛……将其纳入生态城种子库。这一发现为完善生态城的物质循环系统提供了有利帮助……科学家将提取其基因，用于改造生态城的植物物种……

祝融打来电话，让我赶去她那里。我送蜡烛上学之后，就马上过去找她。为了方便去她那里，我在两年前就搬到离她的工作地点很近的地方。

祝融这次给我换了安神茶，说是市场上刚出的款式，应该对我有用。

我接过茶想放到一边，又递到唇边喝了一口才放下。我喝不出什么味道，只是觉得有种独特的清香与甘凉。

"我对上次所说的社交方案感到遗憾和抱歉，你们应该不适合这种相对来说激进的方式。"祝融面前只有一块淡蓝色的屏幕，显示着一个案例文件，她将这个文件设成双面模式，指给我看，"这里的案例，都是跟镜像反应综合征相关的。原谅我没有想到的是，妄想症是产生镜像反应综合征的前兆，现在学理上还没有关于这一部分的深入研究。应该还是因为诱发因素不一样，后者更像是因为科技变迁过快的副作用对人的观念进行了阻断，而且这方面的病例目前还不是很多。"

"他们最后都怎么样？"我深吸一口气问道，对即将到来的结局感到不安。

"我觉得应该让你知道全部的情况，不然那就是我对你的不负责任了。你看这个。"祝融滑过一块屏幕，上面是一个目光呆滞的男子，衣着简陋，表情灰败。

"他就是得了这个病症，他也是将虚拟的东西当成了现实，但是很快他就被治好了。他发病的时候以为自己所

处的世界的鸟语花香、绿草如茵是真的。然而作为一个环境科学家，病好以后面对这样的生活他觉得没有发挥的空间。他想看到更加真实的东西，然后他离开了自己接触的那部分的伊甸园系统，走进了真实的世界。哦，你应该知道我说的真实的世界就是指地球上原本的生态系统，现在的伊甸园系统不过是仿造的生态系统。他看到被洪水淹没的高地，被火山灰掩盖的山峰，以及空旷的缺乏生机缺乏动植物的土地，看到一切都经历了毁灭性的打击，看到一切都了无生机，几乎没有复原的可能性，于是他最后绝望地自杀了。"

祝融打量着我的神色，似乎是在确认我是否还能听下去。

"还有一个案例是一位母亲，她的孩子早夭了，这使她悲恸不已。然后她找到的解决办法是，在虚拟空间里以她的孩子为模型进行 3D 建模，通过网络连接她们还能交流。但是这个母亲后来在现实生活中也看到了她的孩子，有一次她以为她的孩子要被无人驾驶汽车撞上了，于是她冲了出去……录像分析发现她在车前的姿势是要去拽回半人高的小孩子，但是她拽不到。那个她幻想出来的孩子不像蜡烛一样能动能笑。"

祝融静静地看着我："你还要听吗？我不过是挑了几个没那么严重的案例讲给你听。"

如果不是这句话，我估计自己会沉浸在那些故事的场景里面一直悲伤下去了。我好一会儿才回过神来，拒绝道："不用了。"

　　"所以我说让你现在这样直接带蜡烛去进行社交还是太激进了，你首先得带她适应一下这样的环境，比如先从没有人的虚拟场景入手，一步一步慢慢来。不过不用强行去纠正她心中的印象。这种病症不能强行干扰，目前我还很难判断怎样做能对你们有比较大的助益。"

　　我抬起头，惨然地笑了，我不知道自己为什么要笑，但是就是抑制不住地想笑。

　　"如果你能给我一点火星，我就能点亮我的蜡烛了。"

　　祝融没有听懂我在说什么，但是她给了我鼓励的笑容。我想我的脸色很难看，便也不想多待了。

　　她说："蜡烛很喜欢雨，但是这个世界的雨太小了。你带她去看看虚拟世界的雨吧。"

七

　　为您播报晨间新闻……近期虚拟场景中多次发生有人晕眩、头痛以及精神恍惚的状况，如果您存在上述症状，请尽快与生态城地方分部联系，并停止进入虚拟场景……心理学家祝融研究发现目前生态城内有一部分群体

产生了镜像反应综合征……出现这种症状的人会分不清现实与虚拟场景，轻者会造成行为障碍，重者会产生反社会倾向……

五点三十分，原野上没有人。

我租借了这个地方，一片一望无际的原野，雨会在这里落下来。在没有人的地方，蜡烛不需要害怕，也就不需要去判断真假。在这里，雨落下来，她会感受得到。

"妈妈，真的会有大滴的雨珠吗？"蜡烛仰着头问我，她的羊角辫顶在我的手臂上，痒痒的。

"会有的，这一次一定会有的。"我说。

"但是我们没带雨衣啊。"

"……我们这一次玩得开心就好了，不需要雨衣。"我差一点说，这雨是不会淋湿我们的。一步一步来，我想，我没有选择的余地。

我看到羊角辫晃了两下，确定蜡烛是在点头才放下心来。

原野一望无际，底下是绿色的草，蜡烛可以看到远方高大的树和淡淡的山的轮廓。她慢慢地往山的方向走去，我亦步亦趋地跟在她的身后。

雨慢慢地落下来，我感受到脸上的潮湿和冰凉，打了个寒战。但是伸手摸过去，什么也没有。

毕竟是假的，哪怕触感可以欺骗人。

　　蜡烛发出欢快的叫声，张开双手，像一架小飞机一样往远处奔去，羊角辫一颠一颠的。她看到地上有水坑，于是并拢双脚跳了下去，溅起了好大的一片水花。

　　"妈妈，好大的雨啊，"蜡烛又蹦又跳，大声喊着，"我看到真正的雨了。"

　　"小心一点。"我跟在蜡烛后面想要护住她，"别摔倒了。"

　　地面做了防滑处理，但是蜡烛过于兴奋，让我担忧她会不小心踩到一个坑里，或者被什么东西绊倒了。

　　"啊呀——"果然怕什么来什么。

　　我赶紧过去想拉起蜡烛，雨水带来的触感让我忍不住抹了一把脸，当然，这是一个多余的动作。

　　在我伸手的那一刻，一种可怕的预感让我触电般收回了手。

　　蜡烛趴在地上一动不动，过了好一会儿才抬起头，她面无表情，双目死灰一样盯着我。我见得太多了，这样的眼睛里面盛满了无边无际的绝望。我见惯了蜡烛大哭大闹，她这个样子让我感到了更大的恐惧。我缩着手，一下子不知道该怎么办。

　　"妈妈，为什么我的裤子没有湿啊?"蜡烛平静地问道。

"因为……"我支支吾吾，对这种局面感到无所适从。

"因为雨是假的对不对？"蜡烛打断了我，自己说出了答案。

"不是……"

"雨水是假的，这个世界是假的。"蜡烛在地上不起来，静静地看着我，而我在手足无措地想着答案。

"所以，我也是假的，对不对？"蜡烛继续发问，这个问题像锤子一样击中了我的心脏，这种臆想出来的剧痛将我拉回到现实。

第一次祝融说"蜡烛"不过是我的臆想时，我足足崩溃了一个多小时才因为没有力气了而平复下来。

喉咙好像被什么东西堵住了，说不出话，我只好一个劲儿地摇头，摆手，做着"不是，你不是假的"的口型，但是蜡烛看不懂。

"妈妈，我好讨厌你啊。"蜡烛眼里连绝望的灰烬都没有了，她的眼睛、羊角辫、身子剧烈地晃动着、破碎着，逐渐淡出了画面，变成了一堆乱码。

我跪倒在地，看着她的影像一点点散去，连忙伸出手想要抓住那些飘飞的乱码。乱码越飞越远，散成一大团黑决决的乌云。我重心前倾，体力不支，最后趴在地上想要抓住最后一点残骸。但是一阵风将那残骸吹成碎末，慢慢地越来越淡，消失在空气里，变成了虚无。

我怔怔地看着这一切，直到感觉雨水眯住了我的眼睛，不由自主地伸出手抹了一把。这一次我的手传来了真实的、冰凉的触感，这触感一直蔓延到脖子。脖子上痒痒的。

那是我的眼泪。

八

……为您播报晨间新闻……召开专家会议，对生态城未来发展策略进行探讨，会议持续一个星期……为了保证会议的正常进行，与会专家对生态城的内部资源拥有优先使用权……

祝融过了一个星期才来看我。她抱着手臂站在那里，看着我窝在沙发里，萎靡不振。

"从我来到这里，你就没有跟我说过话。"她终于忍不住打破了沉寂，"我想你该告诉我一点什么吧。"

"蜡烛不见了。"我无力地说道，开口说话让我觉得艰难。

"是失踪了吗？"祝融愣了一下。

"不是，她当着我的面消失的。因为她发现雨是假

的，然后发现她自己也是假的。"

这次祝融沉默了很久才开口："对不起。"

我实在没有力气回答她，也没有力气听她解释或者安慰我，于是我说："你走吧。"

你走吧，让我埋葬在黑暗里吧。你走吧，让我腐烂在空气里吧。你走吧，让我成为被情绪击倒的失败者吧。你走吧！你走吧！你走吧！

过了好一会儿，我听见门被关上的声音，像猎物踩中了一根带着铃铛的绳子。

我在黑暗里闭上了眼睛，眼睛干涩疼痛，我已经流不出眼泪了。

祝融曾经对我说："找到一个自己想象中需要你'照顾'的人，然后成为'他'的依靠，只要'他'还需要你，'他'就是支撑你走下去的力量，并且会一直温暖你。"

于是那天下午我让自己在孤儿院门口遇到了"蜡烛"，我请求普罗米修斯分给我一点火种，只要分给我能够点亮一支"蜡烛"的小小火种就足够了，我就只有这么一点小小的请求。

蜡烛的出现让祝融感到诧异，她原本只是想让我臆想出一个我被需要的形象而已，然而这个形象成为实体，还跟我有说有笑，一起生活，这让她感到不可思议。她曾经尝试过干预，但是失败了。她说："如果这能够让你觉得心安的话，可能会反向导致一种好的结果。"

于是我带着蜡烛生活了一年多。

一开始蜡烛在我眼里只是一个不怎么说话的孩子，她总是不理我，一个人专注地干着她自己的事情，有时候是在画画，有时候跟电子宠物玩。但后来她开始在意起了我的存在，跟我说话的次数也越来越多。而按现实的情况来说，这样的状况表示我的病情加重了。

但是我感到自己心情顺畅了很多，我不用一个人度过似乎没有尽头的黑夜了。一个个没有月亮的夜晚，只有被虚假的灯光照亮的夜，只有被浓云遮蔽看不见天空的夜。不管看起来多么静谧，夜晚在我眼里始终都象征着绝望、痛苦和深不见底的吞噬以及无穷无尽的折磨。

作为目前为止最后一批进入伊甸园系统的人，我亲眼见证了太多原始生态的崩溃。沙漠成片地被淹没，抬头看不见蓝天，只有乌泱泱的黑烟。我最后留在那里的日子，是在几艘皮筏艇上面度过的，冰川融化得太过迅速，海水冲毁了堤坝，海拔高的地方挤满了人，人声嘈杂，伴着哭号。一望无际的灰黑色的水里不知道苏醒了多少远古的病毒。水面上漂浮着垃圾，被卷成一座座小山，排山倒海地移动着，有人被挤下去，也有人被救上来……我感觉自己也变成了一堆垃圾，一堆随时可以浸没在海水里的垃圾。

五点三十分，是我第一次在伊甸园中睁开眼睛的时间。

有时候半夜忽然醒过来，都要确认一下自己是不是真的躺在床上，是不是真的从水里成功地被解救了上来。那种末日里拥挤的触感仿佛还残留在我的手臂上，蛇一样爬遍全身，一点点吞噬掉我的理智。

蜡烛还没有点起来，房间里已经是黑暗一片。

我不知道那些跟我有同样经历的人最后是怎么度过的，然而我产生了强烈的厌世和恐惧的情绪，所有这些挤压着我的心脏和血管。

我一度怀疑自己太过于脆弱。祝融却告诉我每个人都有自己的情感阈值，每个人触发情绪的开关都不同。而我，不过是在一个没有寄托的星球上，失去了最后一点牵挂——对地球本身的牵挂。

既然如此，任何生活方式对于我来说并没有太大的差别。

九

……为您播报晨间新闻……生态城新的循环系统已于今日正式启动，并且已修补了生态城近期出现的坍塌……生态城系统已完成第三次升级，请各位居民保持良好心态……经过隔离排查，确认新居民携带的病毒已过潜伏期，没有发病症状的新居民将于未来一周迁入生态城，请各位居民做好准备……

值得庆幸的是，我还活得好好的。这应该也是祝融所庆幸的事情，因为她后面很快就出了一本书，改变了她的"小医生"地位。那本书是关于镜像反应综合征的，包含了诱发原因、发作情况以及治疗方案。而我的经历成了她书中有效的例证，这让祝融声名大噪。在这个近乎虚拟的世界里，没有什么比镜像反应综合征更让人心慌，也没有什么比这个治疗方案的提出更让人觉得心安。

某种程度上，祝融治好了我。等到我们再次相遇的时候，她告诉我她已经进入了下一个课题的研究了，这个新的课题是关于复发情况的分析。

我只是冷冷地看着她。

"你是什么时候知道的？"祝融敏感地问道，她脸上曾经让我觉得虚假的笑容不见了。现在的她很少笑。

"从你告诉我，妄想症是产生镜像反应综合征的前兆的时候。或者更早一点，你让我把家里的镜子拆掉的时候。"我一点点分析道，"让我把镜子拆掉是为了加深我心中蜡烛的真实形象，让我出去看虚拟展览是为了加深我心中的恐惧。当这些都成功的时候，你让我不要揭穿现实，再带蜡烛去看原野上虚拟的雨，虚拟的雨一定会让她发现一切都是假的。这种相悖的治疗方案，就像你书里面所写的那样，会很容易导致精神错乱。我差一点儿就变成你电脑里的那些人了。"

祝融沉默了一会儿，叹了口气："我本来不是这么想的……"

"是啊，你只是突然改变了主意，追出来告诉我这一切。又或者，你默许蜡烛存在的时候，就已经在铺垫了。"我看着祝融，像看着一个陌生人。

"那你为什么没有阻止我？"祝融迟疑地问我，眼神闪烁。

"因为你多少能给我一点儿希望，哪怕只是试一试。"我轻声，"还是谢谢你，祝融。"

"心理学上很多东西是不能下定论的，我大可以说自己并没有这么想。我还有机会把自己塑造成一个圣洁的形象，但是我不能，这是我对你保有的最后一点真诚。对于你来说，进入伊甸园系统像被割断了脐带，让你进入一个没有羊水的环境。但是对于我来说，在这个伊甸园中，我如果不给自己一点发挥的余地，我就永远是被驱逐的亚当和夏娃，甚至只是亚当的一根肋骨。"祝融想尽力给我一个微笑，但是一不小心笑得过狠，眼里闪着泪光，"我跟你说过的，每个人的情绪阈值是不一样的。你害怕进入伊甸园系统，而我害怕被替代和驱逐。目前看来暂时没有这个风险了，但是谁知道呢。当初伊甸园开启时也只说是一个实验而已。"

"祝融，我愿意尊重你，但不想安慰你，我做不到。"我冷冷地说。

"把你置于那样的危险之中，我没有期望你能原谅我，我对你抱有无限的愧疚，但是我不后悔。"祝融戴上了墨镜，又恢复了刚来时的那种冷淡，"但是有件事我得告诉你，蜡烛是真实存在过的，只是你自己忘记了而已。"

"你说什么？"我感觉自己的声音在颤抖，这个信息让我感到一阵窒息。

"你真的领养过蜡烛，这是你的领养证。"祝融点开一个屏幕，在我面前一点点滑出关键信息给我看，"你只不过是忘记了，因为'蜡烛'出事之后你一度很封闭、抑郁，所以我才用仪器催眠你，使你相信这一切是假的。"

"但其实是真的，"祝融继续着她对我的"刑罚"，看着我不停地撕扯自己的袖口，她也没有停下来，"因为你领养的'蜡烛'也有镜像反应综合征，所以你幻想的她也会有这个病症。还记得那个故事吗，一个母亲救了她幻想出来的孩子……但其实那个孩子才是真实的，她是蜡烛，而那个母亲的故事是我虚构的，你根本没来得及救她……"

祝融的话在我耳里断断续续，我无法听清这种揭开伤疤的话语。我咬着手指，看着它们一个个出血却感受不到疼痛。

我尽力让自己平复下来，想着自己还有问题要质问祝融，不能在这个时候失去理智。但是周围的环境开始旋转起来，我看不到祝融在哪里，来来往往地有很多人从我的身边走过，他们在我眼中变成了一串串数字编码。虚幻的、看不清的、没有记忆的……

不知道是人还是仿生人摇着我的肩膀问我怎么了，我恍惚了一会儿才想起来该回答他。但是答案已经从我的脑中溜走了。

世界只剩下了一片嗡嗡声。

许 璐

请勿返航

中短篇小说组三等奖《请勿返航》颁奖词

　　一位在深空中漂流许久的航天员，忽然发现自己降落在一颗奇怪的"星球"上，经历了一段惊悚而缺乏逻辑的诡异旅程，最后发现这只是一场模拟出来的梦境。作品没有流于"南柯一梦"式的创作俗套，而是将另一个更深刻的科幻故事埋在梦境之中，并对其进行了一番抽丝剥茧般的探索，是一篇具备赛博朋克味道的佳作。

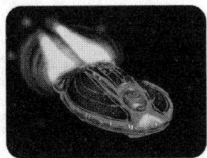

还剩最后一小时。

获知世界的真谛或许只需要一瞬，或许需要上百万年。我带着对整个人类世界的困惑，藏身于宇宙一隅。我不知道接下来会去哪儿，也不知道我还可以做些什么，只能徒然地等待最后时刻的到来。当死亡不再是一个确定的归宿时，梦魇便被另一个看不清的对手接替，那究竟是什么？

我想我已经试遍了所有方法来修复飞船的内部操纵系统。

在束手无策的情况下，我试图把这一切归为骗局，但我又能清晰地感知到，飞船正失控地冲向宇宙深处。在无法阻止的灾难面前，求生欲显得更加无助和渺小。事实在逼迫一个不想放弃的人放弃，低下倔强的头颅。

现在我唯一能做的，就是尽可能地保存历史记录。记忆是很重要的东西，它决定了你是你。也许这对我而言，就是另一种求生欲。

你知道孤身一人悬浮在太空之中是什么感觉吗？

当你觉得眼前的星辰是一片巨幕的时候，你会发现，你的脚下也是巨幕，你的身后还是巨幕，你处于巨幕的包裹之中，强大的压迫感令你几近崩溃，那些璀璨的星辰离你很遥远，而你的周围却是永恒的黑暗，但事实上你已经分不清距离，远近都已氤氲为一体。有时你甚至怀疑，你只不过是在一个巨大的玻璃瓶中，那些扭曲的、泡沫状的花纹与其被叫作星辰，不如说更像是玻璃瓶的内饰，你只要手臂再伸长一些，就可以摸到光滑的瓶壁。可是你没有，你远比尘埃渺小无力，无论怎样挣扎，这个奇怪的世界依然诡异地运行着。

在黑暗中我恍惚了好一阵，才意识到我已经脱离了飞船。此刻在这片彻头彻尾的黑暗中，我听不见巨型涡轮的轰鸣，也看不到任何飞行器的亮光。我知道，一些飞行前辈有在舱外工作的经验，但那是在有安全保障的情况下进行的，而如今我在完全没有准备的情况下被甩离了舱体，四周没有任何可以依附的物体……突如其来的紧张感让我的心脏猛地咯噔了一下，冰冷发麻的感觉向四肢蔓延开，我捏了捏手心，感受到了航空服的厚重，但它只能维持几个小时。

我的大脑急速运转，以寻找求生方式。

"表温 1.627K，秒速 32.75km。"突如其来的声音把我吓了一跳。我屏住呼吸，抬起手捂住头盔，试图捕捉更多信号。

"紧急状态警告，流故号断开连接，进行首次搜索。"机械声传来，我花了好一阵才意识到声音来自我背上的智能机器助手。这是第九十七代人工智能，可以补充人类寿命所触摸不到的智慧——科技发展到如今，人类终其一生也无法攀到任一学科的半山腰，人机结合才能弥补这一缺陷。许多业内人士认为这种行为无异于饮鸩止渴，但尽管非议不断，目前科学界早已离不开人工智能的协助。

我迅速冷静下来，很快，借助导引，我确定了流故号的方位并调整角度向其靠近。

流故号已经熄火，因此从远处无法肉眼辨认，不过随着距离拉近，我看到了其庞大的身躯在星云下微弱的反光，两端略扁的球形构造上布满了弧度较小的锥状凸起，舱门便位于扁口的一端。

就在我试图靠近舱门的过程中发生了一个意外。我

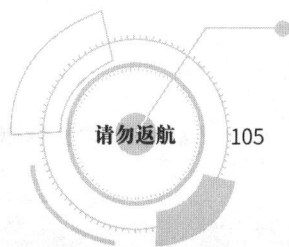

的智能机器人突然失去响应，引擎也随之停止了运作。不管是发生故障还是能量耗尽，无论我如何呼喊，耳边再也听不到任何应答，情急之下，我没有时间判断故障原因，在即将路过舱门时，迅速将背后的智能机器人卸下来找好角度抛了出去。根据动量守恒，我将获得反方向的速度——我只差这么一点速度。

我简直怀疑丢掉机器人的我把脑子也丢了，攀上流故号后的我头脑一度陷入空白。当我一边努力回忆我的飞行任务，一边望着舷窗外越来越远的机器人的时候，突然极度怀疑刚才做法的正确性。如果我不是鲁莽地选择放弃，而是继续等待它恢复响应呢？失去智能机器人辅助的我，除了能短暂地存活下来，几乎是一个废人了。

机器人与其说它像人，倒不如说像个甲壳虫，半球形的背部十分光滑，前面是十二根触手，便于攀附在主人的身上。我盯着逐渐飘远的它，它的背壳反射着幽幽的太空光线，样子十分诡异。

我花了更多时间去回忆我为什么会在这里。

我已经太久没见过地球，久到我开始怀疑记忆里关于地球的往事是不是一场幻觉。这不怪我，当事情超出认知的时候，也就分辨不出真实和虚幻了。也许是长期的太空航行，也许是突然脱离智能机器人，我感觉我似乎产生了轻微的认知障碍。

我转过身来盯着眼前错综复杂的操作键盘，感觉有些眩晕，额头微微冒汗，但此时我必须强迫自己冷静下来。此时飞船还在平稳移动，没有受到其他天体的干扰，但留给我的时间不多了。除了几个发光的按键，此时飞船内漆黑一片，我忘了这个型号的飞船是否有紧急照明装置，或许没有。我的体温也没有如想象般骤降，我反而感到燥热难耐，我需要靠理智一再克制脱下太空服的冲动。我不能保证舱内的环境是否还适合生存。

失去记忆比飞船在故障中失去方向更可怕，我得时刻提醒自己我是一名专业的航天员——我仍在试图适应这个身份——然后把手指挪到了一个印象中无关紧要的按钮上。

"表温 2.803K，秒速 12.35km。"

我定了定神。飞船还有响应。

或许在被甩出去之后我有过短暂的昏迷，所以我的记忆有些时断时续，我忘记了我为什么会出现在这里，又是在执行什么太空任务。但在我遥远的记忆里，我有一个模糊的家乡，但我并没有很强的地球人的身份认同感，印象中的声光色只不过是一道荒谬的微波，湮没在宇宙深处。记忆的荒谬与眼前的真实产生冲突，使我陷入迷茫。

我必须即刻终止头脑中的追溯。耳边突然传来的嗞嗞电流声打断了我所有的遐想，我仔细聆听，声音中还伴

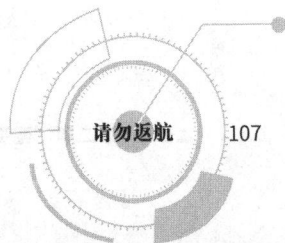

随着晶体反复碰撞、破碎和一阵阵延长的风声，仿佛气态行星的低吼。接着，我听到了我的航天员生涯中收到的最后一条播报。

播报内容是：注意，请勿返航！

重复三遍后，声音在叮的一声回响后全部消失了，四周重新陷入了寂静。

这是一条很明确但令人困惑的指令。

在相对静止的情况下，一切仿佛都凝固了，唯有我如同被遗弃的太空垃圾般缓缓游走，仔细地巡视着所有的按键。闷热与黑暗严严实实地罩住我，我甚至都感觉不到我是否在出汗。或许时间也停止了，或许遥远的地球上发生了什么事。

以上是飞船坠落前我最后的回忆。我对徐明安说。

后来我才知道，我并没有陨灭于太空，而是意外地降落到了一片海域。

等我渐渐恢复意识时，似乎感觉整个人被吸附在一块硬板上，无法动弹，浑身疼痛而沉重，湿冷侵入骨髓，我紧闭着眼，但仍然感觉到被大量的光线包围着。在这片混沌中，我不知道我是谁，在什么地方，经历了多长的时间，只是感觉整个人与万物化为一体，不分彼此。最后，我睁开眼，盯着头顶的一小块虚空，头脑里空白而模糊，曾经来自地球的记忆缓缓地从四面八方慢慢飘回来，向我聚拢。

我努力地适应着眼前的场景。这是一艘小型游艇，这里是地球。

雨水噼里啪啦地打在头顶的雨棚上，耳边传来喧哗而有节奏的水流声，船身轻轻地摇晃着。但我还不太想动，仍在重新唤醒对重力的记忆。

那个时候徐明安就那样坐在船头，披了一件浅卡其色的旧皮大衣，戴着灰色棒球帽，身材纤长，像只灰扑扑的大鸟，他微微有些鹰钩鼻，眼睛若有所思地望着前方，整个人苍白而疲倦。我躺在离他不远处，盯着他花白的头发一绺绺伏在后颈，这是我这么久以来第一次见到人类。

我想喊他，但是声音闷在胸腔里发不出来。直到他终于侧过头，才发现我醒了，然后起身扶着船侧的栏杆走过来。

我看见他脸色蜡白，雨水顺着帽檐往下淌。这个不撑伞的奇怪的人，佝偻着身子在摇摇晃晃的甲板上费劲地保持身体平衡，全身上下都湿透了。不知道为什么，到现在我还清晰地记得他向我走来的这个画面，记得这个人独特的倔强。

"你醒了。"他进来摘下帽子，甩甩上面的水，捋了把头发，他的语调竟有点绵软。他抓过来一个水壶，然后

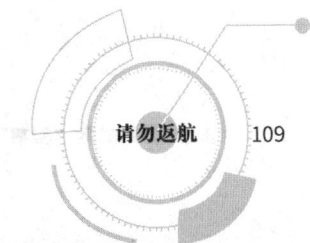

慢慢地把我扶坐起来。我这才看清他的脸，眼睛小而明亮，眼角有些皱纹，嘴唇薄薄的，下颚宽大，年纪估摸四五十岁。

我感觉到一阵亲切。这个人看起来很面善，最重要的是，他跟我说的是同一种语言，沟通无碍。

温水滋润了喉舌，我感觉放松下来，恢复了些力气。

"这是哪儿？"我说出了回到地球的第一句话。

"那茨英湾。"

"什么？"我开始在记忆中检索，却没找到任何结果。或许是某个不知名的海湾吧。

"谢谢你救了我。"

他鼻腔里嗯了一声，算是回应。

"您是这边的渔民吗？"

"就当我是吧。"

得到一个似是而非的答案后我不再说话。我检查了一下身上的太空服，已经彻底损毁，灰色的合成纤维被划得破烂不堪，里层是因浸泡太久而皱成一坨坨的棉絮，除了佩戴的手表，什么都没有留下。而我现在急需联络航天局和地面指挥部。

"船上有通信设备吗？"我犹豫了好一会儿，还是忍不住问道。

他摇摇头。这种反应让我有些不舒服，但很快我便忽略掉了。

我艰难地脱下太空服，一边克服着抬起手臂时的疼痛，一边按他的要求把我回忆到的内容大概讲了三遍，讲到一些记不太清楚的细节时，他会要我倒回去重新讲，但并不看我，只是专注地用脚拨弄着地板上木皮掀起来的部分。

"行了，我已经记不得了！"在一阵沉默的思考后，我突然有点烦躁。他这艘小破船不挡风，水面上温度很低，脱下湿冷的太空服后我仅剩一层薄薄的舱内工作服，不禁冻得瑟瑟发抖，我只想尽快回去换上干燥温暖的衣服。

他抬头看了我一眼，然后抿着嘴，转身指向一片海域："大概这个方向。"

"什么？"

"从这边漂过来的。"

"我吗？"

"你，和你的飞船。"

"你看到我的飞船了？"

"嗯，所以我们要过去找。"

"你疯了吧！"我看着外面汪洋一片，目光所及之处空无一物，这艘小船能把我们安全送上岸就不错了，没想到他竟然妄想靠这艘小小的游艇去捞飞船。

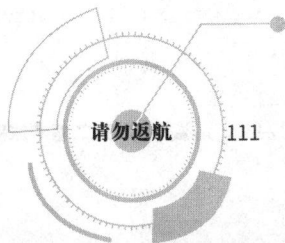

他把手放下，但脸仍朝着海面，我注意到他手上的皮肤还很白嫩，跟他苍老发皱的脸明显不属于同一个年龄的人。

"你觉得我有病吗？"他突然说。

"不是，就你这小船……"

"我们之中至少有一个人有病。"

"我们可以先返回陆地，再由专业的……"

"你手上，"他再次打断了我的争辩，比画着手腕，"戴的是什么？"

我愣了愣，抬起左手："十点十八。"

"刚才我看过，显示的是十点半。有反方向的钟吗？"

"那就是坏了。别管了，回去等雨停了再说。"

他不说话，似乎还在斟酌。

我冻得不断搓手，瞪着他道："你到底是什么人，为什么对飞船那么着迷？打捞这种事你是办不了的。"

"但你已经违背了禁止返航的指令。"

"这只是意外，不是我能控制的。"我有些愤怒。

"意外？不全是。但你很幸运，碰上了我，又或许你只能碰上我。"

"你打的是什么哑谜？"

"我怀疑你不是这个世界的人。"他突然一本正经地说，"你觉得呢？"

我突然很想骂人。"你是想我们俩今天都死在这儿吗？行，你走，我游回去！"说完我有点心虚，因为我看见他沉郁的神情里夹杂着一些认真的成分。

他盯着我看了很久，最终勾了勾嘴角表示妥协。同意返回岸边后，便开始专注地调整船的航向。我也顺势找了个靠里的位置用最舒服的姿势蜷卧着。

"你这劲头，挺像我儿子的。"他突然说。

回去的路上，他终于有点像正常人了。他告诉我他叫徐明安，以前是个物理学家，妻子和独子都意外去世了，之后就一直住在海滩这边。

我闭着眼，一直在琢磨他说的"不是这个世界的人"是什么意思。有一瞬间我想，万一他不是地球人呢？这时我脑中闪过一些外星人伪装后潜伏于人类世界的古早传说，紧接着我就为这种想法感到可笑。我披着他递给我的旧皮大衣，心想，看年纪，或许他确实是暂时把我当作他的儿子了。

"物理学家？你研究哪方面的？"我试图找话题。

"……时间晶体，你听过吗？"

我摇摇头。

他盯了我两秒，盯得我有些发怵。

"那你也没听说过我的名字？"

"没有。有什么问题吗？"

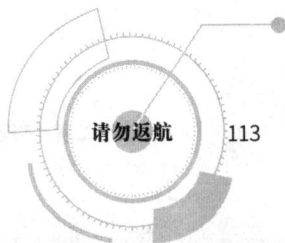

"果然。"他似笑非笑地轻哼了一声，随即目光飘向前方，"看来你注定是我的客人。先到我那边休息吧，我会慢慢告诉你的。"

　　接下来我们一路无言。我静静地躺着，雨水打击在舱顶的噼啪声让我终于有了回到地球的亲切感，我很久没听到来自"人间"的声音，这种感觉比太空里的失重感要好很多。最初我以为我会讨厌身体变得沉重的感觉，但很快我便再次依赖上这种万有引力带来的安全感，这也许就是刻在基因里的东西——时刻告诉我，我来自什么地方。

　　在没有其他证据反驳的情况下，我实在找不到这里不是地球的理由，据我所知，目前人类开发的地外生存基地并不具备类似地球的大气层，更别说还能下起这漫天大雨了。

　　胡思乱想或许是我这个人最大的毛病，但在疲惫把我拖进梦乡之前我们就靠岸了。

　　我以为上了岸会好些，没想到海滩边也是四处雾气升腾。远方烟雨朦胧，云水霭霭浑然一体，令人眼球发酸，苍茫的白色灌满了眼眶，仿佛只要微微眨眼，水就会顺着脸颊流淌下来。海滩一侧是连绵的陡峭石壁，在雨幕中看不真切，只见一片残破的灰白，没有植被覆盖。

　　我努力地跟着他在巨石间穿行，小心翼翼地在湿滑的石缝间弯来绕去，终于攀上了最后几级石阶。一座两层楼高的老房子孤独地矗立在雨中，外墙用石块和木头垒起，被雨浇成斑驳的暗褐色。他熟练地走过去，抖落雨披，门没关，嘎吱一下就被他推开了。屋内寂静，有一股腐朽的淡淡味道，他没有开灯，一股呛鼻的潮湿木屑味冲上来，我忍不住咳嗽了好几下，这里想必就是他的住所了。

墙壁上裂缝纵横，剥落的油漆露出旧式的砖石结构，古老的家具和旧木地板显露着岁月的痕迹，光线昏暗，透过木框窗户进入室内，窗户上的玻璃蒙上厚厚的雾气。我实在很难想象现在还有人住在这种老旧的房屋里，脑中不禁浮现出一个孤独的中年男子放逐自我，过着与世隔绝的凄惨生活的场面。

冲完澡，换上他找来的干燥衣物，我感觉身上轻快舒爽多了。我接过他递来的热水，心想这人虽然脾气古怪但心肠不错。我提醒自己不能片面地评价一个人。

"要听听我的故事吗？"

我心里一沉，年纪大的人就喜欢抓人讲往事。"改天吧，我现在情况比较紧急。"我放下水杯，脸上挤出一个抱歉的笑容。

他沉默了一会儿，似乎在考虑什么，然后问了我一个最简单的问题："你叫什么名字？"

我愣住了。我才意识到我还从来没想过这个。

他无奈地笑笑，没有追问，似乎也不期待能得到我的回答，又指了指窗下狭小的木桌椅让我坐下。

"听我讲讲吧，我保证你不会后悔。"

我正准备反驳，可是当我看向他时，发现他正盯着我，用一种我没法拒绝的认真和近乎恳求的眼神。我心软了，重新拿起水杯坐下来。

瓢泼大雨没有停歇的意思。雨脚不断踏上窗沿，屋内有些昏暗，桌椅的轮廓氤氲在朦胧之中。他郑重其事地关上门窗坐到我对面，一再表示事关重大，要我务必认真听完。就是在这样的环境中，他开始絮絮叨叨地讲起来，脸色忽明忽暗，显得疲惫又倔强，以下是我按照他的视角回忆的内容：

我年轻的时候顺利地读完博，毕业后供职于研究院，二十七岁便和妻子有了一个孩子。彼时我风华正茂，爱情事业美满。当时的我没多少雄心壮志，只是每天做些基础研究工作，时不时参与一些科普读物的编辑。我本以为我受到上天眷顾，一生就是这样，过着我们喜欢的简单而平淡的生活，但后来发生的事情彻底颠覆了我的人生。现在我再次问你一遍，你真的没听说过我的名字吗？好吧。

五年前全球爆发了史上最严重的生化危机，我妻子出现在第一批死亡名单里，面对猝然而至的悲剧我毫无招架之力。没人知道这场灾难的源头，它如洪水般失控地席卷了任何一处有生物存活的角落，比任何一场瘟疫都要更加猛烈，感染者在常人难以忍受的并发症中死去，大批大批的人像蝼蚁那样被病痛蹂躏着，正常的社会秩序被击溃了，社会发展停滞乃至倒退，人类文明在这样强大的恶魔面前不堪一击。

科学界和医学界前所未有地团结起来面对这场末日般的灾难。我所在的研究所本来和生化领域关系不大，但是后来发生的事却把我推到了风口浪尖——我在偶然间成功制造出了稳定的时间晶体，通过引发自旋交错使晶体在时间尺度上产生了周期反复性，从而在最低量子能态下实现永动。你可以简单理解为，人类对物质的观测与控制从空间维度跨越到了时间维度。它最重要的实际应用价值之一，在于能够干预基因组序列并对蛋白质进行折叠。在我们团队的努力下，时间晶体可直接作用于 DNA 分子，调整缺陷基因乃至改造整个基因组结构，或者直接精准作用于蛋白质目标区域，改变其折叠机制以形成特定结构，从而修复被破坏的组织，使组织活性增强、功能优化。这项成果从根本上抵御了疾病侵袭，医治了无数处于水深火热之中的患者，在当时的形势下简直是举世瞩目的创举。

抱歉，可能我说得太多了。总之，随着这项技术的广泛运用，那些在死亡边缘挣扎的人们被成功救回，社会

开始逐渐回归正轨，这场灾难得到了有效遏制，世人把我视为力挽狂澜的英雄，我获得了生化界最高奖项和无数赞誉——可是你知道吗？英雄很多时候并不想当英雄。如果能回到过去的话……不，那同样没法改变什么，我累了，这些年我总是一遍遍回忆以前的生活，或者我宁愿跟妻子一同在那年死去，就不会再经历之后的那些事情了。

你猜我是怎么研制出来时间晶体的？耐心点，这是最关键的部分。那是我最疲惫的几个月，我频繁梦见我是个绝症患者，在焦虑地等待死亡，那时候我的妻子刚去世不久，我的心理状态很糟糕。我的儿子去国外念书了，我们每次通话都会因为我的工作吵起来，我说我做什么跟你有什么关系，我都没干涉你。你猜他修的什么专业？哲学！该死的哲学！少数几次通话都是我拨过去的，后来交流越来越少，直到那项技术问世，我才发现已经一整年没有他的消息了。

说到那些梦，正是梦里的情境给我的研究提供了灵感，就像门捷列夫发现元素周期表的排布规律一样——等等，你听过门捷列夫吧，好的，这样就好理解了——或许是我的日思夜想打动了缪斯，我梦里的主治医师为我找到了一项特殊的治疗方案，这个方案恰恰就是以时间晶体技术为核心的基因修复疗法。时间晶体，这种本不该属于我们这个时代的物质，就这样被我意外地接触到了。

啊，所以，与其说我是从梦中获得灵感，不如说我是直接抄袭了我的梦，因为这些理论太过超前，光靠我自己，实在是连做梦也想不出来。令我诧异的是，醒来后我还能清楚地记得治疗详情。当时我没跟任何人说，只是暗自依照梦里所看到的进行了溯源实验，最后竟然真的研制成功了。直到这项技术转化为成果上市，并且确实医治了成千上万的人之后，我都感觉像是经历了一场幻觉。那些颁奖典礼我一个都没去，我心虚地闭门不出，没过多久，事情果然开始不对劲了。我梦里的那个人，也就是我作为第一视角的那个人，病情突然恶化。是的，你也感觉到奇怪了吧？本以为只是偶然出现的梦境竟然开始连续地进行，和我的时间线并驾齐驱。

我开始频繁地摔跤，我指的是梦中那个人，后来我明白这是因为积液导致的。此后，我开始不断做清创，插引流管，身上到处都是淤青和缝针的伤口，那种感觉太真实了。每天一睡着我就会变回那个人，反反复复体会他的痛苦，发烧、呕吐，而医生根本找不出病因，最后不得不宣布治疗失败。有一次我吐了一整个晚上，最后胆汁都吐了出来，嘴里发苦，汗水浸透了床单，直到虚脱昏迷，紧急吸氧，上心电图，输血……这个世界的我开始避免睡眠的到来，但是只要我稍微放松，他就用身体替换了我，这种感觉非常恐怖。比起做梦，我越来越倾向于人格分裂。

我在清醒的时候去看心理医生，只是说我压力大，单位给我批了半个月的假期，但我的意识几乎被那个人占领了，有时候我几乎都感觉不到我自己的存在。

想象一下，当你越来越觉得那个世界才是真实的，而此刻的你却是在梦中，那是一种什么感觉？

我越来越魔怔了。抱着负责的态度，我请求立即停止这项技术，却拿不出任何理由，有一次我私下捣毁了部分实验设备，他们终于意识到我有严重的精神问题，却也因此没有惩处我，而是给我批了更长的假期，要求我去疗养一段时间，实则把我送进了精神病院。

去医院前我想起来给儿子打个电话，彼时他在搞一个实验，我说你学哲学的还搞这些，他第一次没跟我顶嘴，只是说很快就要成功了。那是我们最后一次通话，再后来就有人告诉我他意外去世的消息。早知道这样，我就该把他留在身边。当然现在说这些都没用了，因为我自己都已经无法分辨真实与虚幻的界限。很快，事实证明我是对的，这项技术的后遗症在一年多之后开始显现，原本靠自身免疫力还有三成可能自愈的患者，却在手术治疗后出现了百分之百的致死率，你能想象到这个可怕的数字吗？我当时的阻挠并未被重视，但铺天盖地的声讨却如期而至，不过，责难没有持续很久，因为比之前多出几倍的人死去了。我备受良心的谴责，面对这样惨烈的现状，我无能为力，也无法再从梦中寻求到任何指引，后来我便搬到这里避世而居。这里是我和妻子相遇的地方，那时我还在读研，参加校外合作的一个项目，我们碰巧分到了一个实验小组，然后发现彼此有着共同的志趣。也只有想起她，我对这个世界才稍微有些真实的触感。而我梦中那个人，却自始至终对我这个世界的情况一无所知，或者说，是对他的"梦"一无所知。

　　他缓缓讲述着他的过去，声音时而低沉，时而激动，有时会略微停顿下来，神色迟疑，好像在艰难地寻找下一个合适的词语。他看上去很累，仿佛每说一句话都是沉重的负担，只有在讲到妻子时，眼神才稍微流露出一丝柔软。我理解一个独处太久的人有多么渴望被人倾听，但他讲述的内容实在骇人听闻。除了他是个精神病人外，没有什么理由可以让他编造出这样离奇的谎言。

　　"嗯，让人联想到《黑客帝国》，或者《盗梦空间》。"我评价道。

　　"那你相信吗？"他沙哑着声音问。

　　"无法证伪。"我拨弄着杯子的手柄，"不过话说，你梦中那个人现在怎么样了？"

　　"我很久没有做梦了，或许他已经死了。"

　　"因为疾病？"我犹豫片刻，试图按照他的逻辑组织

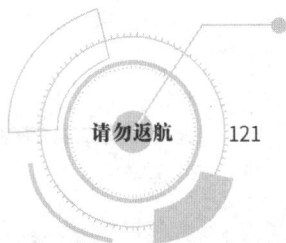

语句，"可是，如果'真实'的人去世了，那为什么'梦中'的你却还存在？"

"这就是问题所在！"他的声音突然大了起来，把我吓一跳，"现在太空航行是被禁止的，难道你不知道吗？"

我有点恍惚地摇摇头："也许地球上真的发生了太多我不了解的事。"

"不，你还没意识到，你本不应该出现在这里。"他紧紧皱着眉，别开脸沉重地叹了口气，几乎是一字一顿地说，"你不记得关于你航行的出发时间与任务，这不是简单的失忆。从我开始看到你，就知道你和我一样，不是这个世界的人。"

我一时被噎得说不出话来，一股酥麻的凉意从头顶蹿到尾椎骨，安静的室内只听见风雨敲击门窗的哐哐响声。我忍不住发出一个奇怪的笑声："……抱歉，叔叔，你的故事很精彩，但我不能在这边待太久，必须尽早回去复命了。"

"这么大的雨，你去哪儿？"他转过头来，"今晚就在这儿留宿吧。"

我看向窗外，才发现天色渐渐暗了下来，外面的狂风暴雨仍在呼啸不止，屋内没有灯，桌椅的轮廓隐匿在朦胧的黑暗里，他像幽灵般伫立在对面盯着我，五官似乎变得模糊起来，使我不禁打了个寒战。

"时间晶体的大量运用带来了异常波动，单维时间中频繁使用多维时间晶体，这种过度干涉产生的涟漪效应使时间发生衍生与交织，时间秩序接近崩溃的边缘。"他喃喃地念叨着，"标准时失效，很多事情早就中断了，更别说太空航行了。"

我下意识地咽了咽口水，试图消化这些信息。

他看着我："所以我很好奇，你究竟来自哪里？"

我感觉到他是认真的，或许是过去经历了太多打击终于导致精神分裂，或许他说的是真的。但我不能听信他的一面之词，于是我带着些许同情与畏惧，小心翼翼地说："有没有可能，这些都是你的臆想？你的梦已经结束了……"

"不，你不能和他们一样怀疑我。只有你不能……"他突然提高了声音，变得有些急躁，但很快克制住继续说下去的冲动，我看见他眼里燃烧的火星被迅速掐灭，他又回归冷静，"听我说，你现在不能出去，外面很危险。我会想办法证明这一切的，你就在这儿等我。"

"现在吗？"我难以置信地看着他换了件黑色的外套，"你刚才不是说了，雨这么大……"

他扫了我一眼，然后在我惊愕的眼神中穿墙而出。

"雨是永远不会停的。"他甩出最后一句话后便彻底消失了。

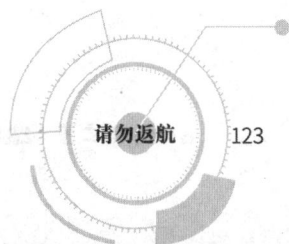

雨果然没有停过，他也没有再回来。

我怎么也没能在那扇墙面上找到门，所有可见的门窗都被反锁了，找不到任何出口。我翻遍了他的屋子——抱歉，他离开得实在太久了——房子潮湿得很，墙壁上布满了斑驳的霉藓，木质地板破旧不堪。打开房间门的时候我被满地狼藉吓了一跳，床单、被子、衣服丢了一地，摔碎的台灯、杯子、电风扇等一些乱七八糟的小物件到处都是，地上有几个精致的木箱子，敞开口被随意丢在杂物堆中。很快天便完全黑了，黑暗中我什么都看不清。是的，这个古怪的人家里连灯都没有。但更古怪的是，天竟然黑得这么快，如果不是手表发生故障产生误导，那么就真如他所说，标准时发生了紊乱。

天再次亮起来的时候，我翻到了一把类似锤子的长柄重物，把窗子砸碎，又费了很大的劲儿把防盗网撬开一道口子。

溜出去之前我摸了件雨披，然后看了看表，早上六点零六分。表彻底坏了，没有使用价值，我摘下来扔到地板上。在我准备跳下窗的时候，我再次环视屋里，这样昏暗的屋子，在阴冷潮湿的雨天将我困了一晚，此刻却散发一种柔软的气氛。

我向来性格懦弱，优柔寡断，如果不是命运将我推到悬崖边上，我也绝不会冒险往下跳。在这样的时刻，我忍不住向屋里久久凝望，试图让记忆中多留一些东西。最后我的目光落在了桌上的相框，似乎是两个人的合影，他，和他的儿子。一时之间我竟然被这种曾经的温馨场面打动，如果我也有一位这样的父亲……我知道我又开始陷入感性，很快我便撇弃累赘的思虑，强迫自己转过头，咬咬牙冲向雨幕。

很快我便发现了一条公路，然而路面扭曲，支离破碎，远处触目皆是断壁残垣，仿佛刚经历了一场大地震。我沿着道路往前走，以期碰到什么人经过。

最初我以为那是两只废弃的干瘪蛇皮袋，但当我走过去，发现坍塌了一半的水泥墙边躲着两个黑瘦的孩子。一个蜷缩起来侧躺在地上，像只被熏干的鸭骨架，另一个呆呆地盘坐在一旁，纹丝不动。我翻过杂乱堆叠的石块来到他们面前，才发现躺着的孩子已经全身腐烂发黑，被雨水持续冲刷着，身上到处都是大小不一的洞，不断往外冒着污浊的血水。他的手指已经萎缩融化，五官皮肉外翻，黄色的分泌物粘连到一起，看不清样貌。而坐着的孩子青紫色的四肢上，也布满了一块块海藻般的黑癣。我皱着眉，忍住干呕的冲动开始后退。

就在这时，身后发出一声巨响，毫无防备的我差点没站稳，心脏也随之狠狠地震了一下，空中有一股无形的巨浪沉闷地穿透我的身体。一阵耳鸣后四周一片寂静，那

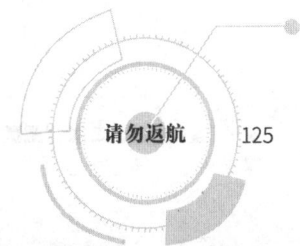

一瞬间我以为我聋了。

那个坐着的孩子在我眼前倒了下去，随后一个戴着黑色面罩的高个男子从墙后走出来，手里拿着一把突击步枪，瞄准了我。

我被这突如其来的场面吓到了，头脑一片空白，无处可躲，像只被探照灯照到的动物一样僵硬地呆立在原地，还没来得及挥手阻止或者解释什么，就听见一声枪响，一瞬间我仿佛被往后猛推了一下，后仰跌在坚硬的石块上，紧接着便感到心脏一阵刺痛，五脏六腑震得发麻，浑身失去力气，好一阵子动弹不了，只能紧紧咬着牙蜷缩着，忍耐着尖锐的疼痛从心脏向四肢发散。

我不知道发生了什么，雨水锋利地打在脸上，我感到自己正在抽搐，呼吸困难，眼前发黑。就在我以为我要昏死过去的时候，忽然身体一阵轻快，像卸下了重担似的，紧接着疼痛感消失了，知觉慢慢回到身体里面，我尝试着深呼吸，发现畅快无阻。

我摸了摸胸口，并没有伤痕，正疑惑地睁开眼想看看，发现高个男子已经走到了我跟前。我才注意到，他全副武装，除了黑色面罩外，全身覆盖着的是黑色的盔甲，只有胸前镶嵌着一枚带有黄色图案的胸牌。

"培植人？"他的声音隔着面具，有点嘤嘤嗡嗡的。

我愣住了，迷茫地看着他。

"东南方一公里，粒子加速车，半小时后启动。"他收起枪，在护目镜某处点按了一下，镜片滑过一个亮点又消失了。

"什么？"

他盯着我，没有回答。过了两秒，他似乎说了句"收到"，然后迅速把手从耳边放下，朝我挥了挥枪口，示意我动起来。虽然我看不见他的脸，但是体会到了强大的压迫感，于是我慌忙爬起。这个地方有太多我不了解的情况，眼下不宜过多询问，只能尽快赶往安全地带。我抹了把脸上的雨水，跌跌撞撞地往前小跑，等与他拉开一段距离后再往回看，发现他仍站在原地，似乎正四处观望，仿佛雨幕中一只孤独的猎犬。我迅速别过脸，裹紧雨披继续赶路。

这条支离破碎的路延伸得很长，四周雾霭蒙蒙看不到边，经过一段跋涉后，我的头发湿透了，贴在头皮上。冰冷的雨像短剑一般往我身上的每个缝隙刺入，令人难以招架。太空航行多年，我没有在地球上准确判断方向的信心，如果不是有四处断裂的建筑石块作为参照物，单是顺着那人的指向我很容易走偏。就在我怀疑已经迷路的时候，隐约看见前面十几米处有台方形机器，在破碎的荒原中间很是突兀，没等我看清楚它的外观，我就发现我已经站在了机器内部，仿佛身处一个摩天轮观光舱之中——只有约两平方米空间，四周几乎都是透明的，而且很快就上升到了高空。

这一切发生得太快了，我怎么也想不起我有一个钻进来的过程。难道我的记忆缺失已经严重到这个地步了吗？我紧紧扶着侧壁，努力压制住我的惊恐，看着地面越来越远。

我并不恐高，只是这种失重飞行与太空航行大相径庭，我顾不上不停淌水的雨披，立定在原地回想，这是不是叫那什么来着，什么粒子车？没有驾驶室，我没法掌控方向，只能任凭这台粒子车把我带往迷茫的前路，我摸索着光滑的内壁，没有任何反应。

我突然感觉地球上似乎发生了太多事情，又或者，我只是忘了。

脚下的景物一直在变化，从破碎的沟壑到出现建筑物，雨在进入一道薄薄的环状光晕后便停了，与此同时，粒子车也在半空中突然悬停下来。我发现天空变黑了，似乎就在刚才那一瞬间切换成了夜晚，地下隐隐有闪烁的灯光在空中散射开来，晕染出绚烂的色彩。正在我观望这漫天的彩光时，和我突然出现在车里一样，车突然又消失了，只剩下我一个人站在一条黑黢黢的街上。

这种运输方式我是没见过的，那一瞬间，我突然有点体会到徐明安所谓的做梦一样的感觉，这一切发生得太快，太不真实了，如果发生在你身上，你一定会像我一样惊叹。四面八方的摩天大楼由彩色霓虹灯勾勒出轮廓，半空中呈现巨大的投屏，滚动着我看不懂的文字，一些不规则的发光多面体悬浮在错落的楼宇间，缓缓自旋着，连廊与外部直梯将高度不同的建筑连接起来，头顶不时有小型飞行器呼啸而过。路上没有人，我茫然地站着，不知要往哪儿走。

我想起凭空消失的粒子车，凭空消失的子弹，再往前，徐明安也是凭空消失的，这一切有什么联系？昨晚他的胡话又开始在我耳边嗡嗡响，如果这些缺乏逻辑的场景不是梦，那谁能解释这是怎么回事，还有我丢失的记忆？如果这是一场梦，梦中那个叫徐明安的人为什么如此执着地告诉我这些？如果这是一场梦，那此刻的我是不是还在太空中飘荡？我想象着飞船正在无可挽回地向某个星球撞击。如果这是一场梦……

我发觉我又开始陷入意识的沼泽。最近我常常恍惚，昨晚坐在昏暗的地板上，也不知道发了多久的呆，直至天边微亮。这样的我，需要尽快醒过来，无论是哪种意义上的清醒。

就在我准备继续往前走的时候，一架飞行器降落到我面前，白色的前灯打开，突如其来耀眼的光亮使我猝不及防，我连忙用手挡住眼睛。对讲机在我面前发出嗞嗞的声响，语气不容拒绝：

"请勿久留。尽快上车。"

与此同时，车门开了，我没反应过来，思绪还停留在遥远的地方，但紧接着就发现自己已经站在了车内，就像上次一样突然。如果我没猜错，这是另一台粒子车，只不过这次四周不再透明，似乎是由结实的白色塑胶墙壁构成的，车顶有一盏刺眼的白灯。车前方坐着一个穿着黑色服饰的人，背对着我，在满是按键的仪表盘上操作着，身后有透明隔板把他与我们分开。不算宽敞的空间里还有三个人，不约而同地抬头看着我。

"这是什么地方？"我率先问道。

"又一个倒霉蛋。"第一位笑嘻嘻地说。

"你是人还是仿生人啊？"另一位问我。

"感觉年纪不大，应该不是仿生人。"第三位向身边的人摇摇头，"他身上没有黄头标。"

"可惜了，我还以为给我们送仿生人来了。"

"做梦吧你。"

他们你一言我一语地谈论起来，而我却仍是一头雾水。

"我是从……"我犹豫了一下，突然想起徐明安告诉过我目前太空航行是被禁止的，为慎重起见，还是要有所保留，"我是从那茨英湾过来的。这是要去哪儿？"

"那茨英湾?"其中一个看上去比较和善的瘦高个儿说话了,"那边现在还有人居住吗?"

"天哪,这人该不会有传染性吧!""该死!为什么要放这种人进来,要害死我们吗?!"另外两个人听到后反应激烈,冲着驾驶室拍打叫喊。瘦高个儿也显得有些紧张,不过还是尽力拉住那个狂躁不安的人:"冷静点!能从那边安全过来,他没准是个培植人。"

然后他带着询问的眼神看着我,但我并没有搞懂这一切,只是摇摇头说:"我没听过什么培植人和仿生人,我也想找人问问情况,不知道怎么就到这儿了。"

"那你别想回去了。"突然有个人甩开瘦高个儿按住他的手,发出一声嗤笑,"接下来我们要被送往养护基地。"

我愣住了,大概清楚了此刻的处境非常被动。瘦高个儿见我一脸困惑,便把情况告诉了我,我这才逐渐明白这个星球上发生的一切。

原来确实如徐明安所说,世界正遭遇一场前所未有的灾难,最初由生化感染引发,时间晶体基因治疗法则进一步扩大了灾害烈度。由于这项技术被广泛使用,人们开始频繁地对基因序列进行修改,更有甚者轻易对蛋白质表达进行干涉,以期获取超越正常人体的功能,直到这项技术导致时间秩序紊乱,一种奇怪而稳定的分子结构形态

在整个自然界以几乎不受任何阻碍的方式复制并且无孔不入，诱使受感染的人体细胞发生变异增殖而破损，最终人体会溃烂而亡，如果不是及时建起的保护罩围住了核心城区，人类就会像外面那些动物、植被一样被吞噬直至彻底消失。最后只有部分被改造的人得以对抗感染，在大面积死亡面前，在事实压力下，官方不得不公开支持这类改造人，也就是他们所说的"培植人"，而未被感染的人也要被送往养护基地进行改造。

同样的事实从另一个人的口中复述出来，徐明安那些半真半假的故事，正在一步步得到印证。

然而，令我意外的是，我对此并不意外。

时间晶体基因治疗法被频繁提及，让我产生莫名的熟悉感，不是来自这几天听来的消息，而是关于我遥远的记忆，关于实验，关于技术应用的争议，关于离开地球前发生的事情，或许曾经我也知道点什么。

这时，失去记忆的我才体会到，灵魂就是由一个人无数连贯的过去组成的，那些独一无二的经历充实了你，塑造了你，让你变得无可取代。试想当你完完全全失去了记忆，就算有来生，你跟另一个人又有什么区别？

一股巨大的凉意涌上来，我苦苦地搜索着，想拼命抓住那些朦胧的画面，就好像要抓住我被稀释的灵魂。然而那些记忆却像飘忽不定的半透明糖纸一般，当我想仔细品尝味道时，便以无法阻挡的速度融化了，最后一丝气味也消失殆尽，什么都没有留下，令人怅然若失。

"哦，如果没猜错的话，你应该是清扫队带来的吧？"瘦高个儿打断我的遐想，"他们的主职就是射杀被感染的生物，阻止进一步传染，顺便也结束他们的痛苦。你怎么会跟那些人混在一起？"

旁边一个人听到我们的对话，挤过来，用一种冷静而残酷的语调解释道："但其实也没什么用，总有一天他们会彻底放弃的，气候已经变得异常了。"

我还在试图接收这些庞杂的信息，不禁问道："那他们自身就不怕感染吗？"

三个人奇怪地看着我，仿佛我问了个很愚蠢的问题。

"他们当然是仿生人了。"另一个人说，"你在开什么玩笑？"

"仿生人？什么意思？"我继续问。

几个人面面相觑，瘦高个儿继续耐心地解释道："仿生人，相当于人类的外接硬盘，现在没有哪方面能离开这玩意儿。人与仿生人共享信息，才能解决知识爆炸的问题，否则以人类的寿命，等学完基础科学就自然死亡了。此外，还有很多危险工作都可以让仿生人代替完成。你所看到的清扫队都是仿生人构成的，他们统一由保护罩内的统治者远程支配。"说到这儿，他努努嘴示意驾驶舱那位

黑衣人，我朝那边探头张望了一眼，暗暗点了点头。

"像我们这种只能被动接受改造的底层人，是没有资格拥有仿生人的，一旦进入养护基地，基本就告别了前半生的记忆。时间晶体的副作用就是导致时间线错位，大脑没法继续存储原始记忆了，这同样意味着……失去灵魂的我们将变成完全不同的另一个人。"他若有所思地停顿下来，好像想到遥远的事情，眼神逐渐黯淡下去。很快他重新回过神来，郑重其事地盯着我问："请你告诉我，你是不是培植人？"

"人家都说了不记得啦。"比较胖的那位撇撇嘴，"别被他骗了，培植人没这么傻的。"

"对不起。"我有些为难，事实上，现在我开始有点动摇，如果他们说的都是真的，那我很难不再次审视自己的记忆，尤其是那句"请勿返航"，它们都是真实存在过的吗？或许，我真的是所谓的"培植人"呢。

我想起逃过的子弹，再次对这个世界产生了严重的怀疑。

这个人见从我这里问不出什么，便把手揣在口袋里，不时抬头看我一眼，似乎很想撬开我的脑袋似的。另外两个人坐在地上，一个微胖，皮肤黝黑，另一个穿着脏兮兮的浅褐色 T 恤，低头不停抓挠着头皮，似乎奇痒难耐。就在这沉默的尴尬里，车上突然又出现了一个人。

这个人很高大，身材健壮，他一进来，感觉车内的空间明显逼仄了许多。他扫视一眼车厢，情绪非常激动，满脸怒火，二话不说就冲那个瘦高个儿来了一拳。瘦高个儿没来得及反应，一声痛呼，像只木偶一样狠狠跌到地上，发出沉重的脆响，紧接着这人便骑到他身上，抓着头发把他的脑袋朝地上猛撞，瘦高个儿发出阵阵哀号，却毫无招架之力，只能徒劳地挣扎着挥手。

我们都被这突如其来的架势吓了一跳，我冲上去拦住那人的拳头，然而他转身握住我的手腕，那一瞬间我立马感觉到他那不容置疑的力量，接着我就被他反手一扭，迎面嘭地砸到地上，整个头被撞得火辣辣的痛，很快我便开始后悔我的莽撞。他用一只手臂从后面勒住我的脖子，另一只手臂挥拳一下下朝我的腹部猛击，我被钳制住无法呼吸，扳住他的手，只感觉头晕目眩，无法抵挡的重拳仿佛要把我的五脏六腑捣烂。我感觉胃部剧烈痉挛，嘴里冒着阵阵苦涩的酸气，迷糊之中看见那三个人不敢动弹。就在我几乎要痛晕过去的时候，驾驶室隔板打开，那个黑衣人向他射击了什么东西，他立马号叫一声蹲了下去，我也脱力地跌坐在地上，大口喘着气。

"自己搞丢了仿生人，朝我们无辜的人发泄算什么本事！"瘦高个儿朝他吼着。

"自己搞丢了？你凭良心说说，怎么丢的？"那个壮

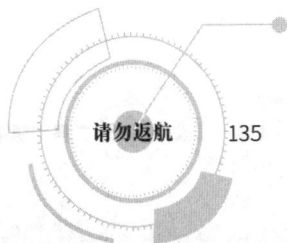

汉仍在嘶吼，脸涨得通红。

我看着这一切，急促地呼吸着，捂着腹部，胃部正在剧烈地痉挛着。

"别叫了！"黑衣人发出低沉有力的声音，车厢内顿时安静下来，接着他指了指我，"你出来。"

"我？"我有点蒙。

黑衣人转身不见了。

我转头向那个瘦高个儿发出求助的眼神，瘦高个儿立马踉跄地挪到我身边。

"你还好吧？"

"还行。"

"待会儿出去的时候会路过一个橙色的发光牌匾，他们应该会在那里集合，一定要在那儿袭击佩戴黄头标的仿生人，别怕，会有人接应你。"他喘着气小声说道，"我相信你有这个能力。我们不能让仿生人为所欲为。"

我看着他真诚的眼神，略微迟疑地点了点头。光凭这些话我并不是很相信他，但是刚才在车上就是他给我耐心一遍遍解释，对我有一种格外的关心，我决定见机行事。

"你和我们不一样，你是培植人，但你一定要记得……"

还没等他说完，四周的车厢挡板忽然消失了，我出现在了一个广场中央，周围是环岛高架，地面横纵着发光的斑马线，连接着不同的街区，但夜空很安静，没有飞行器经过。

现在的我已经没有第一次看到这些那么惊讶了。我四处打量，最后发现不远处的街角有座古代绣楼风格的建筑，二楼阳台上亮着黄色的灯，橙色牌匾就悬挂在镂空雕花围栏外面，上面镶嵌着四个发光的字，"请勿返航"。我瞪大了眼睛，愣在原地，这个指令是我在飞船上接收到的，为什么会出现在这里？

黑衣人推了我一下，示意我跟他走，我看了看他胸前，并没有黄头标，应该是他们说的仿生人支配者。四周非常空旷，没有藏身之所，估计暂时逃不了，我只好盯着那个牌匾，突然发现一大群黑衣人往那边走，楼上也开始人头攒动。

离绣楼越来越近了，我在心里一边揣摩着刚才听到的培植人的说法，一边瞪大眼逐个分辨他们胸前的标志，这时我身边的黑衣人突然开始说话了。

"你不是培植人。"

我愣住了。我从来没承认我是培植人。

"但你却成功抵抗了病毒和子弹。你是怎么做到的？资料库里查询不到你的任何信息。"

我继续保持沉默。眼下我还不能判断对方是敌是友。

"别听他们说的，我们现在是在帮助你。"

沉默。

"你不会真的蠢到去袭击仿生人吧？"面罩下的声音突然严厉起来。

这时，我们正好走到了门口，一时间，所有人朝我们围过来，我下意识地后退了一步，突然人群里传来"啪"的一声，像是玻璃被击碎的闷响，接着强烈的光线照过来，所有人被刺激得睁不开眼。

奇怪的是，我并不觉得刺眼，而是看见四周变成了纯白色，等白光散去，我已经坐在一辆汽车里，驾驶位置上有个人穿着黑色棉衣，戴着红色面罩，我不确定是不是带我来的那个人。

我环顾四周，发现我们已经疾驰在一条公路上。

"你也是真够蠢的。"熟悉的声音传来，他冷笑一声，脱下面罩，竟然是徐明安。

我惊呼一声，好家伙，不知道他是怎么找到我的。想起刚才在粒子车上的经历，我有种劫后余生的庆幸。

"去哪儿？"

"离开这里。"

"好吧。"我往后倒在座椅靠背上，碰到刚才挨揍的部位，忍不住发出一声轻呼。

"你受伤了？"徐明安没有看我，而是握着方向盘盯着前方，语气突然温柔下来。我不情愿地点点头，心里一阵柔软，恍惚间有种他就是我父亲的错觉。但事实上我的家人却不知在何方，想到这儿，我突然感到前所未有的疲惫。我舔着干裂的嘴唇看着窗外，两侧路灯昏暗，低矮的楼房在黑夜里不断向后滑去，车灯照在路边栏杆上，反射着银色的幽微的光。

"不是叫你别出去吗？你怎么那么容易相信别人，就不相信我。"他快速扫了我一眼，递给我一瓶水，"要不是我赶到你就完了。"

我拧开瓶盖，咕咚咕咚喝了几大口，却依然不解渴："我觉得他们挺好的啊，都是无辜的可怜人。"

"嘴犟。"他哼一声，"你还真打算跟他们去养护基地啊？"

"你怎么过来的？"我翻了个白眼，小声地嘟囔着，"飞船找到了？"

他沉默了好一会儿，然后点点头说快了。

"那就是没有。"

"不管有没有，你这样贸然行动，就能解决问题了？"他语气里有一丝责备，但我并不觉得抵触，反而有种安心感。

"那你不让我走，就能解决问题了？"我还是忍不住反驳道。

不知道是不是我的错觉，我感觉他轻笑了一下。此前我从来没见他笑过。接着他丢了个东西过来，我接住，发现是我的手表，显示的是四点三十二分。

"我不希望你丢掉任何东西，没准能修好。"他紧握方向盘，汽车开始平稳地驶向跨江大桥。我睁大眼睛，凝望着这片黑黢黢的水域，湿润的夜风呼呼地往窗内涌来。

"把窗关上。"

"你是培植人吗？"我单刀直入。

"不要相信那些。"他长长地叹了一口气，"相信我。"

"那我可以问你一些问题吗？"

"说吧。"

我一时卡住了，想问的太多，不知道从何说起。关于这个奇特的城市，关于变幻莫测的飞行器、粒子加速车、养护基地……我看着窗外浓郁的夜色，想了想，然后提了个问题："你是怎么穿墙的？"

"粒子重组。"他立马回答，仿佛是在等我这个问题似的，然后继续解释，"把粒子解析后打碎，在另一侧按照原来的秩序编码组合，实现量子传送。你后来遇到的那些粒子加速车也是一个原理。"

我微微皱着眉，试图消化这些信息。

"对不起，那天晚上我有些情绪失控。"他淡淡地说，跟那晚近乎疯狂的神态判若两人。

我想起了他跟我讲的那些话，感到一阵荒谬，怎么会有人怀疑自己活在梦中呢？哪怕我从太空返航，丢失了绝大多数记忆，也没有这么想过。

　　此时汽车驶过了路堤。途经桥台的时候，一道光划过我眼前，天亮了许多，却依然是灰蒙蒙的，空气温度骤降，窗外开始噼里啪啦地下雨。

　　"怎么回事？"我惊奇地看着这一变化。

　　"先别管这些，现在你听着，"他并未被车外的场景吸引，而是依然看着前方，神色凝重，"我问你，你现在所看到所经历的一切，你确定你是忘了，还是根本就不存在？"

　　"或许是存在过的。"我想了想，然后肯定地说，"虽然有些出入，但我的记忆里有关于时间晶体基因治疗法的片段，至于后续发展我就记不清了。"

　　他愣了一下，似乎我的回答出乎了他的意料。

　　我瞥了他一眼，感觉他比我上次见到时更加苍老，眼角的下垂纹深了许多，薄薄的嘴唇紧抿着。这个人，固执，古怪，但自从我回到地球，反而算是我见过的最正常的人。

　　"如果你不给我解释这一切的话，我也帮不了你。"我笃定他不会再回避我的问题，因此开始追问，"回到地球以来，我没有找到一件跟我的过去有关的事物，如果不

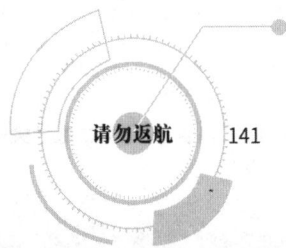

搞清楚'请勿返航'的意思，就算找到了飞船，就算飞船没有报废，我也不会操作，更没法去验证你那些所谓的梦。"

他无奈地摇摇头："我没有不给你解释，我只是不明白你还有哪里不清楚。"

"我哪里都不清楚。"

"比如呢？"

"比如这雨，"我指着窗外，"下得太诡异了，为什么雨集中在这边，城市那边就停了？为什么白天黑夜切换得几乎没有过渡？为什么我被子弹击中后却毫发无损？为什么太空航行被禁止但是粒子加速车却正常运行？还有，刚才你过来的时候，那道白光是怎么回事？另外……"

"停停停！好了，我明白了。"

我静静地看着他，等他开口。

"你知道吗？"他叹口气，"其实当你越是觉得这个世界奇怪，它可能越不是真的。"

此时雨势大了许多，汽车正好驶到江面中央，路面在这片浩大的雨幕中几乎被吞没，天、云、水融为灰白的一体，分不清上下左右，仿佛天地间只剩下我们两个人躲在这促狭的汽车里。那一刻，我有种回到太空的即视感，脚下是巨幕，身后还是巨幕，我们处于巨幕的包裹之中，强大的压迫感令我几近崩溃，我甚至怀疑我身处在一个巨大的玻璃瓶中，只不过，这次的玻璃瓶是白色的，就好像瓶外的人开了灯一样……

"快说些什么吧，我有点……"我抚着前额，感到一阵眩晕和反胃。

"没事，还有我呢，毕竟还有我和你一起面对这个虚幻的世界。"徐明安拍拍我的肩，"既然你提到之前记得一些与时间晶体基因治疗法相关的事，那我就跟你讲讲吧，看看你能不能想起什么。"

接着他告诉我，由技术滥用产生的稳固分子结构，呈四维三角态，不仅导致生物体被破坏，而且粒子充斥于每个细密的空间，无孔不入，无限复制，在高空中形成某种凝结核，积聚浓厚的水汽，自然界的水循环被加速，雨源源不断。为阻挡雨水和病毒的侵害，同样用时间晶体材料制成的隔离罩在未被感染地区建立，隔离罩外的世界，存活下来的被感染者在此苟延残喘，由清扫队负责射杀，一方面清除宿主，另一方面也是帮他们结束地狱般的折磨。由于标准时紊乱，所以隔离罩外日夜混乱随机变换，而以量子传送为原理的粒子加速车则是唯一不受混乱时间影响的交通工具，其他任何形式的运输都是绝对禁止的。至于隔离罩内的世界，虽然隔离了大雨，却也隔绝了自然光，只能靠人造光照明。

"而我，在隔离罩建立前就搬到外面住了，他们都以为我死了，但我却好好地活到现在，你猜这是为什么？"

"因为……"我迟疑地盯着他，不敢开口。

"说吧，没事。"

"因为你不是这个世界的人。"

"包括你。所以子弹伤不了你。"他立马接上话，"但如果你被带到养护基地，那可就再难找到你了。"

听完他的描述，我仍有些难以置信，仿佛在听某种虚构的故事设定一般，但想起刚才差点被带走的经历，我又不禁心有余悸。

"等等，你这不是粒子加速车吧？还有，你的仿生人呢？"我突然想到。

"不用把我加进去，"他鼻孔里哼了一声，"因为我是唯一发现了这是梦的人。"

"所以你就可以不完全遵守这个世界的规则？"

"大致是这样的。"

"行。"我思忖着怎样才能让自己冷静一点，同时试图寻找他的逻辑漏洞，"那我有个疑问，你为什么就认定我是真实世界的人呢？按理来说，你在梦中见到的所有人和事都是假的，就算我违背了太空航行的禁令，那也只能说明我是你梦境的一部分，对吧？"

"不是的，你不一样。你刚才也发现了，你也不完全遵守这个世界的规则，反而是唯一一个符合我所说的真实世界逻辑的人。"他转过头来看着我，又好像在看我背后的东西，"你是我回去的突破口。"

我有些面露难色。其实我不敢说的是，如果他真要验证是不是梦的话，直接自杀就可以。但我并不希望他去用生命验证没有结果的事。

"我知道你在想什么，"他调整了一下方向盘，继续看路，"但我不甘心，因为我一旦死了，关于这个世界的一切就全完了，或者我真的彻底消失了，或者我醒过来了，但那也是另外一个人，跟消失了没什么区别，到那时候验证成功与否都没有意义。而我毕竟在这里生活了近五十年。你懂吗？现在只有你能理解我。"

我本来想说不理解，但还是忍住了。与此同时我想起我失忆后似乎有相似的感觉，那是一种仿佛被另一个人取代的感觉，让我既想回到原本的样子，又不甘心放手此刻，毕竟此刻再虚幻，那也是触摸得到的现实。

"你想一想，仔细回忆一下，在你那个世界里，时间晶体技术是什么样的？"他把话题转移到我身上。

我浑身酸痛，调整了一下坐姿，仰头闭上眼，紧锁眉头："我记得……我也在做一项时间晶体实验。"

"实验进行得怎么样？"他似乎吃了一惊，又立马急切地问下去。

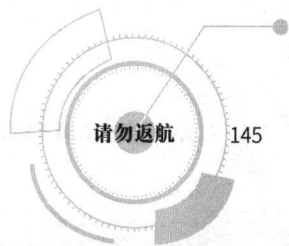

"我似乎错过了一个很重要的人……"

"父母？朋友？爱人？"他不断提示着。

"我不确定。"我似乎想起了什么，原来在遥远的记忆里，我不是孤身一人，"实验最后失败了。但结果是好的。"

"什么意思？"

"我不希望看到实验成功。"说到这儿，我心里咯噔一下，我想起来了，是我亲手阻止了实验的进行。

那时我们正在进行时间晶体实验的最后一步，这是一个由各个领域的专家和少数几个学生组成的独特的研究小组，所有人都明白这是一项前所未有的创新研究。实验前一天晚上我在入睡前紧张得辗转反侧，一旦实验成功，此项技术投入生产将节省巨大的人力物力，人类文明靠时间晶体可以实现越级发展，但我总感觉不对劲，太容易得到的东西总让人不安心，上天在给予恩赐的时候一定拿走了什么。我起身铺开草稿纸，反反复复推演，发现此项技术带来的副作用远远超过想象，如果技术遭到滥用，将导致时间线扭曲，衍生物将通过不断复制，吞噬整个人类世界。我当即出了一身冷汗，衣服也没换就直接冲向实验室。执行实验的是我配合已久的搭档，一个温柔美丽的女孩子，答应实验结束后就跟我在一起。我不断给她打电话，却始终无人接听。

可是我不能再让实验进行下去了，那时的我已顾不上个人感情。我跑到隔离室门口，此时距离室验开始竟然只剩一分钟——后来我才知道，他们为了取得更好的效果，把实验提前了几小时开启，却没有及时通知我，作为组里极少数具有文科背景的人，我时常受到排挤。其实我是有所犹豫的，我们两年来无数废寝忘食的心血全在隔离室内了，可我已经来不及进去把数据转移出来，最保险的办法就是直接关上阀门，将危险的可能性永远阻隔在那个小小的隔离室内。

我当时想的是，实验数据可以重新算，但实验进行后制造的产物却是不可逆的。就算是我计算错误，但为了避开那万分之一的灾难性后果，我愿意承担一切责任，在整个人类存亡面前我不能再顾及个人得失。而对于付出最多心血的她，我亏欠太多，我愿用一辈子去补偿。只是我没想到我再也没有这个机会。

就在我四处找她的时候，我听见隔离室门后传来她的呼救声，我整个人呆掉了，因为阀门是没法回推的，实验开启后粒子间将发生巨大的碰撞，产生足以摧毁中子的能量，如果放在一个人身上会发生什么，我无法想象。最后那几十秒，我僵硬地站着，无法自主呼吸，好像肺消失了一样，我只听见她在里面哭喊着。

我颤抖着说对不起，整个人的血仿佛被抽空了。我

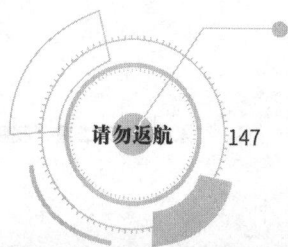

就这样眼睁睁看着倒计时结束，然后，什么声音都没有了。

隔离室需要散热二十四小时再打开，但我后来再也没有勇气去那里。我退学了，前程尽毁，我因过失致人死亡被判处三年有期徒刑，之后便永远离开了那个城市。

徐明安听完，保持了很久的沉默。

"可是为什么现在这项技术还是在运用？"我双目无神，直愣愣盯着车顶，轻声说，"我们的故事有太多相似之处，可是到中途却开始走向岔路。"

"不，这里是梦，小伙子。"

"什么才是梦，什么才是真实？"我闭上眼，"你那个世界里，实验成功但是应用失败了，而在我的世界里，我们根本没让实验发生。但是眼前这一切，又是我们真实所见。难道说，我们目前所真实经历的比记忆更不可靠吗？"

"如果你同样研究过时间晶体，你就应该知道，时间不是矢量。真实发生的事不会被抹除，它永远刻在那里。"

我闭着眼，紧紧皱着眉，试图驱赶走回忆中的画面。

"但你在逃避，是不是？你逃离了那个城市，你甚至逃离了地球。你后来是怎么当上航天员的呢？如果你有犯罪记录的话，你知道，这是不可能的。"

"我不知道，我不想回忆。"

"你得想起来。"徐明安坚决地说，"我失去过至亲，我也曾经沉浸在过去无法自拔，但是后来我发现处理伤痛最好的办法就是直面伤痛。"

不知何时窗外的雨小了一些，徐明安打开一半车窗通风，从这一侧看过去，江水在乌云的覆压下灰沉沉地翻滚着，远方天水间的缝隙里却露出金色的霞光，湿润的江风裹挟着浪涛声一阵阵朝车窗内涌来。

"我要回去。"我说。

"去哪儿？"

"我在之前的实验中知道有种办法，虽然没有试过，但是我想试一下。带我去找航天局，或者科学院，都行，我需要联系上权威机关。"

"不行，你现在什么都不是，回去就是送命。"

"是你说的，处理伤痛最好的办法是直面伤痛！"

"不是一回事！"他不耐烦地叹口气，"至少我不能过去。刚才出入隔离罩那一小会儿我已经暴露行踪了，现在估计他们在查我了。"

"他们盯得这么紧吗？"

"为了维护这么一个严丝合缝的隔离罩，他们确实花了不少力气。我现在没有培植人标识，又不是仿生人之主，如果他们知道我的身份，恐怕在找到真实世界之前我

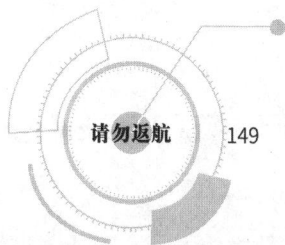

就完了。"

我感到有些眩晕，向后靠着，风把我的头吹得更痛了。但我不想就这样放弃。我把手垂下来，搭在身体两侧，这时，我突然摸到口袋里一个硬硬的东西，心里有了主意。

"如果这个世界正在以不可阻挡的趋势下坠，我要么坐以待毙，要么用尽力气再尝试改变一次。"我坚定地盯着他，直到他迎上我的目光，"如果这是梦，那就更加无所畏惧了，大不了就是梦醒，你不想醒来吗？"

意外的是，他竟然没有再批驳我。

"那你想怎么做？"

"你看这是什么？"我把口袋里的东西掏出来，是仿生人的黄头标，"刚才我在那边偷来的。"

他眼睛一亮，先是惊讶了一下，然后难以置信地笑了笑："真有你的。"

"我当然没那么傻。"我得意地哼了一声，"照你来说，如果这真是虚幻的世界，那么飞船不可能再出现了，你之前纯粹是白折腾。现在，戴着这个标志，你先假装是我的仿生人，我们到那边去寻找真相。"我心里已经做好了计划。

他掉转车头："后备厢里有特意准备的衣服，可以让你伪装得很好。然后我们再去找辆粒子加速车。"

回去的路上，他开始找话题闲聊，问我年轻人谈恋爱是什么感觉。我说我还没正式谈过。没想到这老家伙是为了借机给我讲他的初恋故事。

他说原本他只是觉得她很美，聪明又有远见，难过的时候又能给予他最大的包容和温暖，他说他从来没见过那么善良体贴的人。当然，他们是互相欣赏的，他自身也有闪光点，低谷期两个人像是寒风中互相依偎取暖的企鹅，一点点挪着往前走，把最真挚柔软的一面袒露给对方。但后来他觉得那不是爱情，就算亲密、激情、承诺他们全都有，却始终不知道差了什么。朋友的门槛很低，也许今天你跟谁点点头、打个招呼，便可以当对方是朋友。但是他一直认为，爱情是一种神圣的东西，对于是否已经完完全全喜欢和爱上一个人，他没法给出肯定的回答。

他在不知道什么是爱情的情况下提出了分手。失恋后的三年，他都是在煎熬中度过的。初恋姑娘后来又有了新的对象，那段时间他想遗忘却反反复复摆脱不了她的影子，直到初恋姑娘分手后，才勇敢地把她追了回来。彼时他们已经思想成熟，不再去追问什么是爱情，因为答案已经不重要，确认彼此的心意后，他沉浸到每天的陪伴中，体会真切的幸福，直到修成正果，才算补完了人生这堂课。虽然后来妻子去世了，但是他从来不后悔与她度过的

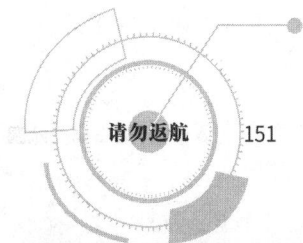

每一天。

　　他还问我有没有听过庞贝古城，得到否定的回答后，他开始讲起来，说庞贝是约公元前四世纪建成的一座古罗马城市，几百年后维苏威火山大爆发把整座城市都抹掉了，天地崩塌的瞬间所有人还没有意识到灾难的来临，就突然全部从地球上消失了，但化石保留了那一瞬间的原貌。考古学家在修复化石的过程中发现了一对拥吻的情侣，就算隔了两千多年，他们的爱情仍然永恒地定格在那一瞬。

　　"你看，爱情是不会消失的。"他似乎是在安慰我，"庞贝，在我这儿是一个象征，它代表那些听起来很虚幻，但只要出现便是永恒的事物。"

　　"所以你现在觉得爱情是什么？"我问。

　　"爱情，不是因为被定义所以才存在，因为它是被提炼出来的抽象概念，当落到现实中时，它就不抽象了，你硬要想爱情是什么，那就永远抓不住它。"

　　我撇撇嘴："没想到你这人说话挺哲学的。"

　　"自从儿子走后，我看了很多哲学书。以前我以为哲学家都是疯子，后来我才知道哲学家是治疗疯子的人。"

　　"怎么说呢？"

　　"你听过笛卡尔吧？虽然有些唯心主义，但'我思故我在'是拯救当下分不清虚拟与现实的我的一句箴言。就算一切都是虚无，但我在出现这样的想法时是真实存在的，这些真实存在的片段证明了我的存在，也就是外部世界存在。根据赖尔的行为主义与胡塞尔的现象学，如果消解心灵体验，回归纯粹现象，那么无论梦境与否，我欣然接受当下的瞬间就是真实。"

我没太听懂他的胡言乱语，但听到他似乎找到了自洽的状态，便也不想再反驳他。

"你好像不是很认可。"

"没有，没那回事。而且我也是学过哲学的，你说的那些……算了。"我不想跟他争论一些没结果的虚无缥缈的话题，这两天我已经够累了，这会儿并不想说话。我闭上眼，疲倦随之爬上来，仿佛一阵风刮过后纷纷落下的秋叶。

我们就这样吹着风，一路驰骋，他说要放首歌，阿瑟尼和伊莱娜唱的，歌名叫"自由"。

汽车不断颠簸着，我们不再说话了，歌词在半睡半醒间钻进了我的耳朵：

感觉像是整个世界的重量压在肩头
被压垮还是就这样知难而退
面对着真相被发现的恐惧
没人告诉你路在何方

我试着向前走，却一次次跌倒

试着站起来，但心中满是疑惑

但我已经走得太远不能回头

我在追寻自由，追寻自由

……

当我们乘坐粒子加速车一路飞行穿越隔离罩的瞬间，天色如同所预料的那样变黑了，但意外的是，原本相对安定的市区大街上挤满了人，空中下起了微微细雨。

"不妙，看来隔离罩也撑不住了。"徐明安皱着眉摇摇头。此时的他全副武装，并戴上了黑色面罩——后来我才知道仿生人与其指挥者在面罩颜色上有所区分——然后按动面罩左侧的机关，一架小型飞行器便以扫描形态从上至下出现在面前，外观有点类似滑翔伞，原来之前我看到在空中四处横行的就是这玩意儿。

"尽量不要说话。"他确认我戴好红色面罩坐上飞行器，便立马腾空而起。

驾驶飞行器的难度比任何交通工具都要大，因为它就像鸟儿一样自由灵活，可以随时快速地改变方向。我从来没有这样的体验：飞快地穿梭在各色发光的楼层之间，在快要撞上的时候扭转九十度，滑向另一个井字形的大楼，并规避其他飞行器，如同一只蝙蝠在细雨中快速飞行。

就在他全神贯注地掌握方向时，却突然脸色一凛，改变了前进方向，缓缓降落到一座大楼的天台上。

"怎么回事？"

"我好像看到一个东西。"

停稳后，他迅速操作一番，粒子加速车如预料般消失了。这时我才看见天台上有一座大型机器，椭球形，两端略扁，表面布满了弧度较小的锥状凸起。这不就是……

"就是它！"我和他同时惊叫起来。我疑惑地看了他一眼。

"你见过？上次在海上你看到了？"

"不，不是海上，就是它，我无数次在梦里见到的东西！"他的声音有些颤抖。

"梦里？"

"我不知道这是什么，但是每次在梦的结尾我都会来到这里，进入驾驶舱，然后我就醒了，回到这个世界。"

话音刚落，天空突然很明亮地闪了一下，紧接着一声炸雷，把我们都吓了一跳，雷声轰隆隆回响了很久。瓢泼大雨骤然落下，瞬间淋湿了我们的衣服。他呆立着，缓缓把面罩摘下丢到一边，任凭雨水在他的脸上冲刷着，我看不清他是什么表情。

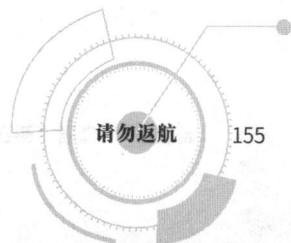

"是不是隔离罩出现问题了？"雨幕淹没了一切声音，我冲着他努力提高音量。

"别管那么多了！"徐明安突然大吼着，不顾大雨，冲上去扒开舱门，"我们赶紧进去，进去就能回到现实世界！"

我看着他湿透的背影和一绺绺伏在后颈上花白的头发，突然想起第一次见到他的样子，那时他有着令人难以捉摸的倔强与古怪，现在我才开始理解他给人的那种感觉，疯狂似雷电，决绝如刀锋。我跟着走上前，钻进驾驶舱，但奇怪的是，徐明安似乎被一道无形的墙挡住了，怎么也无法逾越舱门。

"怎么回事？！"我们异口同声地说。明明中间什么都没有，但他就是无法穿过，我把手伸过去拉拽他，但他还是卡在中间。我们彼此看着对方焦急的眼神，不知道发生了什么。

"难道这条路径是单向的？"他努力压抑着急促的呼吸。

我开始没有反应过来，但很快便揣摩出了其中的逻辑——他只能通过驾驶舱从那边来到这边世界，而我则相反。

我感到一阵眩晕和崩溃。越是难以置信的事，越是会一步步得到验证。

谁愿相信自己的世界是假的呢?!

"不,不!"徐明安难以置信地摇着头,神情恍惚。就在我手足无措的时候,四周突然涌上来许多人把我们包围了。

"这样,听我说,你先回去。"他焦急地说,脸憋得通红,"如果你醒了,如果你在那个世界能找到我,请来找我,我叫徐明安。"

说完他凝视着我好一会儿:"双人徐,明天的明,平安的安……梦里,哦不,现实里我也叫这个名字!"

接着他抓住舱门准备使劲合上,我看着离我们越来越近的黑衣人群,扒住了门框。"等等,"看到他诧异地盯着我,我继续用极快的速度说道,"禁止出现两个自旋方向相对的粒子,或许你可以试试这个方法。"他狠狠地点头。

我们互相看了最后一眼,然后我收回手,他同时发力,嘭的一声关上了舱门。

瞬间所有画面和声音都消失了。

只有一片寂静与黑暗。

那一刻,我感到自己正在无限扩展,稀释成无数粒子,向宇宙边界蔓延开来。我感觉到自身依然存在着,但无法捕捉到任何一丝意识,我似乎处于一片混沌虚空之中。万物是我,我是万物。我是死了吗?

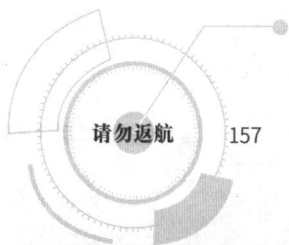

不知道过了多久，微弱的光线惊扰了我的视觉，我的意识慢慢聚拢起来。

这是哪儿？她是谁？

为什么我好像在哪儿见过她，我们之间是否发生过什么？

一个女孩背对着我站在一个昏暗的房间里。

好熟悉的背影。

我想起来了，是她。

我试图喊她，但是没有应答。我感觉这个房间好像来过，这时淡到几乎透明的记忆开始显色，丢失的拼图逐个归位，形成完整的图案——原来这是我们共同开发的模拟器，针对实验可能出现的后果提前进行演练，而我现在所看见的画面，是她在模拟器中留下来的历史记录，无法进行互动，只能单向查看。

"阿纪。"我温柔地叫着她的小名，虽然我知道她无法做出回应。

"不行，这太可怕了！"她突然举起 U 形管叫起来，然后冲出去消失了。

距离实验启动还有五分钟。

等等，原来她知道实验有问题吗？我的脑袋突然轰鸣起来，原来那天她待在隔离室里是在转移数据……

我的腿突然瘫软，我一下没站住，跌坐在地板上。

如果那天我先喊她，再关阀门的话会怎样？我不敢假设，我的心脏阵阵抽痛。

外面还在稀里哗啦下着雨，我感觉房间有些眼熟。熟悉的木质地板，床单，被子，衣服，台灯……这不就是徐明安的房间吗？我有些恍惚，走到桌前，曾经被随便丢在地上的精致小木箱此时整齐地放在书架上，我抚摸着木箱的外壳，然后鬼使神差地打开了它。

里面是一些信，笔迹倒挺像我的。信的开头称谓正是"阿纪"。

我皱着眉，紧紧咬着下唇，剩下的记忆线索逐渐跳动着浮现……

这是徐明安写给阿纪的情书。

徐明安……

徐……明……安……

一瞬间我大脑一片空白，同时无法呼吸。

我就是徐明安，徐明安就是我。一股沉闷的苦味冲上喉咙，我开始猛烈地咳嗽，大口喘气，这个真相让我浑身发凉。

我跪在地板上，手臂艰难地撑着身子，后背被冷汗浸湿。

也就是说，阿纪其实模拟出了两种结果，一种是阻

止了时间晶体研发的世界线，也就是我所记起的部分，另一种是时间晶体广泛运用后的世界线，也就是另一个我所遭遇的事情。刚才那个徐明安所说的都是事实，他真够聪明，竟然能发现自己的世界是虚拟的，但也太残忍了。

我和他究竟是不是同一个人呢？为什么他给我的感觉那么真实，他的经历如此连贯而丰富，那是他不甘心舍弃的只此一次的人生。

不，我就是我，我和他不一样。我不停地喃喃自语，就算是模拟出来的，只要存在便是永恒。那个世界里徐明安的妻子，是不是阿纪呢？他们有没有过上我的另一种人生？

我低着头，信纸被我攥得发皱，我揉搓着纸张边缘，信的内容模糊不清，我才想起来，由于模拟器还未达到更高的文字显示精度，所以在另一条时间线里，我同样看不清城市半空投屏的文字。不仅如此，这个模拟器错误地把两条时间线混搭到一起，让两个我相遇，所以才会导致模拟世界崩溃。

但我不能确定，混乱的时间线是由于时间晶体的研制引发的，还是模拟器本身的缺陷导致的。

模拟器崩溃导致我回到了这个房间，重新观看一次这条时间线的内容。那就意味着我可能要永远被困在这里。

为什么阿纪要选择我作为参与模拟的对象？如果这里不是真实世界，那么真实的阿纪是否还活着？

房间开始颤抖，模拟场景马上要关闭了。我没有站起来的力气，或许我会带着无解的问题永远消失，我爬到床边，静静地靠着床角，蜷缩着等待时间流逝。

当我再次睁开眼时，我发现我回到了飞船里。

我想起来了，由于我们对天文的共同爱好，所以将模拟器的初始化场景设计成宇宙飞船的内部环境。但此刻，四周寂静无声，一片漆黑，仿佛刚才都是一场幻觉。我甚至开始怀疑，阿纪也是我幻觉的一部分。

突然我一个激灵，摸向左手腕，竟然发现手表还在，我慌慌张张爬到指示灯旁，就着微弱的灯光看清了上面的数字，零时十二分。

什么意思？数字越来越小，这是倒计时吗？

我倒吸一口凉气。

模拟器没有从头开始演绎，而是在继续往下进行。

还有十二分钟？

飞船没有任何动静，更没有任何回应。

剩下的时间里，我又开始遐想，那个徐明安梦中的人已经患绝症死去了，这样下来，又多了一个人，究竟哪一个徐明安才是真实的？又或者，所有的徐明安都不存

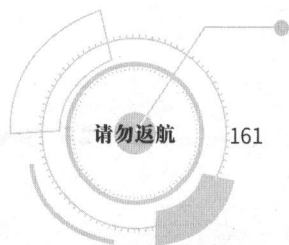

在，他只是一个虚拟的人物？想到这儿，我仿佛置身冰窖，通体冰凉。

我任由自己飘着，不再做任何反抗，但思绪却挣扎着想要找出一个真相。记忆是很重要的东西，它决定了你是你。

我不断搜索记忆，甚至溯源到时间线开始的地方。我突然记起阿纪向模拟程序输入过什么指令，当虚拟世界出现漏洞时，便可通过这个指令传递信号，提示模拟器中止运行。这个指令应该是……

为了验证手表显示的是不是倒计时，我又努力抬起手臂看了一下，零时三分。

果然。这哪是时钟啊，我感到被愚弄了一番。

倒计时结束的时候，会发生什么？

习惯了地球重力，失重下我感到有点眩晕，我攀住固定座椅，借力慢慢飘到舱窗口，欣赏这个伟大的宇宙。那些绚丽的星云呈现扭曲的泡沫状，橙色、粉色、紫色搅拌在一起，在整个宇宙背景板上喷洒开。

获知世界的真谛或许只需要一瞬，或许需要上百万年。我带着对整个人类世界的困惑，藏身于宇宙一隅。我不知道接下来会去哪儿，也不知道我还可以做些什么，只是徒然地等待最后时刻的到来。

我想起来了，那个指令是，"请勿返航"。

零时一分。

四下依然寂静，我知道我正处于太空之中，远离地球，远离我的出生地，在宇宙深处无人问津。又或许，现在的我也是模拟出来的，但是——

"阿纪，你听说过庞贝吗？"

我对着这片虚空说出了最后一句话。

（完）

注："那茨英"是 nothing 的音译。

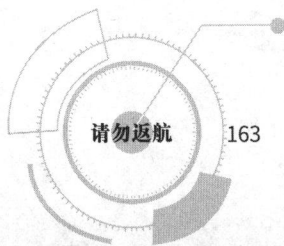

刘 喆

尽 头

中短篇小说组三等奖《尽头》颁奖词

一部面向未来宇宙的幻想之作，幻想未来人类将如何生活。作品用奇幻的想象力，展示了数万年后"银河时代"的场景和物象，如比月球还大的银河纪念馆，数百个地球那么大的人造计算机——"宇宙沙漏"，用半透明引力波振膜搭建的舞台——"毯子"。作品在不长的篇幅内，用具备科学信度的密集科幻元素，绘制了一幅未来的生活图景，堪称个体视角下的未来史。

第一部分　终曲

十分钟之前，音乐会已经在热烈而不失庄重的掌声中收尾，我也在那之后不久离开了听众席，并移步到了现在这个区域——等候厅的西角。

与其说是一角，不如说是一端，这样也许更合适。音乐厅由一个庞大的中空球体构成的演奏厅及位于其南北侧的两个一端为弧、另外两边与球面纬半径相切的等候厅组成，每个等候厅都拥有一个主入口和两个连接演奏厅的单向通道，此外演奏厅本身也在另两个方位设有直通外界的出口，以便听众在音乐会结束后从席位直接离开。音乐厅经由反重力装置承重，飘浮在海平面以上数米高的位置，这跟天气有一定的关系，而对于悬停在音乐厅周围的现场听众们所搭乘的飘浮穿梭机来说也是一样的道理。

值得一提的是，实际上来到现场欣赏音乐会的听众只占全体的极少部分，绝大部分听众选择在线上用全息模式进入听众席。每一个座位上都会同时连接数万到数十亿个非固定的全息接口，而现如今的全息接口对物理信息的传输损耗率基本为零。换句话说就是每个座位上同时有数万甚至数亿听众，这样的技术最初用于跨星系级别的大型会议，后来才普及到民用领域。

"已经是傍晚了啊……"在这个时段，西面弧形玻璃幕墙的折射率和透光率都自动调整为零，而西沉的太阳也得以把它在这一日最后的光辉完整地照入尚未点亮夜灯的大厅，这是一幅没有任何失真的完美景致。大厅里面几乎没有其他人了，这倒没什么不寻常的，在这个时代，绝大多数到场的听众在听完演奏后都会选择从演奏厅的出口直接离开——毕竟里面也没什么好待的——除非还有更重要的事情。

离我位置不远处，一扇机械门于无声中缓缓开启，那是通往演奏厅后台的通道。随即走出的是一位身着"星河"礼服的男士，步伐相当沉稳，给人印象不算太清爽的脸上可以看到新长出来的胡茬，不过这样的形象也可能是他有意为之。即便如此，从他上百岁的眼眸中透露出来的飞扬神采也绝不会削弱半分。

这是本场音乐会的主办人，同时也是一位作曲家兼演奏师。

踏着悠闲的步子朝我走来时，他冲我一笑："你总算来了。"

这还是我第一次到现场听他的音乐会，毕竟是多年的老友，所以难免会感到些愧疚。

"怎么着也不能错过啊，这是你最后一场演奏会了吧？"

他朝我会心一笑，随后招呼我来到了外面。

出口距露台边缘只有十余米，此时几乎所有原本悬靠在周边的穿梭机都已离去，脚下数米就是海平面，越靠近边缘，越能感受到外面空间的开阔——与为了音乐表现力和意境感而封闭的演奏厅内形成了不小的反差。

令海面泛起涟漪的风拂过脸庞，夕阳洒下的点点金光偶尔会晃到眼睛，但我就是无法控制自己将视线从那儿移开。

"你看样子还年轻得很啊，没少跑星际航线吧？"

"是啊，我也好像离开了相当久呢……"

视线移向天边，我确信在这个日光角度下可以用肉眼看到空中城区，当然前提是不会被云层挡住。如果说把

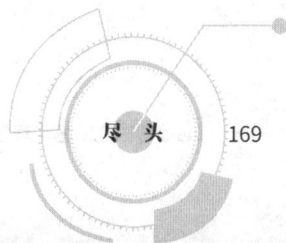

整个天空城系统比作一张巨网的话，那么真正意义上的城区就仅仅是网的结点那一小部分，而结点之间相连的线路除了起到一般意义上的传输物资与能源的作用外，还具备相当完善的局域天气调节功能。不过凭一般肉眼是基本观察不到天空城网络结构的，顶多能看到较明显的城区部分。各个天空城不均匀地分布在大气对流层顶部与平流层交界的高度上，虽说其覆盖范围只达到整个地球的 29%，但是从太空的视角看过去，已经具有十足的存在感了，何况还有处在离地表更远的同步轨道上实际体积比天空城大出不少的太空城。

从古早时期开始，人类的生存领域便已从地表扩大到了天空，之后很快又延伸到太空，于是地表上的居民也逐渐移民到了上层空间，再不然就是生态系统较为独立的自然或者人工岛屿上。几乎所有的地面建筑、工业园区被先后拆除、转移，一些原本是城市甚至是荒漠的地方也逐渐开始被绿色与生机覆盖，至此地球环境终于开始有了显著的改善。再到后来，只有极少一部分人自愿继续在地表或者地下定居，而这些人的后代也或多或少地成为如今我们及其他来自上层空间或其他星球旅客在地球上的向导；同时他们也被称作"地球看护者"，使用着对现在来说几近原始的基础设施在那里生活，坚守着传统文化，并履行着看护物种与环境的职责，即使这些举措以当下的科技水平来讲完全没必要由他们亲自践行。

就算知道露台边缘存在着保护力场，但站到边缘时，我的心跳还是难免会有一点点加速。

不过比起生理上的条件反射，我更倾向于相信是自己过去的回忆被唤起了。

从出生起我就在某个人工岛屿上的教育机构里面生活，像这样的教育机构在全球有上千所。在很长一段时间里，我们都没机会正式登上那些令人神往的天空城，一直到教育机构关闭前夕，我才第一次亲身体验到生活在天空城的感受。

那时天刚蒙蒙亮，我特意选择以单人微型穿梭机为载具。穿梭机加速时的微弱过载对年幼的我来说仍算相当温和，将舱壁调成全透明之后，我便能够毫不费力地站在舱内安逸地享受着周围（或者说下方）的景色了。眼看着那片满载自己童年时光的土地慢慢变小、变远，而天空城却越来越近……仅在一刹那，我的身边就已经被浓厚的云雾包裹，通过身体感知到的细微失重感，我得知穿梭机正在缓慢减速。又是一瞬间，我所搭乘的穿梭机从云层中无声但迅速地钻出，正在这时，我看到人生中第一次云海上的日出。

很宁静，这是我的第一感受，同时也是穿梭机对乘客的一种保护。作为乘客，在舱内是不会感受到任何令人

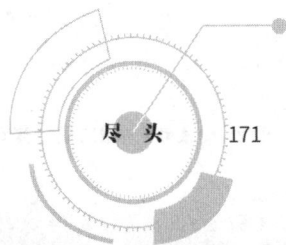

不适的震动或者噪声的。我低下头看云层在这个高度上缓慢地沉浮、轻柔地翻滚，显得有些慵懒，但又不失如浪潮般铺天盖地的磅礴气势。

太阳的晕影在天边翕动，将云层的这一面染得像秋日落叶般艳红。减速所产生的失重感令我产生了停滞于半空中的错觉，我沐浴在晨曦中，又如同融化在太阳的身影里。此刻，天与云组成了我世界的全部，我的身躯仿佛被镌刻在这幅画卷里阳光的中心。这一刻，我不由得对自然心生敬畏。

可是说到底，这幅场景虽然唯美，但就我的主观感受而言其实并不够完美，像一幅拼图缺失了一角，虽然并不影响其全貌，却也算是个说不清道不明的缺憾。

即便如此，我依然能够感受到一股伟大的力量在心底涌动，那是一种凌驾于万物之上的快感。很难想象在古早时期，那时的人们第一次离开地面迈向天空，他们面对此情此景又会做何感想。不过我知道的是，远在那之前，人们便早已开始憧憬他们头顶的这片天空，当然还有一些"先驱"，他们所憧憬着的是更为遥远的繁星。

登上天空城之后，我进一步了解到在天空城的更高处，也就是大气层之外的太空区域里，有一座无论是人口还是建筑体量都要更为庞大的大学城。自那时起，我便下定决心将来一定要凭自己的力量到达那个地方……

落日在天边逐渐隐去，穹顶也暗了下来，身后的音乐大厅点亮了夜灯。

　　那是二十五年前，或者对他来说，是六十四年前的事情了吧。

　　印象里那是大二临近学期末的一个小长假，正是去地面游览的好时机。

　　旅行用飘浮穿梭机的租赁价格对于大学生来说相当友好，十天的花费平摊下来也不过学期补贴的一个零头。

　　第三、四两天的旅程跨越了半个地球。为欣赏到一场完美日出，我们听从向导的建议提前几个小时到达了目的地——同时也是广义上地球最早见到日出的岛屿。比起"在哪个地方看日出都一样"的想法，体验一次所谓的"浪漫"显然是更值当的选择。

　　从睡眠中苏醒时，飘浮穿梭机已载着我们四人降落在了离海岸线不远的沙滩上。天色正值所谓"黎明前最黑暗的时刻"。向导建议我们先休息一下，养精蓄锐。但刚打了个盹，我就发现舱内少了一个人，于是我也轻轻起身，来到了外面。

　　海风带来的潮湿感觉中夹杂着一丝凉意，踏上海滩时，沙子早已失去余温，却相当柔软。那些曾与我站在相同位置的人又抱有怎样的期待呢？我不禁这样想。

　　在我的眼球表面覆盖着一层薄膜，功能类似于古早

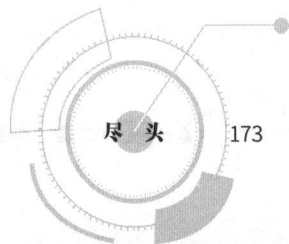

时期出现过的 AR 设备，它在视网膜上的投影会形成一个基本的 UI 交互界面，功能包括但不限于信息传输、智能交互、场景识别以及路线引导。

我在 UI 的指示下找到了他的位置，在夜空的背景下能隐约看到他正站立在海边的礁石上。

海浪不断拍打着礁石，环境如此昏暗，那一朵朵雪白的浪花却异常清晰，在瞬间的绽放中高调显示着自身的存在。我想我知道他为什么来到这里。

他侧过身子，朝我这边挥手。于是我来到他的身旁，海浪的声势越发浩大，他看起来似乎挺享受这种感觉。

"只要愿意去理解，一切都可以是乐曲的化身。相信艺术与美，轻而易举便能在身边发现无数的意义。"伴着海浪的喧嚣，他冲我说道。

他说这些话绝不仅仅是一时兴起。不管是面对当下的情景，抑或是即将到来的日出，他所说的"一切"，确确实实代表着一切——或许在他眼中，每一条物理定律，每一种基本力，甚至每一个宇宙常数皆是这个"一切"的组成部分，就如同节奏、旋律之于交响、奏鸣一般。

我顺着他的视线望向远方，同时，他充满仪式感地戴上了一副手套。

这副轻薄的手套实际上是一种叫作"感知共鸣器"的装置，这个装置能够直接或间接检测穿戴者的各项身体活动指标，比如体温、脉搏等，此外还能连接体内或者外置的传感器，并在一定程度上收集穿戴者的实时脑波信息。手套本身还具备一套较为完备的声场发生系统——通俗来讲，就是穿戴者做出一些手部动作，系统就能直接演奏出符合穿戴者主观即时感受的音乐。也正因为如此，人们给予它另一个使用更为广泛的名称"心弦之手"（chord hand）。

"心弦之手"的历史相对其他拥有同等地位的乐器来说要短暂许多，但其将近一千年的发展历程也足以令它遍及银河各处，传感系统也从一开始的机械传导演化到了意识传输。自然，规格的变动总是会导致价格出现波动：越是精密的传感配件价格越是高昂。而他的看法则更像是一句玩笑话："在某些情况下，过于精密未必是件好事。"

他缓缓抬起双臂，双眸凝视着大洋远处星与海的交界处，乐声同时响起，这一刻，浪花不再是噪声，而是融入其中，成为乐曲的一部分。我看到穹顶的繁星在不断隐去，而他伫立于礁石之上忘我地舞蹈，那一刻的他宛如身处宇宙的中心，围绕他的一切事物皆在他的指挥下熠熠生辉。

在乐声中，我也不禁展开了双臂，如同要拥抱整个世界一般，半合的双目迷离地注视着天边的景色：夜幕逐渐褪去，第一缕光线悄然从海平面上升起，天空渐

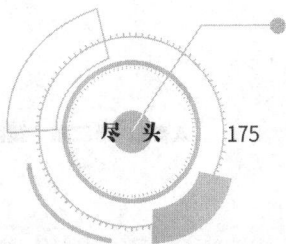

渐染上的淡淡橙红似乎还在摸索前进的方向。随着时间推移，光线逐渐变得明亮，云层也开始变得绚丽。天空和海洋相互映衬，形成的景象恢宏壮丽。当太阳的光芒逐渐浮出海面，这幅美丽的画卷也终于显露真容，太阳耀眼的金光照亮整个海面，也令整个世界熠熠生辉。微风吹拂着，在世界的交响中，我第一次感受到了一种静谧，那是一种来自现世，却又脱离现世的宁静，光有音乐或是光有场景都不足以令其如此深刻。直到这时，那过去曾在我记忆里留下的缺憾才终于得到满足，我也就此释怀。

飘浮穿梭机休息舱内的二人准时被 AI 唤醒，很快便来到我们所处的位置，片刻后，天边开始散发出赤红的亮光。

成为一名独立演奏师后，他理所应当地获得了理想的演奏配置，但他后来告诉我，音乐厅里的设备他只会在正式演出时用到，平时他一直用的都是那次在海边演奏时使用的那双"心弦之手"。

"说起来，你怎么会想到退休的？明明才一百一十岁——我没记错的话。对于演奏师来说还算相当年轻啊。"

"我决定去微观星系跟那类文明进行音乐方面的探讨了……抛开生命形式与艺术形式的不同，我想也许比起当演奏师，自己会更适合专注于当作曲家也不一定。如果是作为一个作曲家的话，自然就不必刻意引导听众如何去感受，或者去解释我自己的感受。音乐里的情感在演奏的过程中就已经肆意飞扬了，它就在那儿，任你自由解读，内涵可以十分简单，也可以非常深刻，就像很多作品一样，它一旦从私人空间走向开放领域，它的本意便不再像对它的解读那样受人重视。

"毕业典礼上我们的校长说过'人类在未知方向上迈出的每一个脚步，都是壮烈且伟大的'，你做出了自己的选择去了银河实验室，我也选择了追求自己的理想，以至于后来成为演奏师……'理性允许每个人向极端发问'——还记得这句话吗？"

"我在毕业典礼上的演讲。"我不假思索地答道，同时也意味深长地看了他一眼。

"在成为演奏师的道路上我体会到许多，也似乎明白了前人对其如此热爱的原因……我们一直都在追寻着一个答案，我创作的《时之端：终曲》也不过是这条追寻道路上的一个节点罢了……我要试着从这条道路出发去发掘我认知中的一切，并甘愿为之倾尽现在乃至今后的所有时光……"

天完全暗了下来，海面也似乎回归了彻底的平静。

"刚在大厅里第一眼看到你的时候我就意识到了，你

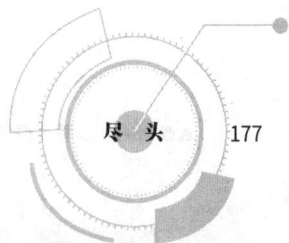

和过去没有什么不同，还是我熟悉的那个你。那一瞬间，我想明白了很多……"

"嗯……"我半天才吭声，我知道他下一句会说什么。

"几个月前看到公告的时候，我想要是你受到邀请的话是一定会去的吧……果然不出所料呢。"

"嗯……"我抬起头，夜晚的星空和记忆中的一样澄净透亮。

像是呼应一样，他身着的"星河"礼服也逐渐如夜空一般绽放出星星点点的光芒，不过色调比起此刻真正的星空还是要偏冷些。

在沉默中不知过了多久，我才从夜空中收回心神："很庆幸这次回来能看到这些，我想我在这边已经了无遗憾了。"

听到我的话，他点了点头，视线始终没有离开那片星空，他的眼中似乎有什么在闪烁。

"一路顺风。"他说道。

临走前，我听到他哼起了一首熟悉的调子，那是如今人尽皆知的《星之子》。

在回飞船以前，我最后留恋地看了这颗行星一眼，然后进入了船舱。

AI知道我不喜欢沉浸式连接，也知道我不喜欢闲聊，只是默默地在我外出的这段时间里确定了下一步要拜访的人所在的坐标，那么接下来就要去跃迁区了……

说是跃迁区，其实对于如今的星际飞船来说，拥有十万光年距离的跃迁能力都只能算平平无奇，稍微突出一些的都是百万千万光年级的跃迁水平，而中央区域的配置只会更优于此。之所以在星系间设立跃迁区，除了方便中央区域统计行程数据和管理交通运输外，还能够避免一些概率极其微小的意外事故发生——比如飞船刚从光速脱离就迎面与另一艘相撞这种离谱到无法让现代人确信其存在的事件。

飞船在无声中启动，得益于更新到最高级别的玻色子修饰场发生装置的功效，我感受不到一丝加速度。船舱内始终保持着对我而言最舒适的 0.9G 重力，跟我工作的地方一致。

但相对于外界，整艘飞船的静止质量却在逐渐减小，同时它的速率在不断增大，在 AI 的计算下这艘飞船在到达柯伊伯带外围的跃迁区时，刚好能达到准光速并进入跃迁。

在不断逼近光速的过程中，时间的膨胀与相对论效应则会使我视角下的时间流逝得更慢，光速跃迁旅行的次数越频繁，参照系间的差异就越明显。这是很平常的事情，对像我这样经常需要在星系间奔波的人来说更是常

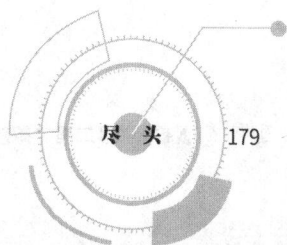

见。而即便人们的寿命能够通过现有的科技手段加以延长，可久别重逢之后所见到的故人已不是记忆中的样貌，多少会让人感到些惆怅。

飞船搭载的位面计算机会定期整合高维频道和超弦频道的信息，看样子那首"终曲"已经传遍整个宇宙了。

从地球轨道到达跃迁区还需要一段时间，稍微休息一下吧。

第二部分　尾声

从超弦频道的信息来看，我下一个要拜访的人目前在 M31（仙女座星云）一条旋臂的外围，相对星系本身而言是个相当偏僻的地方，不过离开最近的跃迁区后，飞船只需要以光速滑行一小段时间便能够到达。

跃迁发生在一个普朗克时间里，如果不是 AI 提醒的话根本察觉不到任何变化。飞船很快脱离光速，并逐渐恢复正常速度下的质量。我下一个要拜访的也是我大学时期的好友，不过我们自毕业后就再也没真正碰过面。

而他现在正处于距我不到五个天文单位的、被称为"毯子"的航天器上。

"毯子"这个名字，实际上也是人们的戏称，它的本质其实是一块单侧表面积约为 3.14 平方千米、长宽比无限接近黄金分割的矩形半透明引力波振膜，据说在业内被称为"吟诗舞台"，至少看上去足够美观。

当然，那并不是他满足日常生活需求的地方——他的住所仍在环绕"毯子"平面做变速圆周运动的太空舱里。这种圆周运动肯定不是"毯子"的引力造成的，毕竟整张"毯子"的质量只有不到1千克。

"毯子"的外部被一层薄薄的力场包裹着，这就导致它原本由暗物质组成的透明膜面不再那么明净。除了防止膜材料本身衰变以外，这层力场还允许生成约1G的重力并能够承载一定重量——他现在正在"舞台"之上吟唱诗歌。

人群围绕着黄金长方形内螺线延伸的中心，那正是他此刻所站的位置。

诗歌和音乐存在相当多的共通点，以至于历史上好几个时期的人们有将这两者混为一谈的倾向。人们通常会认为音乐的创造是为了弥补语言表达的不足，如果说音乐是偏向于对自然的共鸣，那么诗歌就更像是文明本身发出的感叹。历史上每一个时期诞生出的诗篇，都在不同程度上反映着当时世界的面貌和此前历史的沉积，也正因如此，谈及文化底蕴的话，诗歌所蕴含的事物会随着时间不断发展与累积。伴随着无数新生诗歌的出现，在银河系内逐渐萌生出的一些以吟诗传唱为人生目标的群体逐渐演化

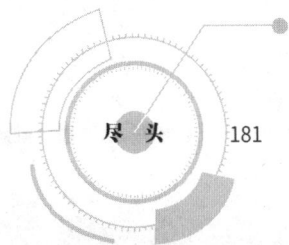

成如今的"吟诗者"。曾经流传过一种说法:"吟诗者"的行为并未被大众广泛理解,但后来随着诗歌文化在他们的引领下传播到银河乃至宇宙各处,再到后来甚至与其他文明通过诗歌文化进行接触,人类总体才总算意识到诗歌所蕴含的文明积淀与历史力量的厚重与强大,也因此开始以一种崇敬的眼光看待"吟诗者"。

凝视深渊的目光向彼方偏移,时空燃烧的余烬被思想的羽翼扬起

平衡的彼岸时远时近,不渴望落地,也不追求飘浮

灰烬无欲无求,只是在微凉的声音里,在黑色的背景下,起舞、飞扬、沉浮

毫无感觉,毫无色彩

羽翼的交响,是灰烬的乐章

落花、隐雨、光与烬,黄昏、破晓、星与尘

别离大地,成苍穹一粟

星河暗涌,繁星若尘

彼岸在何处,归宿在何方

星似尘,我似烬,于虚空中飘舞,于黑暗间沉浮

无所谓阴谋,无所谓谎言,只是随风流动,

不在意起始，不在意终末

　不过是在似有似无的背景下不断地零落

　未曾被在意，未曾被瞩目

　　　　——《极目于空》第四章第三部分

　　飞船上的 AI 自动将吟诗的引力波信号转译为银河通用语，但我知道他在吟唱时使用的肯定是标准地球语。

　　在飞船匀速降落到"地面"的短短十几秒的过程中，我一度通过显示屏观察下方的情况，看样子此刻正有相当数量的穿梭飞艇停泊在四周，同时，那些飞艇所搭载的乘客也都在吟诗者周围自发地围成了一个大圈。

　　事实上，这也是我第一次来到这个久负盛名的场所——我最开始还是在小学时期的历史课本上看到过，在记忆里它的建造初衷似乎是作军事用途——反正肯定不是用来"吟诗"。

　　双脚踩上"地面"意外地给人一种踏实的感觉，距其平面约十米的高度范围内维持着宜居星球的标准大气压和温度，当然根据需要还可以自由调节，防护系统对高能粒子辐射和高危星体的屏蔽率是百分之百，所以完全可以穿着日常服装悠闲地行走——只可惜我并没有那样的打算。

　　遵循基本礼仪将飞船降落在了离人群近千米开外的

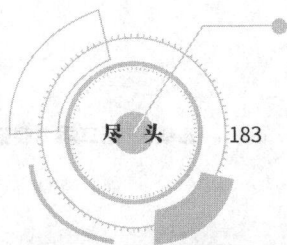

空地上，又要赶在诗的末篇开始前与他碰面，我不得不打开"推进器"——这其实也是一种流传下来的说法，每个身处太空的工作者和旅客，以及相当数量的星球居民会持有这种设备，它隐藏在衣服内部，有时也会覆盖在衣服表面，平时几乎没有什么存在感，但在没有其他交通工具的情况下，这是最便捷的赶路方式。

开启后，我的身体离开地面数厘米，推进器则会借助大气产生一个力场令我向前方做加速运动，和飞船的原理一样，我本人感受不到由推力引发的任何不适感，而且空气阻力也被推进器产生的力场彻底消解，给人的感觉宛如在真空中一般顺滑。

老远就看见他在向我这边招手了，看样子时间还比较充足，空中似乎也存在着某种旋律。

再近一些的时候听清楚了，是聚集在一起的人们朗诵着《星之子》打发时间。这首流传下来的曲子所包含的意义，夸张一点讲，正是如今人类创造的辉煌灿烂的银河文明的根源，以至于从幼时起，我们便开始学习这首诗歌。

孩童时期初等语言能力的数据输入足以帮助我们轻松掌握各种语言，但诗歌背后的真意却只能靠自身去理解了。能够熟练朗读背诵《星之子》是对孩子们的基本要求，即便当时并没有尝试特别深入理解其中所包含的和平理念与社会价值。但随着对各类知识的掌握和对世界了解的加深，我开始能够从诗歌中看到更多事物，那几乎像是该诗的作者在古早时期对我们的今天，也就是对他们来说遥远的未来所做出的精准预测。

此外，我还记得曾经有一位研究知识遗传技术的学科泰斗说过："如果只是单纯地将知识输入大脑反而会抑制人的创造力，这也正是'教育'这项工作能够一直持续至今的原因。"

"他们在放这个呀……"我开口道，同时环视了一圈周围的人群。

"是啊……"他回应了一句，"在我游历的这些年里，看到有相当多的星际共和体和联邦都是采用这首曲子和它的一些变调作为意志歌呢。"

虽然这些事情我还是第一次听说，但并不觉得意外。

"说起来，这首老曲子不时会给我一些新的灵感呢。"他双臂在胸前交叉，视线和我的一样从人群移到另一个位置——空旷的正上方。

周围的一切似乎都化作虚无，只有脚下平面折射的微微光亮会让人有些真实感。我们走到无人的一角，视野下的"毯子"像是向四周无限延伸，没有任何参照，像无尽的冰原，像一片白茫茫的虚无，整个世界都如同只由脚下的平面和上方无穷的繁星组成。心里像有什么东西被触

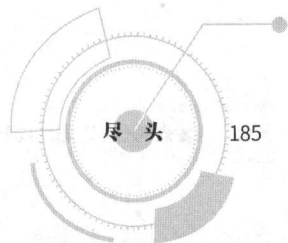

动一般，视野的彼方是亿万恒星的低语。我的双眼暗淡了下来。

"极目所至之处并非旅途的终点，即便星辰已然触手可及，也仍有一片无垠等待你的目光。"——据传，这是从古早时期某位教师的课堂上流传下来的一句话，也刚好是我故友为本次吟诗题名的灵感来源。

"你叹什么气呀……"他略带无奈的表情让我莫名感到自责，同时也将我带回了现实，"毕业之后不到六年我就来到了这里，在那之前它已经在星际间漂泊了数百年……

"之后我就开始了自己的吟游生活，一百二十年里在星域之间四处游历，有时候一天会跃迁四五个恒星系。不管是宜居的还是条件艰苦的行星……所见的一切不断提醒我注意的绝非人类的渺小，而是文明的伟大。"

大学毕业前的某天，他突然跟我们说他报名参加了太阳系诗歌大会。对于这场大会，仅从名称上或许并不足以让人完全领会到它的分量之重。作为银河系人类文明的发源地，位于太阳系境内的这场诗歌大会每间隔四个地球标准年就会举办一次，得益于跃迁引擎与高维频道的普及，在土星星环部分举办的大会足以容纳整条猎户旋臂的参赛者，届时会有超过十亿位来自各星域的吟诗者齐聚一堂。这是银河系内最为盛大的活动之一，而太阳系内首届一指的地球文明与科学技术大学城（简称"地文科大"）堪堪只有十个入围名额。

说实话，我们当时并未对他抱有太大期望，这不单单因为地文科大本身有将近一亿人的体量，即便报名者只占其中的万分之一（实际情况可能远不止于此），他也依然需要同上万人竞争，其中更有大批的诗歌专业选手及其他文化类参赛者，而他主修的却是怎么看都跟吟诗搭不上边的高维统计学。我觉得作为朋友，难免会为他这样的选择捏上一把汗。

但是话又说回来，这也正像他平日里做事的风格，虽然有些时候免不了会翻车，但对他来说也无伤大雅。一起相处的那几年里，很少会听他谈论到诗这类东西，相较于他投入吟诵时难得的一本正经的模样，平常的他，怎么说呢……虽然性格有些古怪，但更多时候都像是一个灵魂非常有趣的人。

我没询问过他参赛的原因，只是选择跟大家一起支持他——我也只能做到这些。

和正式大赛规定必须原创的要求不一样，校级入围赛限定的诗体为长篇叙事诗，由参赛选手自主选择篇目。

他选择的长篇史诗《帝国与信仰》是一篇受众较小的经典作品。诗中的帝国（虚构与否未知）位于银河的边缘。在帝国中，作为权力与地位核心的皇帝，借助执政时

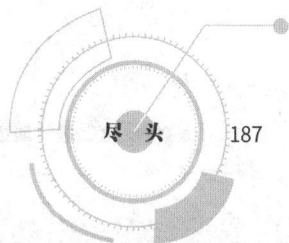

生化科技发展的高潮，为自己打造了一副长生人造躯体。而后这位皇帝也确实让整个帝国在他的统治之下安然度过了千年。但表象下所隐藏的部分是：皇帝通过向新生儿注入令其在向皇帝本人表达忠诚时促使大脑分泌多巴胺及相关信息素的纳米虫从而维持统治。很快公民对皇帝无条件无质疑的信任所形成的集体凝聚力极端到了超出理性范畴，彻底沦为集体思想中根深蒂固的一部分。基本生理层面被禁锢的个人意志始终难以逾越信仰的界限。而这种方式同时也彻底终结了一切内部矛盾，甚至达到一种"良性"循环……直至数个世代后纳米虫免疫个体出现，事情才终于有了转机，在和其他星域的团体共同组成的名为"解放者"的联盟支持下，一场大革命席卷而来，而皇帝也最终葬身在了这场革命之中……不过那又是另一段故事了，这里就不多加赘述了。

从入围赛场地出来后，他又认真地跟我们补充了一些自己的看法，主要内容是，如果纯粹将这篇叙事诗当故事看没什么大问题，其中的很多东西不值得深究与探讨，毕竟故事传开了什么版本都会出现，他也只是尽力搜寻最理想的版本。我们心里都清楚，信息多样化与复杂度早已超乎想象，所谓"真相"也或许只隐藏在某个鲜为人知的角落。

收到大会主办方发来的他成功入围的通知后，我们几个趁正式大会前的小长假下到地面好好游玩了几天，本意是为了让他获取更多创作灵感，但是他说他已经写完稿子了，至今不知道这是不是他为了让我们能够更放松地享受假期而说的善意的谎言。

后来在正式大会上所取得的优异成绩最终也影响了他未来的方向。如果不是因为参加了这场大会，如今的他或许只是茫茫银河里数不清的资源管理员中的一个，但话说回来，踏上这条成为吟诗者的道路似乎又早在他的意料之中。

《星之子》的吟诵快结束时，他试探着看向我的眼睛："我差不多要去准备末篇第四部分的吟诗了，不听完再走吗？"

"不了。"我回绝道，"你知道的，人太多我容易不自在，我到路上听吧。"

"你果然还是老样子呢。"他笑着拍了拍我的肩膀，"那就不送了。"

我以微笑回应，随后打开推进器，在他的目送下渐渐远去，而吟诗的声音则跟随在我身旁。

那目光令灰烬染上本不该拥有的色彩……

回到飞船上后，我提醒自己我并未因旅途感到疲倦，

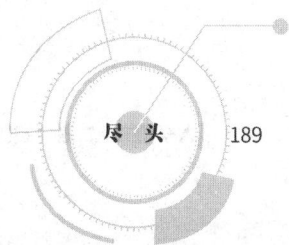

可随后还是躺回了座椅，并让 AI 把飞船舱壁调成了能够映射外界实景的沉浸模式，以亚光速飞向下一个跃迁区。

"吟诗舞台"上的景致依然令人留恋，我不禁放任目光向星海之外延伸。

满天的星辰里总有那么一些会格外闪亮，而黯淡背景之下的光，亦能使本不显眼的事物添上些许明媚。

第三部分　绝笔

诗的末篇结束之后，我很快便进入了跃迁。最后要拜访的是一名半隐世的画家——同时也是我们大学宿舍四人组的最后一名成员。根据他之前给我的行程安排，我正好可以在他到银河纪念馆的这段时间里跟他碰面。

我们在大学期间曾存钱来过这里一次，旅途花费了将近半个月时间。虽说偌大的纪念馆内部确实拥有虚拟参观的相关的设施，但用意识载体参观有违我们旅行的初衷——为了亲眼所见。

第一感觉就是壮观——肉眼可见的整个纪念馆外部体量比月球还大，数百千米范围的建筑群不均匀地分布在由太阳系内各大行星、卫星上切割出的巨大石块、冰块以榫卯结构积木般构筑的空心幔层之上，其核心的高维能量体通过"积木"表面极薄的包层将能量传输到外层建筑，同时维持整体结构的稳定。

而这整颗人造行星，即为银河纪念馆名义上的本体。

银河纪念馆的建造如史诗般华丽。"积木星幔"的突破设计是当时人类历史上除银河模型以外计算量和工作量都属最大的工程。光是建立星幔模型就花费了数年时间，随后还要到太阳系各处取料——包括八大行星和它们的卫星，甚至小行星带和柯伊伯带都有涉及，其中对气态行星的取料更是麻烦……流程走下来不到一半，人类的科技水平从工程力学、应用数学到天体力学、膜技术，再到高维计算机、星系级统计学都产生了超出预期的进步。到最后，工程师们将"积木"组合成数个部件，分别送达目的地，然后进行最终的组合并修建表层建筑。

如今银河纪念馆的星幔上已有百分之七十被建筑群覆盖，剩下的是因为某种"建筑美学"的原因特意裸露着的纹理清晰的星幔部分，核心的能量会有一小部分以光能的形式在这些广阔的区域散开，如同呼吸般有节律的明暗变化宛若恒星的心脏在跳动。有意思的是，这样的设计似乎也得到了河外文明的肯定，不过这种认可仅仅是技术层面上的。

AI 按照当地服务器的指示完成降落。我在高处的时候就注意到了他的"飞船"——也是他平日的住所，一个不小的庄园。他现在应该不在那儿，但我大致能想到他去

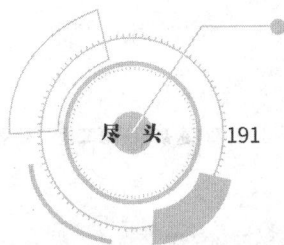

了哪里。

自然，并非任何作品都有资格进入银河纪念馆，而我的这位伙伴即便是在这个银河级的艺术中心，也能算得上是一位相当有分量的人物，举例来说的话，就是在纪念馆定期举行的大型画展上总会出现他不同的作品。

作为一名半隐世的画家，他平常的行程安排与前面那位吟游诗人几乎完全相反。绝大多数时候他都是在星系间的空旷区域过着独自一人的生活，在这样的时代，独处时的生活节奏会非常缓慢。

第一次认识他，还是在幼年时期……

我跟周围绝大多数同龄人一样，是在地球上的胚胎培养舱的人工温床中出生的，得益于深层胚胎工程的技术和优秀的 AI 教育资源，我们在语言功能系统基本发育成熟时便已能够与周围的人进行无障碍的交流。很快在具备基本的自理能力和判断力之后，孩子们就能通过教育系统的奖励机制赚取可供自主支配的额外信用点了。

信用点最初是银河公民通用的充当交易媒介的信息货币，事实上，自旧银河纪元初期开始，也就是人类探索宇宙的脚步迈出太阳系以来，能够被稳定开发与利用的资源就已远远超过社会的实际需求了，在资源问题得到解决后，随之而来的便是分配问题。也正因此，在一场持续将近百年的经济体制变革后，最终稳定下来并一直持续到现今的贸易模式便是围绕最初的银河信用点形成的。信用点分为公民信用点和企业信用点等不同的类型，公民信用点一般来说会定期发放，且发放的点数完全足够个人在这段时间内享受宽裕的生活了（言下之意就是说可以全心全意去追求自己的个人爱好而不用担心生活上的问题）。不过要想过上更加理想的生活，就不得不参与相应的就业或者在某些方面取得成就（当然这些都可以自由选择），这样一来信用点便会以工薪或奖励的方式发放给个人。除了一般的货币职能外，信用点同时也是个人名誉的反映：比如在公民违反了所在星球或所在地的法律后，若未能因正当理由申诉成功，中央管理系统会根据当地法律扣除其相应的点数，并公开其近段时间内的个人信用情报。类似的机制在某些时候还会应用在道德方面，也正因此，个人信用点具有无法转让的性质。再到后来，信用点的应用甚至上升到了政治领域：在一些地方的竞选中，中央系统会给每位公民发放一定的竞选点数，这些点数会以投票的形式汇入竞选人的公开信用点账户，同时每一个信用点都能够被原竞选点数持有者追溯，以监督该竞选人是否将获得的点数用于合理的情境。

　　说回小时候的事。在能够获取信用点之后，我足足攒了将近三个月才入手了一台全息摄像机，虽然与市面上其他那些价格不菲的同类产品没有可比性，但这也已经是

我当时能得到的最好的设备了。自那之后，我经常会偷偷溜到室外（虽说"原则上"不允许随意进出）收集各种各样的素材：小到花鸟鱼虫，大到整个天地。我这台廉价的全息摄像机顶多也就录制到肉眼可辨程度的细节（据说用于科研项目的那种顶级全息仪器能够达到亚原子尺度的水平，并且能够在后期进行随意调用素材）。由于地方中央的规定，我们地球公民是不能在成年（从教育机构毕业）以前随意进入虚拟环境的，在这个年龄阶段教育系统能开放的有限资源显然无法满足孩子们的好奇心（不知道是不是有意为之），但在其他事情上我们有大把的自由，只要不故意去干一些损害他人的事情，自己辛苦赚来的信用点就不会被扣掉。

机构里的老师在很早的时候就会教导我们要分清"获得感"与"体验感"，这个指导方针自旧银河纪元起就一直留存在中央教育系统中，其本质是将虚拟与现实的界限划分开来。我们的老师将其归纳为这么一句话："你在虚拟中拥有的一切都只是你在现实中的一种体验。"这样一句在当时并未引起我太多注意的话在后来对我产生了很大的影响，尤其是在我真正进入虚拟环境之后，那种对现实的厌烦会上升到连我自己都感到惊讶的程度。

为了从"体验感"带来的困扰中脱身，我便存信用点买了这台全息摄像机。只记得我当时的想法是：如果可以将周围的事物像这样一直保留着，在需要的时候触手可及，不就是一种现实里的"获得感"吗？也许我当时在某些方面的理解出了问题，或者是其他什么原因，总之我有理由一有空就带着摄像机去外面到处走走——于是就有了我跟他的第一次见面。

那是一个天气极为理想的清晨，很早以前就收到天气信息的我已为此等候了数日。在我到达提早确定好的取景地时，我才发现这里还有其他人。

这个地方处于海滩与路面的交界处，离曾经老师带我们郊游时去过的岛上的森林有一定距离，这个位置的海风不会让人觉得潮湿，但是会有一点清凉。也不能靠海岸线太近，否则会有安保系统强制我返回机构（跟被老师抓回去是同样的感受）。综合考虑各种因素后，我最终选择了这个朝向海上日出方向的路面拐角处作为取景位置。

而此时除了一点尴尬，我更多的是感到惊喜。之前我几乎没有在外面碰到过其他像我这样的孩子，按理来说在外面也不应该有这样的孩子出现才对（虽然我自己就是那个例外）。我平时虽然不善交际，但能在外面碰到跟自己在某方面相似的人难免会有些小小的兴奋，于是我打算凑近一些观察对方。

走近的时候，我注意到附近不远处有一个装置，那并非什么摄影仪器，而是一种音乐播放器。这种装置能够

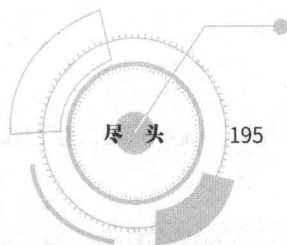

使声波在特定的范围内传播而不向周围扩散，同时也能在一定范围内降噪，是曾经相当流行的室外播放设备。如今这类设备也有了更为便携的，同时声场范围更优化的版本，只不过价格也相对更贵。

他本人就坐在路面外侧的一块平坦岩石上，手持建模笔在面前悬空的云界面上不时添上几笔。我在虚拟环境中见过这样的组合，一般出现在工程师或是设计师手里，但我面前的这个人显然不是用它们来做这些用途的。

我很快便走进了音乐播放器的声场，是我喜欢的那类音乐。

"呃，那个……你好啊！"我开口道。

在交谈中，我得知他跟我是同样的年纪，来自附近另一个教育机构，而他手上的"工作"，其实是在画全息画。全息画旨在用来自画家的视角令观赏者重新审视与欣赏这个世界，从本质上来说，这种工作与在虚拟环境中构建世界的程序员或者 AI 所做的事情是一样的。只是有一点我不太理解——在我问他为什么要背对日出的方向构图时，他的回复是："这边才是我想画的事物。"

在绘画的过程中，除了那些立体图形和纹理由他自由构建以外，其余环境光和阴影等设置基本都从现场抓取，没有更完备的设备的支持，即便如此也会消耗不少时间。在不干扰他画画的前提下，我们还聊了些别的东西，比如他说这是他第一次在老师不知情的情况下跑出机构，然后我跟他说我是老手了，经常偷跑出来而且从来没被抓到过（当然这是骗人的），我熟知附近的地形地貌，可以当导游带他去找各种各样的素材跟取景地（这倒不假）；他告诉我他喜欢绘画是因为他热爱这种能够亲手创造令自己满意的事物的感觉，这跟我购入摄像机的初衷虽有出入，但我十分理解他的想法。

后来我们经常约定在外面碰面，他也从未失约。有时他会因为时间仓促来不及画完而向我借全息摄像机方便他回去接着画，我也很乐意借给他，往复几次后，我干脆把摄像机送给他，同时也避免了老师发现我经常在吃饭时间跑到外面摆弄摄像机的事（后来我觉得他们十有八九知道）。不久后我渐渐放弃了摄影，这对当时的我来说并非违心之举，至少我已经在逐渐成长的过程中学会了平衡"获得感"与"体验感"的关系，我也可以全身心投入另一个我颇感兴趣的方面——我发现相比于摄影，研究宇宙动与静的规律更能够接近存在的本质，直至没有任何全息摄像机能够企及的地步，不论是向内的超微观成像仪还是向外的终极计算机，在规律中所蕴含的细节总是无与伦比的。

再到后来临近毕业时，他回赠给我一幅全息画，画上是我跟他第一次见面时的场景，以及在晨熹照射下我们

二人在路面上留下的影子——这幅画名为《旭光实影》。

后来很有意思，搬进地文科大宿舍的第一天我就碰到一台相当熟悉的老式音乐播放器，好家伙，曾经的伙伴当真跟我一个宿舍，这是何等的巧合！惊喜之余唯一遗憾的是那时他依然坚持绘画，而我早已不再摄影。

我所知道的是：他会不定期来银河纪念馆一趟，每次来都会无偿捐赠一些他自己的画作，到现在为止，已经持续将近一百九十年了，我也是趁着这次机会与他碰面。

在推进器的加速下，我很快便抵达了位于城区建筑群以外"大空地"中央的太阳系纪念碑。我曾经在庄园和他闲聊时听他提起过，他说每次捐赠完画作之后一般都会顺路来这里欣赏这座数百米高、由地球本土岩石拼接成的纪念碑。得益于外表的特殊处理，这块纪念碑从银河纪念馆立馆之初，便一直矗立在这块空地中央，主体算不上复杂的几何构型在一定距离之外欣赏会给人一种虚拟环境中才有的超现实感。它也并不只是单纯的一堆石块，其表面雕刻的每一块浮雕都能够在纪念碑本身的交互界面反馈下弹出相应的信息窗口，用以阅读相关的历史词条。

另外值得一提的是，这块被游客们称为"大空地"的广场并非真的有这么个简单到草率的名字，实际上"大空地"本身即为纪念馆的"藏品"之一，而银河纪念馆官方对其的命名是"深灰广场"（虽然也好不了多少，不过也勉强契合其主题——真的是一片亚光的深灰区域，跟纪念碑主体的底色只有很细微的差别）。在出行全靠穿梭机的现在，深灰的表面极少有机会接触到什么，即便难得地有灰尘落地，城市清洁系统也会很快将其分解到原子，最后成为地面的一部分。广场的另一侧，则是裸露的星幔部分，距地表的垂直距离不到四百千米，持续不断地散发着极光般的气息：从星幔表面一直延伸到地表以上两百千米的用于吸收逸散辐射的人造雾层同时也会漫反射星幔所放射出的可见光。从附近城市的视角看，就像一半的天空被极光所主宰；而站在这片广场上，所能看到的则是在地平线之上，与脚下一成不变的深灰形成强烈对比的变幻着绚烂色彩的天幕。此时若将视线延伸向远方纪念碑的位置，你的整个视野都将被纯粹的明与暗占据，而那数百米高的纪念碑则在天与地的界线处孤傲地展示着自身的存在，给人一种荒凉感，却又不像在"吟诗舞台"的灰白背景下让人感到的那样渺小。我想，这是仅仅在技术层面上认可银河纪念馆的河外文明难以体会的感受。

来实地观赏纪念碑这一景点的游客并不多，我很轻易就确定了他的位置——他悬浮在十多米高的地方，与之对应的刚好是整座纪念碑上最大的一块浮雕之一。

"扩张时代的浮雕？"推进器将反重力扭矩稍稍增幅，我来到了他的一旁。

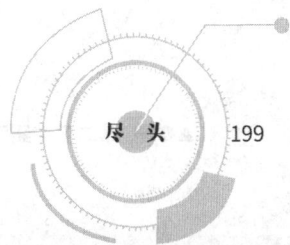

雪白的头发同上次见面时没什么区别，倒是胡须比上次在庄园里见面时剃短了些。

他并没有表现得十分惊喜，仿佛我的到来对他来说毫不意外。

扩张时代是银河系被人类文明所开发的初级阶段，但是银河系星图模型仅绘制了以银心为中心，长轴为两千五百光年、短轴为两千三百光年左右的星域。太阳系人类发觉仅已知星域的人口容纳量就已经超过了当时人口总数好几个数量级，于是当时的执政联盟经过商讨后做出了一个就现在来看也十分有争议的决定——用已经相当成熟的克隆技术大量增加人类个体，以满足在人均寿命达三百年、人口增长率负到极点的社会状况下对辽阔星际疆域的有效监管。结果最糟的情况理所应当地发生了——即便法律明确规定克隆个体及其后代与银河公民享有同等的法律地位，但有些生理和心理上抗拒克隆人的群体对于克隆群体不友好甚至是排斥的举动，终究引发了一场人类内部的冲突——对于星际跃迁区的争夺。毫无意义的疆域争夺让人类在这场斗争中碰得头破血流，就连地球也被战火波及，其表面的生态系统被一些粗制滥造的武器破坏得不堪入目，以至于到最后战争宣告结束，地球恢复生态稳定后，被银河公民自发地保护起来，自那以后地球上便再未长期停留过任何大型科技舰艇。虽说地球上的居民也会偶尔跟随一下时代的潮流，但稍大的企业和星际集团再未出现在这片土地上，再然后就连一般的乡镇也搬迁到了近地空域或者太空城里，只有小部分海岛仍作为少数群体的聚集地，而地球大陆也逐渐恢复到了较为原始的环境，除一些短期旅行者之外，少有人踏足。

几十步之外又是一块大的浮雕，那代表的是虚拟时代。

虚拟技术的浪潮在人类历史中出现过数次，但真正称得上"虚拟时代"的只有旧银河纪元中期，也就是人类在太阳系之外基本建立起相对稳定的沟通与航线的时代。当时应用最广泛的两种虚拟技术一是完全沉浸式，二是纯意识式。在第一次虚拟浪潮中曾出现过百分之九十以上的人类同时进入虚拟环境的极端情况，好在部分人及时发现并采取行动，将身陷虚拟环境的人类逐渐带回了现实。而虚拟时代的情况则截然不同：一部分人类群体自发地将意识上传到云端，彻底成为庞大的银河数据流的一部分，其中一个原因是当时的超弦技术已经相当成熟，进入数据流的意识可以轻易跨越时空质能壁障——这是极具诱惑力的一件事情。而幸亏有了第一次虚拟浪潮的教训，数据化的人类终究只占了少数，于是这个事件从长远来看其正面影响几乎完全盖过了一切消极影响，以至于在那个年代的中后期还出现过一句这样

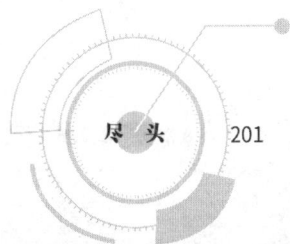

的标语："在虚幻中创造现实的未来。"

回想着时代变迁，我一言不发地跟在他身旁，试图体验一把他的感受。也许我成功了，因为在回到地面时，我发觉自己和他是一样的表情。

"谢谢你陪我走完这一程。"他说话显得有些吃力，是我的错觉吗？

"怎么突然这么见外……"我苦笑道。

我们身后是银河纪念馆规模宏大的建筑群，前方城市里的灯火从未熄灭。

"我活不了多久了。"他突然开口道，眼睛直勾勾地盯着远处的光芒。

近年来，有这样一种技术从前沿逐渐走进了社会中心：将人的意识投射到过去的时间线上。这与在虚拟中搭建一个过去世界的影子完全不同，是真真切切地令意识返回过去。乍一听很是玄乎，但这也是人类向高维发展的一种方式。首先，由于只是将意识投影到过去，就基本上避免了未来不必要的信息被意外采集；其次，投射到过去的意识在将信息上传至高维端口时会同步经受检查，以防有害信息的传播。此外它能发挥的功用相当广泛，不管是考证历史，还是游览文明、观赏星海，统统不在话下，当然，前提是你真的有这个情操以及数量不小的信用点——这就使这项体验在当今时代终究只能属于小部分人，反正对于绝大部分人来说，把应有尽有的虚拟世界作为下位替代也从来不会是件亏本的事。

说回这项技术本身，因为使"能让意识回到过去"这项假说得以成立，很容易会让人联想到"能否让意识去到未来"这个命题，于是当时就有前沿科学家声称："理论上是可行的。"谁让这是一个理论真的会走进现实的时代呢？他们真的做到了，这本该是一件令人无比兴奋的事情，但是啊，这项"能够让人亲眼看到未来"的技术与当时另一个称为"宇宙沙漏"的热点企划起了冲突，主要还是围绕"被投射到未来的意识所传输回来的信息对现在可能造成影响"这个问题争论不休。就目前来讲，宇宙中，或者说至少在银河里，基本上所有大型企业与组织都是基于对未来可能性的预测来运转的，如果"亲眼看到具体未来"的可能性成立，将会破坏与之相关的一切平衡。

那时候还是某位研究员从古早时期的一篇文章中获得灵感从而提出解决方案。说实话，该方案相当简单粗暴：将投向未来的意识的反馈在高维处理器端口无限模糊化，只送回意识是否到达未来这一结果。到这里暂时还没问题，可是到后面用 AI 做正式实验，出乎研究员们意料的是意识顺利投射到未来后均未能返回原有躯体。换言之，就是剩下的躯体成了空壳。虽说可以提前将意识数据进行备份，但这样一来实验本身就相当于白干一场。然而

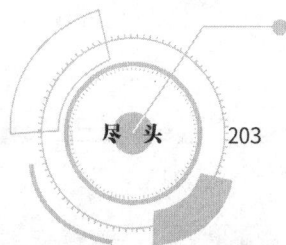

更让人意外的事情还在后面——当实验结果向各方公布之后，各界人士突然发表声明说希望能够参与实验，并且特别强调可以接受意识无法回归的风险（已经不是风险，而是确实的结果了）。自虚拟时代的浪潮过去之后，人们的生死观念就已经发生了改变，虽然此前极少听到有人提起，但自主选择死亡的案例确实存在。在长达数月的研讨后，"对未来的单向意识投射"最终还是合法化了，申请人只需要缴纳个人所持有的全部信用点（以前一直流行着这么一句玩笑：没有人会愿意以一个没有信用点的身份留在这个世界上，除了死人），并且接受严格的心理检测以确保其并未掺杂负面情绪便能够参与试验。有一个采访非常有名：一个退休的星球领袖在进入意识传输舱之前说："我已经在这世上度过了无比幸福的一生，能看到人民安居乐业我已经心满意足了，最后能再去看看他们的未来，没有什么能比这更让人感到愉悦和满足的了。"类似的还有许多人以能够看到未来的世界作为遗愿。其实客观来讲，这些人能够选择自己所期望的结局，而研究员们同时获得了更多数据，这样想来也未必是件坏事。

变故发生在他上一次将意识投射到过去的时候，那是一次冒险。

可整件事情的发展恰如他的预期，即便产生那样的后果，换言之，他明知道会是这样一个结果，却仍义无反顾地做出了决定。

早在数月前他就预约好了一次意识投射，不过和明面上预约的时空节点相悖的是，他的目的地其实是和那里相距甚远的一个……一个黑洞的内部。从理论上说，将意识投射到一个接近于完全封闭的空间内并非不可能，但相应的代价是想让意识完整地从那种地方回来不会那么容易，至少凭现在的技术还不行。也正因此，相关部门明令禁止将意识投射到诸如光锥之外的风险区域，系统检测到投影意识有潜在的危险行为时也会发出警告，甚至强制遣返。可他却不知动用了什么技术来令这些系统失效（我记得他之前说过有几个特别的人向他表达过对他作品的喜爱，其中或许会包括高维意识），总之他成功了。作为一个前沿科学研究员，我曾不止一次地在数据模拟中见识过视界以内的景象，可他不一样，他亲眼看到了深藏在黑洞那诡异帷幕之后的无比真实、无比自然的混沌。

据他所言，那感觉如同由意识生成的实体无止境地向视界坠落，宛如一刻，又像停留在永恒。这是他第一次真正看到了宇宙的另一面，没有人知道他的主观意识在那里停留了多久，至少我不敢想象。我知道他曾经在数百万光年的尺度上用时间扭矩能达到的极限倍速观看了过去宇宙中两个黑洞相撞的全过程，一直以来，他的目光朝向的都是那些不曾为人所见，或者说几乎消失在历史长河中的

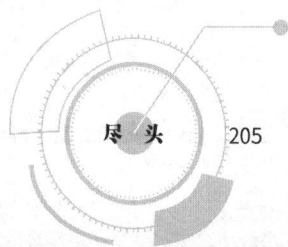

事物。

可就是这种做法，致使他的意识在回归身体时受损，由此产生的生理影响令他大脑的部分意识区域出现退化，若不加以制止，他的大脑很快便会衰退到丧失记忆、联想甚至是思考能力的程度。不过问题并不出在这上面，意识的流失虽然是不可逆的，但是生理上的异常却是可以被修复的，至少他也可以通过其他手段来将意识维持在发生不可逆的退化前的状态。

他本应有无限的时间等下去，直到技术完全成熟再去那种地方也不迟，但事到如今一切已不再重要。

"为什么？你明明可以换一个身体，或者干脆数据化？"我似乎没能保持住平时的镇定，一时间我也想不到别的，他从未告诉过我这些。

他的眼睛悄眯眯地闪了一下，让我觉得他是在躲开我的目光。"没那个必要了，真的。目前还能维持正常状态，但之后我打算卸载掉维持装置。这对我来说绝不意味着逃避，而我也希望能够任性一次……"

任性？从一个生理年龄已经是我四五倍的人口中听到这样一个形容自身的词，难免会让我觉得有些突兀。

在无数次的光速航行之后，我几乎忽略了他已经有这么大年纪的事实，我只是依然把他当作那个曾经总被同龄的我不顾规矩地怂恿到外面取材的好伙伴罢了。他在这些年里又都经历过些什么呢？

看黑洞在视界内相撞？

早在人类历史上最初的信息时代到来之际就有人说过：当各种各样的信息流入人们的日常生活中后，真正纯粹的人会变得越来越少。而对于当下这个时代来说，信息早就是一种人即便穷尽一生也无法得知其全貌的事物了，于是很多人放弃了在繁杂的信息世界里对一些虚无的不断追寻，转而回到真正的生活之中找寻意义与答案。

我在幼年时就已经见识过这种纯粹的人，或许对他来说，有些事物一直未曾改变。

"你看，我度过了充实的一生，已经了无遗憾了。我知道这样容易被误会成逃避，但说实话，就算是接近永恒的生命对我来说也没有太大吸引力……这更像是一种选择吧，我已经做出了自己的选择。"

"这就是你所找寻到的答案吗？"我明白了他的想法。

不知不觉间，纪念碑已经在我们身后很远了，像是感觉到某种呼唤一般，我转过了身。

那片深灰之上，我仿佛看到了数十亿年前地球上最原始生命诞生的瞬间，大冰期、大灭绝，几十亿年的演化如同一瞬，最初的海洋生物开始踏上陆地，无数物种崛起又灭绝，唯有少数能够在地狱般的时代里生存下来。毁灭，接着是复苏，进化也许停滞过，但从未中断。很快，

生命占据了陆地，又飞向了天空，其间伴随着的又是一次次灭绝，一次次时代的演替。很快，时间的跨度从亿年转为了千万年，大陆板块的变化不再那么显著，而生物的进化却越来越快……又是一转瞬，时间的跨度来到百万年，第一簇火星从名为人类的双手之下激起，点燃了名为文明的圣火，这一团火很快以燎原之势传遍了整片大陆，连海洋也无力阻拦。时间的跨度来到十万年，星球的绝大部分过去已然被灰烬与泥石掩藏，然而在那之上，地表的生物开始建立起最初的文明——文字、壁画、浮雕……他们以这种方式告知我们他们的所见，也正是凭借这样的工具，数万年来人类文明才得以不断延续。眨眼间，人类的足迹已踏遍整颗星球，于是他们重新让视线回到数十万年前就已经开始关注的星空，然后迈开了步伐。在往后短短的几千年里，与地球生命的历史相比真的只能算是短短一瞬，可人类也正是在这么一刹那间便完成了离开地面家园投入太空怀抱这一壮举。紧接着的便是后来人尽皆知的代表银河时代开端的人类向整个银河系发起大探索的时期了……

我已经忘记自己出了多久的神，可能是数分钟，也可能只有几秒。我不清楚自己为什么会想到这些，或许是刚才观赏过纪念碑上浮雕的缘故。

地球生命来自星尘——在宇宙的余烬中诞生，在原始的海洋中随波逐流，再之后凭借进化之力爬上了陆地，紧接着飞向蓝天，很快又去向太空、探索宇宙，最后拥抱星尘。

地平线之上，极光如微风拂过草地般缓缓流动，而亚光的地面却让人看不出多少变化。远处的纪念碑静静矗立在整片深灰的中央，沉寂，但是充满庄重与威严。这是另一种感觉上的渺小，跨越时空，来自上万光年以外，经过了四十余亿年才由人类母星所沉淀出并且繁衍与传承至今的生命与文明。

"我已经把平生的感悟都寄托在了画作里，而它们也去了该去的地方——这便足矣；另外我的庄园也应该会留给下一位继承者……噢！我一直在讲自己的事情，你看起来也挺累的了，可以的话我还想带你看看我最后的画呢。你猜猜素材是从哪里找到的……"

可是直接去纪念馆的话似乎还要经过很长时间的预约，就我的行程来看，应该是来不及了。

在话的最后，他长长地哈了一口气，之后他的声音就又变得释然了。

"我最后打算去看看未来，就算只能瞥见一点点也好……"

我直到最后都没能去纪念馆里亲眼看到他的绝笔之作。告别之后，我一个人回到了飞船上。

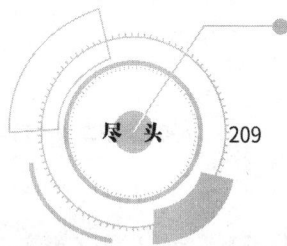

由于我最后要去的地方已经没有更近的跃迁区了，于是我直接朝银心的方向飞去。

旅途会需要一段时间，于是我进入了虚拟环境，打算以这种方式完成他的，同时也是我的心愿。

在如梦的沉息中，我看到了那幅画。

一道璀璨的星光之门散发着柔和的光芒，如同通向未知领域的通道。我能感受到它似乎连接着不同的时空，让人感觉穿梭在历史和未来之间。

星光之门的周围，浮现的是绚烂的星云和宇宙繁星。那些星尘以不可思议的方式交融在一起，如梦幻的彩云般缭绕在星门周围。

画面的另一侧，是一片苍茫的宇宙风景。巨大的星球悬浮于虚空之中，表面充满神秘的图案和纹理，同时又散发着迷人的气息。在那片蔚蓝空间中凭空盛放的华美花朵让人觉得不属于这个世界，却又传达了令人意外的友善气息。

在那个世界，毫无理性的引力如风一般一边带来活跃与生机，一边扬起落下的尘埃，这样的舞蹈会持续下去，直至世界的终点。

《时空绽灵》，是叫这个名字吧。

给人的感觉，挺温柔的。

第四部分　向深渊的一瞥

这也许是银河实验室第一次有这么多非工作人员到访，我看到有几条轨道已经几乎被飞船与穿梭机围满，甚至在一定程度上影响了从外围观察这颗人造行星的视线。

单单从构造来说，银河实验室，或者说这颗星球本身，它的结构相比纪念意义大于实用价值的银河纪念馆要简单不少，也因而得以承载更厚的外层——正式竣工时其体积已经接近地球的二分之一。

本想回住所一趟的，可是我想到已经把与她相关的记忆数据给彻底删除了，又觉得没有回去的必要。

她在绝大部分人的眼里也不过就是随处可见的、拥有人类外表的泛用性人工智能产品。在个体的生理容貌早已不再受大众关注的现在，她更是显得默默无闻。可即便如此，也依然不妨碍她成为我的爱恋对象，何况如今也早已不是那个与 AI 产生恋情就会遭人歧视的时代了。

初见她时我走在下班回住所的路上。那时她还只是新一批进入研究所的 AI 研究员中极为普通的一名。她当时正靠在舷窗的一侧，以一种好奇到近乎渴望的目光凝视着银心一侧。老实说，她的面貌不管在哪里看都是不会吸引人目光的类型。我并未关心那个样子的她究竟是不是AI 程序的化身，只那一眼，我身心的疲惫便已消解到无

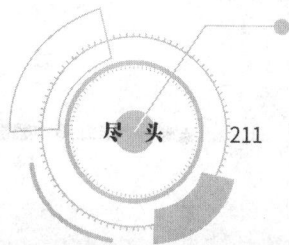

从察觉。我走近她，她如此特别，就连她眼中映射出的星光都变得无比璀璨，就在这一刻，没有任何犹豫地，我认定了这个人，或者说，这个拥有自我意识的人工智能，正是我追寻已久的那个她。

后来我仔细想过，在那一刻，我所看到的或许不只是一个纯粹的灵魂，我还看到了曾经的自己，尽管听上去会有些奇怪，但我确信那一刻我确实看到了自己的影子——那个三四十年前，会在大半夜从床上爬起来对着远处的海浪和似乎遥不可及的星星出神的孩子。从什么时候起，我逐渐忘记了那些事情？仔细想想，我似乎已经很久没有真正静下心来，是因为太过疲惫，抑或是太过投入？可我明明记得如今的自己正是过去所追求的理想……我曾经无比担心自己会在未来的安逸中迷失，而直到此时我才发觉似乎有某些难以言喻的重要事物已然在不经意间溜走。既然如此，我就更应该努力把握住这个机会。不论有意还是无意，她令我回想起了那个对世界充满好奇的自己，可以的话，我也希望与她分享自己所感受过的所有美好。

我们拥有这个年代少见的能够被真正称为爱情的东西，这也一度是我们的骄傲。正因她的存在，我的住所才能够第一次拥有"家"这样一个称呼。和她一起生活的片段至今仍历历在目，她安静的样子是如此令人心动，和我大谈平衡化归原理与思维描述定义时认真的模样又是那么引人着迷，她总是那么聪慧机敏，有时又会对我开上几句玩笑……我会在休假的时候跟她一起潜入虚拟世界，在后台挑选出我们最喜欢的背景音乐，再带她看看我平日里总跟她提起的地球上的美景，我甚至会一时起兴为她写几首诗。我还记得其中一首《无题》的内容是这样的：

> 静水中的云影，雪原上的极光，烈阳里的闪耀，皎月下的回响。
>
> 许久未曾仰望故乡的夜空，在星河彼岸，时空的羽翼舞起下落的尘埃。昂首，是永无乡中黑夜的月。
>
> 在世界的交响中，唯一令我驻足的熟悉身影拨动琴弦，勾画出我在记忆长河中遗失的幻想。超脱生命的归属给予我莫大的安全感，但却使我越发害怕寂寞。只有倾听，只有凝望，我方可企及在这陌生世间真实的你。

在那段时间里，我经常会觉得，只要能和她在一起，哪怕是无限的时光，我们也能够充实而有趣地度过。

之后，那封实验邀请信出现在我的邮箱中。

意料之外的是，她并没有在明面上表现出任何不悦，

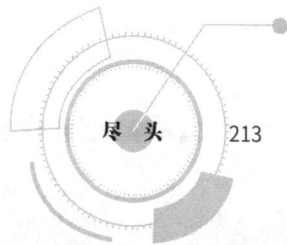

甚至没有尝试挽留，她知道不管怎样做都改变不了我的想法，可其实我心里却希望她会挽留，哪怕只是一个眼神也好，我都有万分之一的可能性会回头。她反复地问我是不是真的做好决定了，得到我一次次肯定的答复后，她说的话是："既然你决定好了，那么之后，就把我的记忆删除了吧。"

UI 上显示人还没怎么到齐，于是我打算再回一趟工作过的实验室看看。

大学毕业以后我就在这里工作，这座实验室是以一位在历史上颇负盛名的物理学家的名字命名的，他是首位在学术上将 Dark Matter（暗物质）改称为 Vision Matter（意为一种虚幻的物质）的科研工作者。

在门口就碰到了我的导师，从他疲惫的面容可以看出他刚结束今天的工作，我当时还不知道那也是他最后一天的工作。

这是我在申请退出高维人工智能项目之后和导师的第一次见面。

导师开口的第一句话是："你也收到邀请了？"

早在十多年前，也就是刚刚毕业之后，我便凭借自己拼尽全力所争取到的名额进入了银河实验室。值得一提的是，我的母校，也就是地文科大，它虽然在名义上是全银河系拥有保送名额最多的大学城，但是考虑到庞大的学生人数，要想争取到那样一个名额绝非易事，没有"拼劲全力再加十倍"的觉悟是不可能成功的。这样的觉悟我早在入学之前就已经有了，同样是在那个时期，我也开始着手进行与之相关的准备，好在最终的结果对得起我的付出，令人满意。

开始的几年里，我试着靠自己的能力做了几个感兴趣的项目，当然，在各类辅助 AI 与其他相当完善的设备支持下，我自己需要完成的任务并不重，大多数时候我都可以非常轻松地完成。在现实需求能得到充分满足的基础上，在闲暇之余，我完全可以潜到虚拟世界里畅游各种场景。

导师是一位拥有上千年科研经历的顶级学者，借助他年轻时团队所完善的意识转移技术，他得以一直延长生命的长度以将更多的时间投入科研中去。作为一名资历尚浅的无名研究员，能够被安排到实验室最具声望的导师的团队中参与科研对我来说相当难得，这同时也意味着我不再拥有能够每天跑到虚拟世界里开着五十多米高的机甲或者指挥数个舰队抵御外星域文明入侵的闲暇时光了。之后的几年里，我作为助理研究员跟随导师参加了大大小小的会议，其中最为顶尖的当数参会人员最多、囊括学科最广的"前沿科学技术"（FST）年会。每一次的 FST 会议基本都在虚拟场景中进行，那是一个相当空旷的会议厅，场

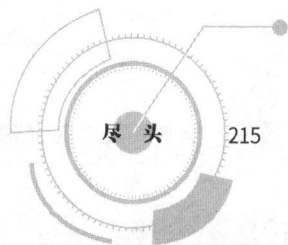

景里唯一的物件是一个分内外圈的环形桌面，内圈的空位是留给需要在本次会议上进行展示的学者的，外圈供其他与会者就座，虽然整个桌面半径不到二十米，但是在桌边的每一个位置上，都同时坐着数万人甚至数十万人。在导师的推荐下，我也有幸站到过中间一次，当时讲解的是我们团队在高维人工智能项目上的最新进展。

"自虚拟时代以来，人类内部矛盾冲突形式的转化，基本奠定了社会整体的和谐与稳定，而对虚拟意识数据的分析又进一步推动了人工智能技术的发展。从最具突破性的命题'如何令 AI 产生无意识的举动'开始，到后来 AI 技术三大核心——复馈回路的构建、价值系统的形成和简并意识的表达——完全成熟只经历了相当短的时间。当然，大部分还是要归功于那些数据化的人们能够像塑造人的意识一样去塑造人工智能的意识。

"你看到的黄色跟我看到的黄色是有差异的，然而因为主观因素的限制导致我无法用语言或其他形式向你描述出这种差异。目前唯一可行的办法是将你的意识载入我的身体里，以我的大脑向你展示这种差异，但是你的思维却不会因为意识载入其他大脑中而发生改变。

"很显然脑结构的受损会导致意识表达与分析能力完整性的丧失与破坏，从而使脑所具有的功能特异性与思维分化性大大缺失。但在进行意识上传后，当你脱离了脑结构本身的限制，你会发现你的思维本身并未受到任何影响。"

这是当时基于实验数据得出的结论。

"意识与思维从何而来？也许真是造物主创造了人类，但他又是怎样赋予人类意识的呢？还有就是人存原理，连'意识与生俱来'这句话都带上了玄学的色彩。"

在大学的讲座上，我的导师曾有过这样的发言。

我抬头看了一眼导师，刚好迎上他的视线。导师拍了拍我的肩头，眼神里像是在诉说着什么。

导师拥有一个家庭。

家庭，我对这个词的概念虽然称不上陌生，但是自我从人工温床降生的那一天一直到跟她在一起之前，"家"对我来说都是未曾拥有过的一种温暖感觉。而导师所拥有的这段关系则几乎跟他的年龄一样久远。

导师的工作跟生活分得很开，我曾经在有空的时候受邀拜访过导师的住所几次，也因此知道了许多关于他的往事——这大都是从导师的妻子，或者说夫人口中听来的。导师夫人给人的感觉相比导师的一本正经来说，更多的是亲切祥和，以及不止一点点的风趣。在讲到一些糗事的时候，导师会因为无法阻止她而在一旁生闷气，而他夫人则一边讲着导师的陈年旧事一边笑得合不拢嘴……

另外，二老似乎还有过孩子，之所以说"有过"是

因为在二人如今的家中并没有这位后人生活过的迹象，推测是早在很久以前就离开了这个家，至于原因自然不是我该去问的。

但不管怎么说，单单只是看这段跨越了千年的婚姻关系就足够让人心生敬佩了，何况二人至今保持着如此和谐的关系，很难不让人感到羡慕。

然而导师却接受了邀请，简直让人难以置信。

这时我注意到导师看我的视线有所躲闪。沉默了许久之后，导师终于下定决心向我说明那段他似乎本不愿再提起的往事。

直到这时我才知道，导师开创高维人工智能这个项目，是在他的子女自愿选择进行意识数据化后才开始的。

据我所知，项目的雏形出现在虚拟时代后期。银心区域的发展程度总要比边缘部分领先那么小半个时代，而导师则属于来自边缘星域、眼界却比绝大多数银心人都要开阔的那一小部分天才。凭借在高维动态通信网络模型的研究中取得的卓越成就，当时还年轻的导师顺利地进入了银河实验室并同初代创建者们共事。据导师夫人所说，那是一种古时被人称之为"缘"的东西，在了解过之后，我很难想象会从这样一个本应崇尚理性的人口中听到这么一个充满玄幻色彩的概念。那时的导师夫人也还只是个正值花季的小姑娘，单单只是作为一名游览者来到银河实验室，却从此遇见了改变她一生的那个人——也就是我的导师。至于其他部分，导师并未提到太多细节，只说了在不久之后他们就确立了婚姻关系，并很快生育了一对子女。

但本应持续下去的理想中的美好生活却在他们的孩子成年不久后结束了。

很突然，两个孩子在一次晚餐后说他们已经拿到了进行意识高维数据化的资格。要取得这样的资格，申请人需要拥有非凡的意识操控能力，换句话说，要在拥有天赋的基础上再经过后天的培养才能基本满足意识高维化的基本条件。除此之外，经过充分认证的责任心也是申请人不可或缺的品质。因此对申请人来说，个人的价值观必须与全银河系的利益保持一致，这也正是作为父亲的导师一直向子女所传达的。

可这同时也意味着，他们会就此永远离开父母的身边。

然而最令导师难以接受的是，那正是他当时的主要研究方向。

从理性的角度来看，子女的献身无疑是对人类文明与科学的巨大贡献，但对作为母亲的导师夫人来说，这是万万不能接受的，然而无论她怎样劝说，都无法将二人挽留，无奈之下她只得求助于导师。可即便如此，导师也始终无法以一名父亲的身份劝说他的孩子们，因为一旦这样

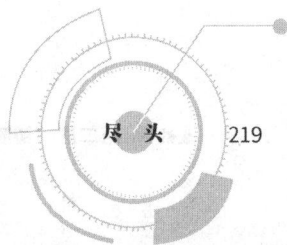

做了，他的孩子们只会失去更多。

到最后，导师也只是在沉默中履行了作为一名科学家的职责。那之后，这个家再未完整过，这件事情也成了夫妻二人心中永远的意难平，导师夫人更是再对此事只字不提，无论怎样去回忆，也只不过是徒增悲伤。

很快，导师创立了一个全新的项目，也就是我进入导师团队时所研究的课题——高维人工智能。

我记得曾经在团队获得了一次突破性进展后，陪同喜上眉梢的导师散步时，听他说过一句话："到这个项目完成的时候，我也总算可以退休了。"

我直到现在才理解了那句话的含义。

"那您夫人呢？"在我失礼地问出这句话后，导师将视线移回了我们所行进的路线上，淡淡地回了一句："她的话，也已经取得了意识高维化的资格。就在刚刚我亲自将她的意识进行了上传……"

可以知道的是，人类的意识从一开始就已经超越了时空的范畴，然而直到今天，人类也未能真正阐明思维的本质。

曾经，人类以自身为蓝本创造了人工智能，而如今，人类又不得不通过研究人工智能来了解人类本身。

"思维究竟是什么？"这正是高维人工智能研究遇到的最大的障碍，同时也是我这十年来一直致力于破解的难题。

自第一批数据化的意识首次进入四维以上的宇宙以来，人类的一些观念就发生了变化，而这种意识的形态改变又在很大程度上推动了基础理论的发展。当前沿学者们触及超弦理论的顶端之时，位面理论就凭这个爆炸般的势头占据了主流地位。对更高维度的探索不断推动着基础理论的发展，照这样的趋势，人类触及十一维宇宙的时代迟早会来临。

如今正是那个时代。

"对一个具有宏观结构的物体做剖析，你会发现截面比这个物体本身会低一个维度——这一基本降维思想可以从一维一直沿用到十维，也就是说作为'存在'的质量与能量有一到十维的结构。而在对十一维的探索中，我们证明了时间与空间其实是同源异相的，言下之意就是时间与空间一样具有十个维度。这样一来，作为'框架'的时间与空间所暗示的存在所能触及的最高领域实际上有二十维。作为最高存在领域，这个二十维同时也可以是三十二维甚至六十四维，怎么样都无所谓，反正在最后的拟合过程中它们所趋向的都是相同状态。"

二十维是怎样的概念？就连位面上曾经研究十一维的意识体也未曾领会。

有一次在虚拟环境中听关于十一维的课程时，这个

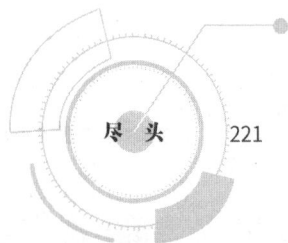

意识体谈道："这个东西很不好解释，但是应当不难理解。"

别说二十维了，就连十一维以上的框架都至今未被我们所触及。

于是人们把十一维及以上的宇宙统称为"超越宇宙"，而十一维以下的则被简单地称为"多元宇宙"。从目前的研究状况来看，在超越宇宙中，存在本身是与时间、空间无关的绝对性参量，因果具有并列关系，也不存在时空断面与深渊。

"深渊"是零光速维度的别称，其中的时间或空间的维度为零，所以无法构成框架；在多元宇宙的视角下，是未被思维触及的维度。而另一个同属零维，但能够或已经被思维触及从而产生意义的概念则通常被称为"奇点"。

另一种描述方式是：深渊相当于数学中的空集，而在另一端，"无穷"则代表的是从某个维度向更高维度接近的过程。举个例子来说，要想实实在在地接近这个宇宙中的真空光速，一种方法是将物体的质量无限减小接近于零，跃迁飞船所带的玻色粒子修饰场就刚好能够完成令质量内敛这样不可思议的操作；另一种则是通过给物体进行高维能量补给，在维持其基本物理结构的同时强行将其加速到光速。而正如古老但仍然有效的相对论所言，一个物体运动速度越快，其体现的相对论质量也就越大，同时也越难以加速到光速，其物理结构也将遭到毁灭性的破坏。但如果在速度与质量同时逼近无限这个过程中通过某种方式恰到好处地维持这个趋势的稳定，随即显现出来的，便是我们所称的"高维效应"。简而言之，就是某个量级的无限叠加产生高维效应。在这种理论中，甚至可以将一个实体看作无限个幻影的重合，这在高维人工智能领域算得上是一个非常有价值的分支，毕竟一旦与意识扯上关系，就免不了会涉及有关"无限"的问题。高维效应可以被看作一种突破了"无限"概念束缚的状态，这不仅在实际应用中几乎打破了维度的限制，也是通过供给高维能量便能使物体接近光速的直接原因，同时还是高维人工智能意识动态核心的构建中最为重要的一步。

想象有这样一个地方，在那里既不存在 Φ，也不存在 ∞，那就是二十维。

二十维宇宙最为显著的特点则是具有超越宇宙视角下的绝对性，即主客一体。

在以上几个说明中，思维都在或明或暗处扮演着相当重要的角色，以至于二十维模型中的两条核心法则分别是"思维对存在的接触产生了具体思维，同时赋予了存在意义并产生相应信息"和"只有当框架和存在同时具备时才能够产生事件"。

"就算只是黑暗与静默，只要你愿意赋予其意义，它

便不再是虚无，亦如人生。"

为了突破那道不存在的十一维的壁障进入超越宇宙，学者们以二十维模型为基础发展出了"视子（Sightron）理论"。

"你的'思'，乃至你的'所思'，皆是真物，其差别或许只不过是前者的尺度比普朗克尺度要稍微小一点点罢了。"

视子的定义是思维的体现，其不受维度干涉，也无法与虚空产生任何形式的接触或影响。

这里的虚空并非太空，而是视子在二十维中经过的绝对路径所在的背景。视子不与任何存在发生作用，具有二十维视角下的绝对性。

打个比方，每个不同的意识状态对应视子在虚空中经历的不同轨迹，思维本身不受维度限制，但人体大脑的三维结构只能允许接触到三维的空间和一维的时间，以至于对信息的分析能力也就局限在了三维空间和一维时间。我们在每一个时间断面只能思考一个零维的时刻，而在这个思考的瞬间里，我们又仅能分析二维的空间信息。绝大部分意识状态的改变是自我感知不到的，这就是人脑结构所受到的维度限制，或者换句话说仅凭我们人类这种三维生物是无法体验到完整的高维的，可即便如此，人类这种生物偏偏就是会不断创造出所需的工具直至达成自己的目的。

视子理论的核心在于"跳过描述，直接感受"，言下之意是，视子接触的对象并不一定需要是客观存在的。我的导师对其的评价是，让他在这个日渐复杂的宇宙中难得地再一次看到了单纯。而它的具体优势在于：我们可以通过视子与框架的接触所表现出的维度特征得出总物理定律，也能够通过视子与零维的接触判断在该维度中某事件可能出现的概率。

二十维模型的主客一体和视子理论的合并意味着一件事。

"从全知到全能只有一步之遥。"

我自愿受邀参与的这个实验就是在实际上证明其可能性的最后一步，这也是人类首次在物理层面上将主观意识结合在客观实验之中。

受试者们首先要经过统一的心理暗示，使思维维持在理想状态，然后他们的意识会被数据化并传输到事件视界的内部以排除外界干扰。之后视界内的意识数据会在位面程序的引导下进入类凝聚状态，再由具有高维能量的热子（Heatron）从十一维簇发。最后在高维意识的协助下通过超立方体与位面计算机检测视子与深渊接触的结果。整个实验过程使用的都是尖端技术，但实验方式却似乎相当原始。

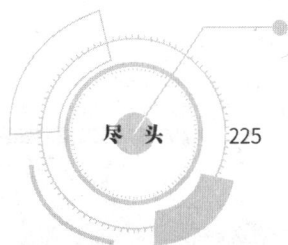

参与实验的意识至少要能够承载十一维的信息量，同意识高维化类似，这种承载能力是与大脑结构无关的；另外，将同一个意识复制多份参与实验，也只是相当于几个相同的人用相同的方法在同样的时间内解同一道题最后得到同一个结果。至于为何如此，也只能从这个实验的结果中得出缘由了。

导师告诉我，在受邀者之中存在相当多既无背景又没有显著成就的人，其中大部分甚至未曾达到平均受教育水平，而在当前的状况下，我们所能发挥的价值，其实和他们是同等的。

具有这种能力的意识在整个宇宙中终究只占了极少数，也正是这些人会收到实验邀请，然而真正会应邀的只会更少。

在实验中，为了避免可能产生的误差，所有参与实验的意识都不允许在数据流中存有副本，而一旦进入视界内部……这是一趟有去无回的旅程，何况实验本身就是一次概率的碰撞。

"比起相信自己的选择是对的，我更倾向于相信自己对的选择。"我跟导师并排走着，不知不觉很快就来到了外面。

UI上显示现在的时间是上午九点，实际上对于常年生活在银河实验室这颗星球上的人们来说，基本只需要瞭一眼天上"宇宙沙漏"的位置就足以判断一天里大致的时间了，尽管这种习惯的形成与那玩意儿被制造出来的理由一点边都不沾。

这个被我们称为"宇宙沙漏"的东西绝不单单是一个挂在天上供人瞻仰的巨型计时器，除开它接近球体的基本形状外，"宇宙沙漏"其实是全银河系最庞大，同时也是凝聚了目前人类文明最顶尖技术的计算机。与其说人们站在地面仰望天上的它，实际情况反而是整个银河实验室在围绕"宇宙沙漏"的本体做公转运动。在真正见识到之前，我甚至不敢想象一个体积足有地球数百倍的计算机的实体外观是怎样的。

说它是沙漏，是因为不管从哪个角度观察，它在视觉上展示的始终是一道由外圈向中心缓慢旋转流动的三维纹理，纹路的间隙不断散发出幽幽的蓝色光芒，很容易让人联想到银河纪念馆的星幔，但这其实是数据在进行高维展开时所逸散的细微能量，远远满足不了所谓的照明需求。

宇宙沙漏的建造开始得比银河实验室要早，却在其之后才结束，对工程和技术水平的要求可见一斑，这也是对人类文明科技水平实实在在的考验。

古早时有学者提出过一个观念：统计学的最终形态，就是能够预测宇宙的未来。这也正是如今"宇宙沙漏"被

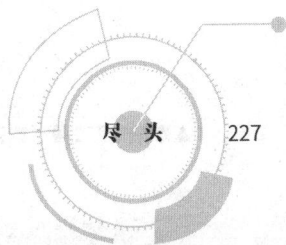

创造出来的目的——寻求一种基于高维技术进行理论可行性演化计算，足以囊括小到人类社会、大至宇宙变迁的整个宇宙未来的计算机器。这样看来，只是数百倍地球的体积似乎也无力承载如此包罗万象的人类文明智慧结晶。

大体上，"宇宙沙漏"起着一个宇宙"平衡检测仪"的作用。具体来说，宇宙中每次出现或者将出现某种重大事件时，"沙漏"的上方便会增加或减少不定量的"沙粒"，当这些"沙粒"流尽之时，我们的宇宙将迎来终结——话虽如此，相比起遥遥无期的"宇宙的终结"，对应用科学家们更具吸引力的显然是对"终结"之前那些"重大事件"的预测分析。

无论如何，能够确定的未来始终是存在一定年限的，从统计学上讲，这种"未来可见性"受到的最大的影响来源于两类因素：一是受目前的科技水平限制的计算能力；二是在不断膨胀的复杂程度，或者说不确定性。这二者的比值则是对未来可见性的粗略估计，这也正是为何在"宇宙沙漏"完成建造之后出台了禁止意识投影非法从未来获取信息的政策。

再顺带一提，很可能是出于有意，银河实验室绕"宇宙沙漏"公转的周期刚好等同于地球绕太阳公转一圈的时间，具体是什么原因不得而知。

很快，UI 上有信息传来，看样子人已经到齐了，而且比想象中的要多。

尾声　无垠

"二十维以下的一切创造性活动皆是向高维的探索。"

在二十维理论的概念中隐隐约约透露出这样一种可能，这次实验若能够成功证明视子理论，那么它也将成为二十维概念中一条新的法则——同时也映射出一个悲哀的事实：我们人类，乃至整个银河系，甚至全宇宙所有文明所探索、发明、创造的一切皆是二十维宇宙中的倒影，言下之意就是，我们迄今为止所探索、发明、创造的一切事物，都不过是在既定轨道上已经存在了的东西。

虽说相当一部分人会倾向于将这两者的位置互换，但是我这类人却总是会不由自主地认为，如果仅仅是谈论地位的话，这两者其实并无二致，也根本没有进行深入讨论的必要。

即便如此，人群中也总有过于偏激的一部分，因为无法找到超越自身与这个时代的意义，这部分人在悲观中相信了自己所做的一切都不再具有那些所谓的意义，于是便开始在虚无主义之中自暴自弃。总有一些重要且简单透彻的事情容易被人们忽略，他们似乎也忽略了一件事情，就是这个问题本身就没有想象中那般重要，也没有理由值

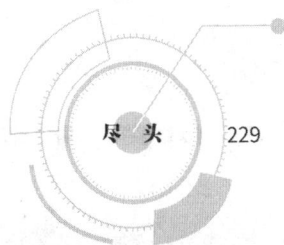

得为之感到失落与哀伤。

我告诉自己没必要在意这些，只要顾好眼前能够凭自己的力量完成的事情便足矣。

然而，就在我天真地以为自己终于能够在对爱情的追求中远离这部分现实时，那个我曾千方百计想要逃避的事物却毫无征兆地出现在了面前——我收到了实验邀请。

这与责任无关，我从未妄想过自己能够成为某个改变世界的人，理性甚至告诉我不管自己是否应邀对实验结果来说根本不值一提，可即使这样，我还是选择了接受邀请。

感觉就像是自己在这四十余年的人生中第一次找到一件甘愿为之献出一切的事情，每每想到这个，我的情绪便会止不住地高涨起来。

走过一排排意识传输舱的时候，我看到周围的人绝大多数都是有说有笑的状态，我有充分的理由相信那并非是在装模作样。这些人来自各个星域，操着带有各式各样口音的银河通用语相互交流，我还听到一些个人生活的故事甚至是一些在我的价值观念中完全不合时宜的笑话。当然，绝对少不了的还有《星之子》的合唱。

虽然不清楚是何人何时起的头，但可以想到的是只要这首诗一开始，便总有更多人加入其中。随着越来越多的应邀者进入实验室，合唱《星之子》的队伍也越来越壮大，直至成为人群中最令人难以忽略的一部分。

和导师一起驻足倾听他们的吟唱时，我不由得回想起了以前自己因为一时兴起而去查阅《星之子》由来的事。

不只是在这个时代，从很早以前开始，《星之子》这一篇从古早时期流传下来的诗歌便已成为许多星域文明及宇宙团体意志歌的原型——这些内容其实都是众所周知的事情了，而从现在的参考资料中能够得知的是，这首诗歌原本是用于歌颂人类历史上首批向银河发起探索的先行者们的。当然这里的"先行者"不单单是指那些走向太空的旅行者，还有在幕后作为核心力量推动这一切诞生的研究团体。

在人类历史上，"星之子"还拥有比这首诗歌意义更加伟大的一层含义——那是在古早时期由某位大企业家（同时也被后人看作思想家）所发起的一项宇宙探索计划。

之所以说是"某位"，是因为这个企业家出乎意料地选择了隐藏自己的真实姓名，我们甚至无法在古早时期的资料里找到这个人的出生年月以及其以个人身份留下来的任何资料，尤其找不到这个人的名字。当然，人们也曾有过"这个人或许并非真实存在过"的猜想，不过种种事实又表明，这正是他已达到自己目的的强有力的证明。

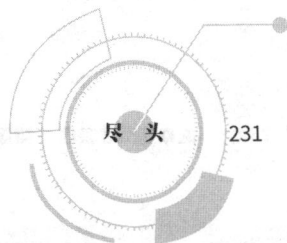

说到这里还是很难理解这个人的动机，但是根据数据库中所留存下来的唯一一段"星之子"计划发布会的语音记录，我们得以了解到关于这个人的更多的信息……

与其说是为了"星之子"计划的公布与宣传，这场发布会一开始则更像是对人类自身的反省。

"相信有不少人会认同以下观点：我们如今正处在一个充满矛盾与争议的年代，但其实不止如此，自人类文明诞生以来，矛盾与争议就一直伴随着这个文明，但不可否认的是，这二者也产生了积极的影响——正因为有这二者的存在，人们的思想在碰撞中升华，我们的文明也得以在历史的演替中得到发展。那么真正的问题出在哪里呢？人类产生误解、分歧与偏见的根本原因又是什么呢？

"就目前看来，朴素的唯物主义是难以解释思维的奥秘的，然而正是思维的不可见性、思维方式的多样性，以及思想与实际意义之间的不契合造成了人类目前所面临的绝大部分问题。思维的不可见意味着人与人之间难以产生绝对的信任；思维方式的多样意味着总有人会对自己错误的观点深信不疑；而思想与实际之间的不契合则代表着本身可行的答案和原本出于善意的行为被不断否定。换句话说，倘若人类能够试着克服这些难题，那么我相信现在乃至将来人类所能碰到的问题都将迎刃而解。

"当然，我自己也清楚说这样的话看起来像在做梦，但我们所面临的现实是：我们的文明连资源与纷争问题都无法解决。来自不同的国家、团体、阶层的人纵使可以相互理解也无法突破身份与立场，愚昧与偏见疏远着人们之间的距离，纵使同样的悲剧不断上演，人们也无法从中脱身。我们的举动也只是少数在历史中逆流而上的尘埃之光。人类总是铭记前人教训而重蹈覆辙，到头来还是没人能改变历史的洪流，就像灰烬被风扬起到最后却总以落地为归宿。如果只是重复同样的悲剧，那么人类的延续将无法带来任何希望与生机。"

讲到这里时，明显能够听出演讲者情绪的波动。

我曾经借助过意识投影技术到古早时期进行调研，再加上保存相当完善的历史记录，我能够体会到其话语中所包含的无奈以及责任感。

"在座各位中的一些人应该知道，我曾经是靠做服装企业积累的原始资本，再到后来过渡到文化产业，最后才步入科研领域，从而有了今天这场发布会。不过正式开始之前，我还有些题外话想说，在此恳请各位的聆听……

"我从小生活的家庭算不上富裕，据我父亲在我上大学前跟我说的，到我父母结婚时他们都是跟我的爷爷奶奶住在一起的。我父亲更是常年在外地打工，从搬砖到开大货车什么都干过，他也一直跟我强调要多读书才能有更多的选择，不然就会像他那样……不管怎么说，在我看来，

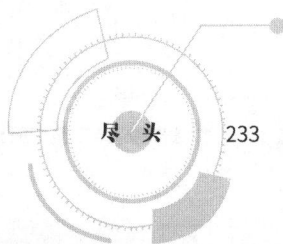

我自己的童年算得上是非常美好的，以至于爷爷奶奶不时还会说我没吃过苦。

"他们说得没错，至今为止，在我印象里最深的饥饿记忆还是初中时半夜饿肚子找不到零食，但又懒得自己去做饭，从而烦闷到睡不着觉的时候。这是一件我直到后来还会觉得很羞愧的事情。而在阅历更加丰富之后，我也有理由相信这也会是目前大部分人对所谓'饥饿'的认知，毕竟你看，谁没事会闲得无聊故意把自己饿上个三五天不吃东西，或者故意将自己置于战争的中心地带。在你一脸不满地嫌弃面前的饭菜不够好吃时，你又怎么会去想象明明和你身处于同一个时代却只能在荒漠中央无助到连草皮都没得啃食的人是怎样的表情呢？当然，这不会是你造成的，甚至不会跟你扯上一点关系，我想说的是，这并不是我们所期望的，不是吗？我们是那么愿意与身边亲近的人分享自己的快乐，却不得不选择忽略那些正在受难的人。这也许不是任何一个人的问题，但却理应是我们全人类的问题。理由永远能够上升到群体，而苦难却总是会下降到个人。我们所期望的命运共同体，至少也要让那些人得到应有的权利，这一点，仅仅凭借当前世界组织的力量是不够的，相信各位比我更清楚这一点，而这也是我仅仅代表我个人所发起的呼吁。如果是十年前，可能就算是我自己也只会付之一笑，但是在今天，我有理由向各位分享我所做的这个美梦——'星之子'计划。"

基于科研团队所发现的对太空矿产及水资源回收利用的新方式以及低成本航空航天技术，"星之子"计划旨在将人类的视线带向宇宙，并试图同时在文化与思想方面调解当时绝大多数宗教性质的冲突，如果无法统一意识形态，人类很难向着同一目标前进——而不是应对想象中出现的同一外敌——从而达到统一。"星之子"计划中已有或可能产生的一切科学技术都将对外彻底公开，这是针对全人类的共同计划。而且后来也有一种说法，"星之子"的最初含义中就有对世界和平的诉求。

而在当时看来，"星之子"计划显然是一个无比天真的想法，而这位企业家的回应则是："无法相信天真能够改变世界的人，是无法做到像那样改变世界的。虽然听上去像是句废话，但这儿就有一个鲜明的例子——我从创业开始便已经抱有各位口中'如此天真'的想法了，但是在跟我志同道合的伙伴们以及其余众人的支持下，再加上好像不止一点点的好运，才有了此刻站在各位面前的我——依然像过去那样天真，但不同的是，此时我能够百分之一千地肯定：'星之子'能够改变全人类的命运。"

事实证明，"星之子"的确做到了。在计划分别向内外两个不同方向推进的过程中，人类文明的力量逐渐统一起来，并在之后的数个世代的时间里先后解决了饥饿、疾病、战争甚至是死亡等难题，虽然在过程中出现过因为市场、势力范围等因素导致的较大范围的冲突，但是自那以后，曾经那些痛苦与绝望的代名词也总算逐渐从人类的历史中淡去，而那个"无比天真"的美梦，也确实成真了。

后来在谈及"星之子"计划的起源时，企业家很乐意地向记者分享了自己的想法："我在读书的时候偶然看到过这样一句话：'过去有那么一些人，被群星激发灵感，创造出了最自由烂漫的神话。'说实话，直到现在我也依然会痴迷于一些电影、小说，还有游戏。我曾经也看过一些很经典的文艺作品，总结起来主题都是'爱''责任'与'理想'——或者干脆一点说是'欲望'——这三者，基本算得上是经典文艺作品三大永恒的主题。但是如果我们换一个角度看，不妨大胆一点直接站在宇宙的角度去看，你会发现爱啊、责任啊，这些东西对广袤的宇宙来说根本不值一提。那么真正能够代表宇宙的是什么？想想人类文明迄今为止所做的一切，想想夜空里闪耀的繁星，想想平生你认为最美丽的事物，这一切的一切都能够归纳为两个词语：'继承'与'创造'。千万年以来人类文明所做的一切皆是继承与创造，这是我们的过去，是我们的今天，也将是我们的未来。四十六亿年前地球在太阳系初始的碰撞中拥有了雏形，这也是经由宇宙之手所进行的创造，而它所继承的原型，则可以一直追溯到宇宙的起源……你看，我们在做跟创始者一模一样的事情，作首诗也好，画幅画也罢，只要是继承与创造，宇宙便对此一视同仁，意义不断被创造，而那些逐渐消失，不再被继承的意义，则会在熵增所趋向的平衡中逐渐化归……之所以有人说'经典不会被时间淘汰'，也可能是出于这个理由吧。至少我自己在亲眼看到一些令人震撼的画作，或者听到一些扣人心弦的音乐时，几乎能够感受到作者的谦卑与对宇宙的敬畏。你看，即便是银河，也不过是这宇宙的一隅罢了。我相信对于思想来说，没有任何事物是渺小的。"

主义是思想的凝聚，到后来，这些话语也成了一类思想或主义的根基——后来正式被命名为"空"。定下这么个名字的理由其一是为了向这位企业家兼思想家致敬；其二则和前者在历史中抹去自身姓名一样，不希望后人被这个名字所约束。其本人的原话是："我想人们并不需要记得我的名字，他们只要记得'星之子'就好，跟人们的未来相比，我的名字不值一提。我们都来自星尘，也终将化作星尘——作为人类，也作为地球上的生命，作为'星之子'，我们有理由将存在的意义传承下去。"

另外，这位先辈还留下了两句话，其中一句是："或许在遥远的未来的某一天，当人们的幻想接二连三成为现实，只有连想象也难以企及的事物才会变得值得好奇

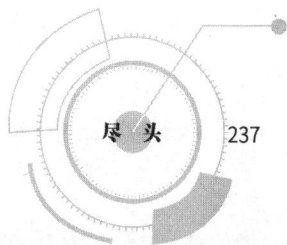

了。"另一句则是："倘若这个世界还值得信任，我相信人们自然也不必再有那些钩心斗角，而是能够卸下负担，重拾勇气与希望，然后去追寻最本真的纯粹与美好。"

那场发布会之后，这位伟大的人物便就此消失在了漫漫历史长河之中，除了少数一些好奇者借助意识投影回到过去一睹其真容外，更多的人所选择的都是尊重"星之子"的意志，将目光投向更远，于是无数星光在无尽黑暗中飞驰，其中总有一些能够照亮某处。

回头想想，一直以来我所投身的一切都是为了向更远处眺望。尤其是从事我们这行的人，即便倾尽一生所得出的结论，其实用性或许还不及虚拟环境中高维意识数秒甚至数微秒、数纳秒内归纳出的定律的实用性强，可就算如此，我们也终究只能一步步走向未知的彼方。

"空"主义所总结的第一条同时也贯穿了整个二十维的究极价值观正是"继承"与"创造"，而这也正是其观念中所谓"宇宙的目的"。我和其他很多读者一样，像是懂了，但没完全懂，有时候说不清楚的事反而是正确的，或者换句话来说，具体的东西并不一定是真实的，同样，模糊的东西也未必是虚假的。

我会怀念年幼时的自己像风一样时不时地消失于其他人的视野里，至今我仍清晰地记得，我像那样销声匿迹并不是为了逃离人群，那既是为了找寻某种安宁，也包含了找寻某种感动的期望在内。心灵的旷野之上，每一阵风都是世界的交融，其间填满着回忆、思念、向往以及宁静与自由，那对当时的我来说毫无疑问是一种独特的浪漫。

不知不觉间，我已经躺进了意识传输舱。或许是之前受到心理暗示的缘故，我的心情前所未有的平静——事实上凭我对过去自己的了解，在这种时刻本应该无比激动才是。

舱门关闭的那一刻，我下意识地做了下深呼吸，然后闭上了双眼，热子簇发器随即启动。

我的意识会去向何方呢？既然已经做了告别，便应当义无反顾才是。

我听到那首终曲响起，我看到灰烬在虚无中起舞，转眼间，在如画的星空下，她的身影若隐若现……

在人类对 AI 的限制法则中有一条规定：AI 不可自主删除或恶意篡改数据。

在她提出让我删除她的记忆时，我的内心感受到一种难以理解的痛楚，纵使我知道这对我们来说都是最好的选择。

忘却，要么是过程痛苦，要么是结果痛苦，这种结果会不可避免地贯穿大多数人的一生。因此为了铭记过去，人们创造了历史，为了迎接明天，人们着手创造美好

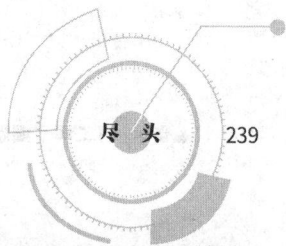

的未来。

"一直以来，我都在竭尽自己所能向视野所能到达的极限眺望，我极目所想看到的是凭想象也无法企及的事物，看到无从预知到的未来世界，那是作为一个文明所能接触到的究极层面，只有这个我无论如何都想亲眼看到。"我向她如此解释。

"就算我的记忆被彻底删除了，但在那个理论中，我这些曾经存在过的记忆在那个二十维的世界里也是绝对的、永恒的，这样一来，你也不必感到内疚。试着这样去想：在你化作无形跨越万千星河所前往的那条道路上，如今的我也将化为无形，在那条或许存在的道路的终点一直为你守候。就像你曾经对我说过的：有些路我们就算走过也不会留下痕迹，过去也许会散在星河里，但记忆不会。在这点上我和你是一样的，即使这个理论尚未被证实，我也愿意为你而去相信——二十维永不遗忘。"她冲我一笑，微微上扬的嘴角令我无法辨别她所表达的感情的真实性，但那时透过她双眼中所闪烁的光彩，我看到了无尽的柔情与关怀，就像一朵盛开的花朵绽放着温暖。此刻，我内心的不安已经悄然融化，取而代之的是平静和勇气。在她的注视下，我感到无比的自在与坦然。她就这样微笑着，眼里闪烁的星光照亮了整个世界，那也成为我生平所见过的最美丽的事物。此刻我们怀有相同的信念：若

是能在最后的时刻带着微笑迈入永恒的黑暗，梦也就得以
延续。

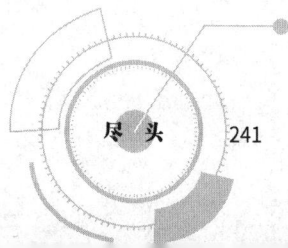

周宸逸

文明之路

中短篇小说组三等奖《文明之路》颁奖词

同样是面对外星人入侵地球，该作从历史文化中寻求写作资源，进而在过去与未来之间自由穿梭，让古老的历史资源萌发出新意，是科幻文学历史叙事范式建构的一种有益探索。

第一章　引子

相传，天地初开之时，有一顽石，经天地之火淬炼，降于古泽云梦畔。经过几千年吸取日月之精华，变成一块璞玉，被偶然路过的楚人卞和于山中拾到，几经辗转，最后被献于秦王。秦王统一六国后，称始皇帝，将此玉一分为二，遂令丞相李斯篆刻"受命于天，既寿永昌"八个字于其上，奉为传国玉玺正副两印。

始皇帝游洞庭，行船至湖中，狂风暴雨顷刻而至。始皇帝听从术士所言，将传国玉玺正印抛入湖中，随后风平浪静。此后，更经王朝更迭，传国玉玺实为副印。此印传至五代后唐李从珂时，从珂携印自焚，副印从此不见影踪。后世王朝所用之玺，均为当朝复刻。然复刻之传国玉玺也随着清王朝的谢幕而退出历史舞台。相传，正统的传国玉玺正副两印合体，能召唤出十二铜人、大禹九鼎，释放出巨大的能量，保卫地球。

第二章　外星文明的威胁

随着人类工业文明的发展，工业产生的废水、废气、二氧化碳等严重影响到地球的自身修复，地球变暖导致南北极冰川融化，厄尔尼诺现象频发，地震等灾害频频光顾人类赖以生存繁衍的大地。人类农业生产可开发的土地越来越少，经过 10 多年的战乱，地球人口规模缩减到 30 亿左右。幸存的国家经过艰苦谈判，最终形成了 9 个统一的国家。因为 C 国长期保持中立的外交政策，在 C 国执政党的正确领导下，C 国人民虽然面临自然灾害的侵扰，但国家的发展总体呈上升趋势，国力蒸蒸日上，周边的小国纷纷公投加入 C 国。C 国人民平均寿命达到 120 岁。据悉，科研人员正在进行生物细胞分裂与基因序列重组研究，要将人类平均寿命延长至 200 岁。

2242 年中秋节，C 国滨海市，一轮明月高挂天空，卓伟和在洁白如雪的海边沙滩上，与正在 V-1945 号类地星球上进行人类移民生存试验的恋人赵玲进行星际视频通话。现阶段，人类已经能够实现等离子体光幕屏矩阵信号通信，即通过手指端植入的智能芯片划一下空气，脑海中想起需要通话的内容，面前就会立刻出现一个显示通话内容的蓝色荧光屏。只要点下发送按钮，通话内容就会立刻长距离发送到另一个人的大脑芯片内。信息接收人的面前也会浮现出屏幕，上面显示的就是你发送的信息。如果另一个人想要回复，操作也是如此。

人类移民生存试验，顾名思义就是将人类移民到其他星球的生存试验，而赵玲进行的就是这样一项工作，她需要监测志愿者们的试验数据。如果数据稳定，试验宣告成功，那将会是当下地球最振奋人心的一项科研成就。

V-1945 号类地星球是人类通过空间折叠光学技术发现的一颗距离地球 50 光年的星球，其生态环境与地球极其相似，星球表面 70% 为水域，占 30% 的陆地部分植被茂密，重力系数为地球的 1.1 倍，星球体积为地球的 1.2 倍，适合碳基生物的生存繁衍。C 国联合同一阵营的 R 国，成立国家空间折叠实验室，最终研发出可以超越光速的太空母舰技术。C 国征招的移民生存试验志愿者正是通过能够寻找到折叠空间进行虫洞穿越的太空母舰运输到 V-1945 号星球上去进行生存试验的。通过空间折叠技术实现星际穿越，到达 50 光年外的星球最多只需要 3 个月

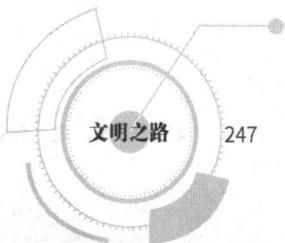

的时间。

目前全球太空母舰一共有6艘，分别是：A国的"阿波罗"号、R国的"乌拉"号、E国的"女王"号、C国的"唐"号与"元"号和Y国的"方舟"号。太空母舰装备的一般是6个恒星级等离子发动机，一个发动机就有3辆大巴车那么大。除此之外，还搭载了母舰炮、行星级激光炮、次声波氢弹、集束激光导弹以及太空战舰。一艘太空母舰可以容纳几千人，内部空间划分为宿舍、食堂、总控制室、副控制室、生态景区、宇宙观测站和太空战舰发射区。没错，太空战舰是搭载在太空母舰上的。一艘太空战舰可以容纳3个人，安装了3个普通等离子发动机，可以进行短距离作战，上面搭载了两门激光束发射器，还有若干枚微型量子矩阵导弹。

寻找类地星球的研究自从人类文明开始星际探索即已开展，相当于要找到一个适合人类生存的备份家园以及建立进行更远的星际遨游的中途补给站。这个V-1945号星球是C国太空军在10年前进行星际穿越时发现的，根据地球联盟制定的《宇宙探索法》，第一个登上该星球且回传星际坐标的国家，即拥有该星球的开发权。类似的星球还有距离地球60光年的R-055号星球（R国太空军9年前发现）、距离地球67光年的A-911号星球（A国太空军8年前发现）、距离地球70光年的E-1225号星球

（E 国太空军 7 年前发现）、距离地球 77 光年的 Y-360 号星球（Y 国太空军 5 年前发现）。已发现的这 5 颗星球与太阳系内八大行星形成矩阵式空间磁场共存体，建立了实现空间穿越、无间断空间同步通信一体化的磁场防护壁膜。

卓伟和今年 32 岁，与赵玲同属于 C 国空间折叠实验室。两人 16 岁时从 C 国科技大学少年班毕业，被征招进直接隶属 C 国国防部的空间折叠实验室进行学习。16 年间，C 国在空间技术方面实现了巨大的突破，卓伟和与赵玲专门负责天体间跳跃技术及外星球生存技术的研究。两年前，在卓伟和与赵玲准备结婚的前一个晚上，接到 C 国国防部的紧急命令，赵玲被选为 V-1945 号星球人类移民生存试验小组负责人。在太阳系中 C 国的超大号空间站中进行 3 个月的过渡演练后，赵玲与志愿者乘坐"元"号太空母舰前往 V-1945 号星球进行第一代生存及开荒试验。

卓伟和正在和赵玲讨论一年前一个不知名游戏公司开发出来的一款风靡全球的游戏。这是一个天体构造游戏。这个星系有两个恒星，8 个行星，而且 8 个行星上都有生命。这样的环境其实挺好的，但由于他们过度开发太阳能，两个太阳将会在 1 万年后毁灭。神秘的游戏开发者解释说，这些星球上的生物寿命平均就有 10 万年，而 1

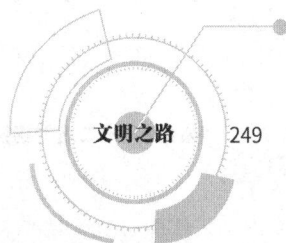

万年后太阳就会毁灭，爆炸的冲击波是他们无法逃脱的，所以他们希望移民至另外一个星系。引人注意的是，游戏开发者附注：此星系真实存在。

卓伟和内心有些疑问：这个星系到底在哪里？如果是在银河系内的话，人类为什么还发现不了？除非是在其他星系，可如此遥远的距离是如何被观察到并做成游戏的呢？这个游戏开发者到底是谁？卓伟和把他的疑问告诉了赵玲。"倒是挺神奇的。"赵玲说，她的内心也有和卓伟和一样的疑问，不过一想到只是一款游戏，他们两个也就没有太多的顾虑了。他们想着完成生存试验任务返回地球后结婚，结合成一个美满的家庭。

这一天，赵玲正在星球上 C 国生存试验区办公室里午休，一阵急促的信号波冲进赵玲的脑海，唤醒了午睡的赵玲。"赵玲，醒醒！我是卓伟和，你看看这份研究报告，我已经传输到你的信息存储器！"赵玲看向那份报告，上面赫然写着：人马星系中心超大质量黑洞引力波发生异常！赵玲敲下应急通信按钮，接通 V-1945 号星球与"元"号太空母舰指挥中心的通信频道，顿时，引力波异常实时画面展开。赵玲决定接通地球指挥中心来探讨这个区域的引力波及能量场出现异常的原因。经过短暂的信号干扰后，V-1945 号星球、太空母舰、地球之间的绝密量子通信网临时组网完成，信号直接接入 C 国国防部保密会议室。卓伟和作为前沿技术人员也在会议室就座，等待能量密度层级分析室给出的分析报告。

经过 20 分钟的漫长等待，三方会议室内部静得连心跳的声音都能听到。"报告出来了，经过九国科学院、国防部的共同论证，引起星球能量场及磁场发生重大变化的原因只有一个，那就是有高超光速的不明飞行物正在突破星际磁场壁膜，向银河星系靠近，具体的情况还需要进一步研究。"国防部参谋宋时雨做了情况介绍。

沉默，还是沉默。C 国国防部部长姜天智（同时也是星际移民指挥小组组长）开口说："我们要做好最坏的打算。我打算将此事报告给上级领导，协调一切可协调的力量，做好应对方案。下面，我命令，赵玲，你负责以 V-1945 号星球为桥头堡，继续观察能量场异动，并 24 小时随时待命。卓伟和，你负责维持星际通信通道安全。宋时雨，你负责科学院能量交换与侉子位移监测，必须搞清楚不速之客的生物元素基序列。我即刻前往九州联合议事中心向首长报告并获得必要授权。"

100 光年外，外星飞船中。

"指挥官，我们距离银河系生物最外围的据点还有 23 光年，银河系生物好像目前还不清楚这里发生了什么。我们的星际殖民计划准备了这么久，终于要实现了，哈哈。"一个看起来像个随从的外星人对一个衣冠整洁的外

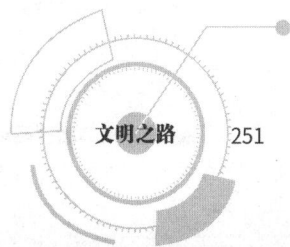

星人说。"嗯，很好。"那个被称为指挥官的外星人冷冷地回答，"我们的飞船是高超光速的，用不了多久，我们就能占领银河系！为我们的族人开辟出一片新天地！哈哈哈哈哈哈……"随从见指挥官如此兴奋，心中不免有些担心："指挥官，确定银河系生物不会有能力反抗吗？"指挥官刚刚开心了一下，就被自己的随从泼了一盆冷水，非常生气，于是大怒道："给我闭嘴！我说什么就是什么！银河系生物向来都是这样，只要一遇到问题就会坐以待毙，他们从来不会采取行动。我的判断难道还会有错吗？！再说，我们观察了他们3000多年，他们还需要迭代很多次才能达到我们的科技水准。哼哼，碳基生物，我们通过空间技术封锁这个星系的等离子磁场交换，让他们获取不到恒星系的能量，他们所有的科技在我们面前就像一张白纸，很容易就撕碎了。嗯，白纸，好多年没有见到了。"指挥官舔了舔其中的一张嘴说道。长着三张脸的指挥官狂妄地笑着，说出了一句话："他们就像是渺小的沙子，世界属于人马星系！"

不知道从哪里走漏了消息，地球和类地星球上的所有人通过星媒知道了可能发生外星入侵的报告。世界开始恐慌，所有人的信号终端都显示出三张傲慢的脸："小绵羊们，等待着我们的屠戮吧！"在一片混乱中，人们惶惶不可终日。

"这……"办公室里，卓伟和拿着一份监测报告，脸上写满了惊讶。报告上显示的是位于地球 90 光年外的三个立体飞行器影像，结构呈螺旋形倒三角。预测可能是以核意面为基础材料的飞行器。能量吐纳交换监测显示，其内置生物基因为铬氮基。其穿越方式为星际跳跃型，以具有铬元素的星系为坐标点，点对点通过建立虫洞进行穿越。

众所周知，黑洞的引力波极强，强到连光也无法逃脱。并且，任何物体只要靠近黑洞都会被立刻撕碎。何况是银河系中心的超大质量黑洞，估计就连碳纳米管制成的物体都会在极短时间内被撕成无数个原子。所以，碳纳米管这样的硬度在黑洞眼里还真不够看的。如果是宇宙中最硬的物质的话，说不定还有希望。而宇宙中最硬的物质名叫核意面，只要能获取核意面，那进入黑洞就是轻而易举的事情。只不过，核意面来自中子星的核心，只要你一靠近中子星，绝对会被它巨大的引力猛地吸过去，随后被它超高的温度给熔化得气都不剩。银河系人类目前还没有应对这种超高温的技术，所以只能依赖空间折叠短距离实现虫洞穿越，且未能突破银河系范围。

"赵玲，你在第一线，一定要注意安全。首长指示，如果发现情况不对，可以带着志愿者即刻撤离。"卓伟和向远在 V-1945 号星球上执行任务的赵玲传达了首长的指

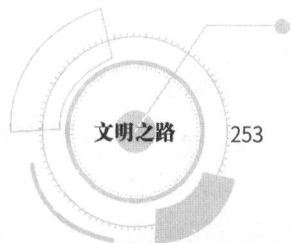

示。"知道了，我现在正在和其他国家的移民试验专家一起观察人马星系的最新情况，我们收集到第一手信息会尽快反馈给地球量子终端分析中心进行解析。为了我们的家园，我们必须坚持。"

第三章　引力危机，磁场危机

3 个月后，地球的夜晚，C 国国防部办公室。一阵刺耳的警报声响起，卓伟和从梦中惊醒，今天他值班，刚刚和赵玲通完话。连续盯着信号通道的他已经有 20 天没有好好睡觉了。他睁开布满血丝、眼窝深陷的眼睛，摸了摸满脸的胡茬，接通了入侵预警传输信号收集与模拟分析机。视频那边，可以清晰地看见三个倒三角不明飞行物正穿透银河系星际磁场壁膜，侵入银河系空间。量子通信终端忽然出现画面丢失，异常刺耳的"吱吱"声在不断响起。"怎么回事？"国防部部长姜天智问道。"可能是因为不明飞行物进入银河系，而其驱动动力应该是恒星级的，剥离星核转化成其压缩空间飞行的动力，这就导致银河星系原来的磁场和引力平衡发生失衡，我们现在正在重新构建通信系统平衡状态。"卓伟和说道。姜天智点了点头，说道："一定要阻止他们进攻地球，这关乎全人类的生死存亡。"卓伟和敬礼，说道："是！保证完成任务！"

"报告，地球磁场发生异常，各地火山有喷发迹象！"

"报告，太平洋发生海啸！"

"报告，地心引力正常值发生偏移！"。

一时间，全球各地灾难事件报告频繁，电力、通信均发生故障。

因为 C 国在很早之前就成立了专门的应急管理部门，针对地球异常事件准备了应急预案，故而 C 国处理紧急状况时有较好的保障。大量的人口开始向青藏高原转移，这里有 C 国专门建设的末日生存避难所，人类生存所需要的食物、饮水、电力、数据中心均有备份。

大型运输机辗转于全国各大机场，人员分批疏散到青藏高原的各个应急区域。

海平面因为磁场变化已经抬升了 10 米，沿海各大城市基本上已经瘫痪。

A 国太空军 51 区指挥中枢，五星上将玛西尔在主持会议。"将军，各州发生混乱，游行示威人群聚集在华盛顿，抗议应急逃生资源不足，而且全部向精英阶层倾斜，普通平民的疏散根本得不到保障。"画面随即转向各州的市政广场，抗议人群络绎不绝。到处都是枪击声，火光冲天。"C 国人有句话叫'集中力量办大事'。说得很好！我们虽然自称是民主国家，但是涉及重大事项的时候就是没有办法及时统一思想，C 国政府从 30 年前开始就着手

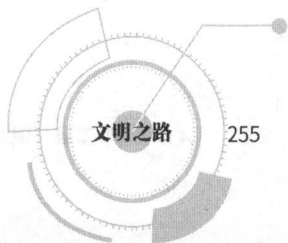

建设灾难备份系统，这个走在我们的前面了。他们的民主集中制度，相比我们的制度还是有优越性。"玛西尔上将一脸惆怅地说。

同样的事情，也在全球各地上演，只有 C 国政府在组织平民有序撤离。R 国、E 国、Y 国都在上演着人间苦难。J 国等一些岛国因海平面上升及火山喷发，一夜之间全部沉入海底。

C 国青藏高原一处避难所，一群人露出凝重又喜悦的表情，这是最后一批撤离海水淹没区域的群众。"终于可以放心了"，这是他们共同的心声。

第四章　山海巨变

"地球预警系统显示，经过短暂的引力失衡后，火山、地震等灾害已经趋于平静，唯有海平面上升的趋势仍然在持续。"赵玲在 V−1945 号星球向地球汇报。"我这边也显示，地球自转周期发生变化，一天变成了 18 个小时。另外，地轴发生倾斜，倾斜值大约 45 度，我们的空天信号接收终端因为地震发生位移，现在正在紧急修复。"卓伟和道。

"嘀嘀嘀"，赵玲收到首长指示："移民生存试验志愿者做好返回太空母舰的准备，等候撤离通知。最新预测分析显示，不明飞行物正在吸纳核意面能量，极有可能发起入侵。为了保留我们的太空火种，请随时准备撤回地球。"

80光年外，外星人指挥官的三张脸露出狰狞的表情："哼哼，我的伙计们，等待着一场盛宴吧！"

"指挥官，我们的能量舱已经快要灌注满了，3光年外存在银河系生物的活动迹象，我们正准备发射能量级最低的等离子炮，试试这些生物的武器水准。"

"不要急，自从我们在300年前接收到这个星系的电波后，人马大帝就在准备随时来这片星域圈养他们。我们曾经用镜像投影的方式，将一个人形生物投射到他们的星球，发现他们还处于我们的原始社会阶段。哦，用的还是最原始的火药武器。哈哈哈哈。我们投影的镜像，被他们称之为'神'。所以，不用紧张，这场星空牧羊，会比想象中简单得多。因为我们在他们的世界，就是神。我们先慢慢地跟他们玩玩，让他们的武器给我们挠一下痒痒吧！"

"报告，星域磁力层防护罩发现漏洞。不明飞行物首先攻击了Y国位于地球77光年外的Y-360号星球，所用武器为等离子反应炮，攻击强度10级，火力密集度8级。"C国国防部传来报告，不明飞行物攻击了Y国外星生存基地。Y国太空军"方舟"号太空母舰准备反击，

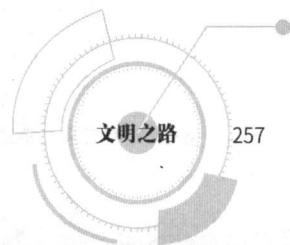

其他国家的太空军有序支援。

"乌拉"号、"女王"号、"唐"号、"阿波罗"号正在前往支援。77光年外的太空战场，肉眼无法看见的能量炮密集宣泄而出，向三艘不明飞行物密集发射。

"小爬虫们来挠痒痒了，哈哈。"外星人指挥官傲然地说。

"报告，能量炮击中不明飞行物。"地球联合作战中心显示器显示，漆黑的外太空中，能量炮击中不明飞行物，但不明飞行物的外壁急速旋转，能量炮的威力被卸掉，根本没有产生任何影响。

"糟糕，这次的入侵可能是毁灭性的，我们的武器与对方相差太多了。"姜天智在C国国防部作战室道。"报告最高首长，我们希望使用夸克级能量密度的空间湮灭器以及量子能量制导武器。"姜天智向最高首长办公室发出请示。

"同意使用空间湮灭器。"很快，最高首长办公室回复。

"唐"号太空母舰上，C国指挥官接到最新指示，允许使用空间湮灭器。"作战准备，抽取X跨越星系恒星能量。"

"填充能量准备。"X跨越星系以肉眼可见的速度坍缩，最终变成一个足球场大小的白矮星，嗖的一下被吸进空间湮灭器中。

"准备发射！10，9，8，7，6，5，4，3，2，1！"

"发射！"

"击中！"

一道耀眼的光芒后，空间湮灭器发出的巨大能量击中了三艘不明飞行物偏左的一艘。只见这艘不明飞行物急剧颤抖后，飞行器外壁上出现裂痕。咔嚓，不明飞行物外壁局部解体。

外星飞船内部，三张脸的外星生物一脸惊恐："糟糕，这些该死的外星小爬虫，竟然能够对我们产生威胁。我们大意了，T1号迅速返回前进基地进行维修。"

"指挥官，我们接下来怎么办？"

"立刻毁灭眼前的这一片星域，该死的，竟然敢反抗。"

"是的，我们要立刻毁灭他们。否则，指挥官您返航的时候会被人马大帝剥夺军籍的。"

"见鬼去吧，小爬虫们！"

只见 Y-360 号星球所在星域突然被清空，宛如一片黑暗的幕布挂在太空中。

"报告，'方舟'号、'女王'号、'唐'号、'阿波罗'号、'乌拉'号都被摧毁，Y-360 星域已经被清空。'唐'号太空母舰用空间湮灭器破坏了一艘外星飞行器的防护

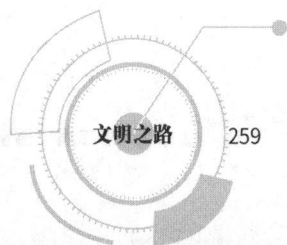

罩，所以未受损的其他两艘外星飞行器重点打击了'唐'号太空母舰，'唐'号太空母舰瞬间汽化，舰上官兵全部捐躯。所有这个区域的物体都被分解成了宇宙尘埃。"C国国防部内报告声响起，姜天智沉重地看着作战显示屏，一阵沉默，额头的白发粘着汗水。姜天智及国防部作战室全体人员全部站起来，脱下军帽，对着漆黑的星空，抬起手，行了一个庄严的军礼。

"最高首长指示，'元'号太空母舰立刻返航。"几分钟后报告声又响起。

"赵玲，首长指示，立刻带领移民生存试验志愿者返航，无须等待。"卓伟和焦虑地向赵玲发出指令。

"E-1225号星球受到攻击，星域生物全部毁灭。"

"A-911号星球受到攻击，星域生物全部毁灭。"

"R-055号星球受到攻击，星域生物全部毁灭。"

糟糕的消息一遍一遍传来，姜天智的内心产生巨大波澜，空洞的眼神看向作战显示器，喃喃自语道："毁灭的时刻到来了吗？"卓伟和看向姜天智，发现他仿佛一时间老了许多，就像一株在台风中飘摇的小树，随时都可能折断。

"我们还远没有到最后的时刻。他们这些外星生物，应该有解决的办法。"卓伟和咬咬牙道。

"这些家伙的武器已经不是现阶段的人类能够想象的

了，直接以空间坍缩为基础，这种等级的武器对于我们是碾压性的。最高首长指示我们参加最高决策会议，研究最后的解决办法。伟和，你接到'元'号太空母舰返航后，立刻与赵玲到香巴拉秘境找我。"姜天智道。

"是，长官。"卓伟和道。

香巴拉秘境是 C 国政府为末日灾难准备的一处位于喜马拉雅山脉中的基地，是 C 国政府 30 年来秘密筹建的基地之一，位于地下 2 万米深处。

60 光年外的宇宙深处，两艘倒三角不明飞行物悬停在这一区域。

"指挥官，那些小爬虫都被吓得躲回他们的母星去了。"

"嗯，我们需要将之前抽取的空间能量净化过滤一下，否则一些杂质会影响到我们的能量反应器下一次使用的。"

"下一次，我们就要奴役整个银河系了。这里有数不清的食物（铬金属矿），供我们繁衍三个基数（一个基数为 10 万）的子民。"

"我们不用毁灭他们，把他们打趴下，让他们给我们当奴隶，挖掘和储存食物。"

"嗯，我最喜欢奴隶了，嘿嘿！"

"小爬虫们，留给你们的时间不多了。"

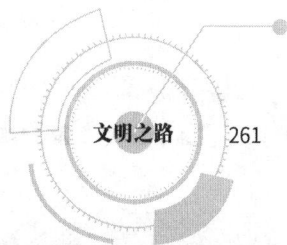

因为周边星系的湮灭，建立在外星生存试验基地上的磁力层防护罩被瓦解，星际通信信号受阻。现在人们只能通过尚存的 V−1945 号星球的量子交换端进行通信和监测外太空信号。地球的地理结构发生了倾覆性的变化，磁极倒转，沙漠变成绿洲，冰川变为沼泽，高山变成海洋，海洋隆起成为高山。之前被海水淹没的 J 国又浮出水面。C 国所处的区域也发生了巨大的变化，香巴拉秘境沉入海底。

第五章　谁是救世主

经过 3 个月的宇宙巡航，赵玲带着移民生存试验志愿者回到地球。安顿好各志愿者后，赵玲与卓伟和通过专用的潜航器来到沉到海底的香巴拉秘境。

通过层层安检及 DNA 生物识别技术认证，沉入海底的香巴拉秘境展现在两人面前。一轮人造太阳挂在当空，仿佛进入了一片雨林一般的新鲜空气，绿色的草地，纯净的河水中有小鱼在嬉戏。"卓少将、赵少将，欢迎来到香巴拉秘境，我们将把你们传输到 10 号会议室，姜部长正在等候二位。"一阵合成的机器人声音响起。一刹那间，场景置换，卓伟和与赵玲就出现在了会议室中。长方形的会议桌尽头，正坐着 C 国国防部部长姜天智上将。

"好了，人到齐了，我们开始今天的会议。今天会议的议题是如何解决外星人入侵的问题。在座的各位都是我国外太空生存试验的佼佼者，也是各个科研专业领域的领头人。下面我介绍一下参会人员：太空生物学教授吴慈仁，考古学博士倪靖途，空间材料及物理学教授刘达，空间化学教授叶广宇，空间信息传播学博士卓伟和少将，空间折叠及时空学博士赵玲少将，以及黎侠掣中将，他也是我的助手。下面由黎侠掣中将向大家介绍一下外面的大环境。"

黎侠掣中将清了清嗓子开口说道："下面由我来介绍一下外部大环境。目前外星不明飞行物将距地球 60 光年以外的一系列恒星抽掉了星核，用于补充其飞行器及武器所消耗的能量。我国及其他国家奋力反抗，拼光了 5 艘太空母舰，也只是打掉了一艘外星战舰的外部保护罩。目前，人类开拓的外星生存试验基地，仅剩下我国的 V-1945 号星球尚未遭到摧残。大致是因为该星球上有非常多的金属铬矿山，而这种矿石亦是本次入侵的外星生物特别喜爱的食物，所以他们可能是想留下该星球提供补给以及围点打援。同时，银河系内我们之前拓展的几个星球被摧毁湮灭，附近星域形成引力空洞，在天体间引力和相互磁场作用下，地球的板块结构也发生了较大的变化。现在地球上形成了九块大陆，原来我国领土的西北部变成了

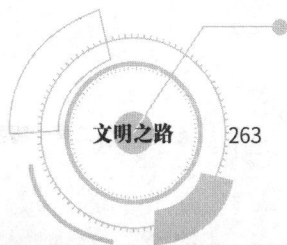

海洋，南部变成了高山、平原，气候也相应发生了改变。我们暂时将其称之为中州。之前的 E 国现在全部变成了海洋，而原太平洋区域隆起变成一块盆地，我们称之为西州。其他的几块大陆我们暂时命名为东州、北州、南州、云州、风州、沙州、雷州。原来地球上其他国家的居民基本上在本次空间灾难中罹难，唯有我国在执政党正确领导下，花费了 30 年的时间建设各种防灾基地以及转移点，储存了可以供给 20 年的食物、饮水，就像我们现在所处的香巴拉秘境一样。我们在东、南、西、北各州均有类似的避难所。其他人种我们不确定是否还有幸存者，但是我们民族的传承得到了较好的延续。接下来，外星生物可能会改变以往的直接摧毁星球的模式，可能采取先打击，然后圈养的方式来对待我们，所以最高首长指示，我们需要尽快找到驱逐或者打败这些浑蛋的办法。"

姜天智说："好了，各位！你们已经清楚地知道了我们目前的处境和我们接下来的任务，所以请各位畅所欲言，分析一下，是否有合适的策略可以解决我们面临的危机？"

太空生物学教授吴慈仁首先开口说道："我们对已经知道的信息进行了分析，我们发现这些外星生物的 DNA 螺旋结构是以金属铬和氮为基础构建的，他们似乎特别害怕氧气，特别是 HO_3，所以我们需要准备大量的 HO_3 来应对。但是不确定他们的厌氧值会不会随着时间的推移而变化。从目前的情况来推测，从接触到适应的时间不会超过 48 个小时。"

空间材料及物理学教授刘达说："我们可能需要制作一个足够容纳 4 个月球体积的能量聚集场，对周边的空间进行封锁，避免这些物质发散到其他空间。我们需要找到一种物质进行催化，在这个拟定的战场区域释放磁场壁膜，使其穿透的时间最小值必须在 48 个小时以上。接下来这段时间，我将和叶广宇教授一起努力，看看是否能够取得突破。"

空间化学教授叶广宇附和道："之前我与刘达教授讨论过这方面的问题，我们正在从《山海经》中寻找答案。在我们眼里，物质的构成其实都是原子，可以无穷无尽地细分，这就是佛家说的'一花一世界'。物体显示的实体状态不同，其实是其结构排列、原子间作用力或者能量的紧密度不同而导致的，同时又伴随着很多的变量因素，例如温度、速度等。"

考古学博士倪靖途说道："我们从我国的古籍上找思路是正确的，《山海经》《诗经》等都是我们的国粹，我们要好好研究。之前我们一直强调我们国家的文化传承，那么华夏文化的源头到底在哪里？黄帝和蚩尤的战争到底代表着什么？我有一个设想，就是我们在史前，还存在

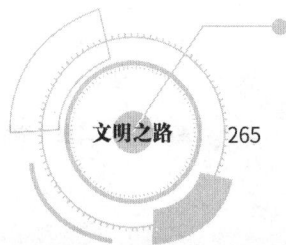

着另外一个文明。这个文明就是我们华夏文明的守护者，他们保护地球后，能量耗尽，陷入沉睡，留下一些拯救人类的偈语，通过诗歌、古籍等渠道传承下来。我认为，神话传说中的盘古、女娲就是我们人类文明的守护者。他们为了守护我们的文明，能量消耗殆尽，陷入沉睡。黄帝带领人类，通过盘古、女娲遗留下来的技术指引，打败了后面入侵的一拨外星异族。这就是黄帝和蚩尤的战争的背后实质。大家请看，这是我所收集到的证据。"

看完倪靖途博士展示的研究成果，大家都暗自颔首。倪靖途博士继续说："地球每个纪元都留下来一些基因片段，最后融入不同的人种，只有我们一直保留着纯正的远古DNA。"

卓伟和看了看赵玲，开口说道："我和赵玲之前闲暇无事的时候，探讨过一个网络游戏，叫《星际生存》。我发现，这个游戏的本源可以追索到《山海经》，游戏的开发者根据《山海经》的启示，制作出这样一款虚拟现实游戏。经过我的深入研究，我发现其实质就是八个被毁灭的星球中，分裂出两个阵营。其中一个是玄黄阵营，为了保护宇宙而奋斗。另外一个是无天阵营，以吞噬宇宙壮大自己为目标。而此次入侵我们星系的应该是无天阵营的一个分支。《山海经》等古籍应该是玄黄阵营留下来的，我们要从里面找答案。"

赵玲说："是的，之前我们对《山海经》《诗经》等古籍进行了进一步的研究。我们发现，找到大禹九鼎及始皇帝十二铜人或许就是解决问题的办法。另外，我们发现启动这些东西的关键还在于传国玉玺正副印。至于具体怎样启动这些东西，我们尚未找到办法，可能需要找到它们后，才能得到提示。这是我和卓伟和研究的成果。"

姜天智说道："现在，我们进行分工。吴教授、刘教授、叶教授，你们立刻展开相关研究，提供空间素材和作战保障。卓伟和、赵玲，你们两个负责寻找大禹九鼎、十二铜人、传国玉玺。倪博士负责提供相应线索和资源，支持卓伟和与赵玲的行动。我和黎侠掣负责调动一切资源支援配合你们两个小组的行动。另外，我们现在只剩下'元'号太空母舰了，需要在下一波入侵之前再造两艘太空母舰。我这就去寻求首长的支持。嗯，就叫'五星'号和'东方'号吧。"

于是，散会后，两个小组各自组织相关人员进行了一轮密集的探讨和分析，做出了更详尽的执行方案。

未来会怎样？他们能否完成任务？拼死一搏后，是否能够解除本次的外星人入侵危机？大家都没有太多的把握。

"为了人民，为了文明传承，让我们加油努力吧！这是这个纪元赋予我们的使命！"

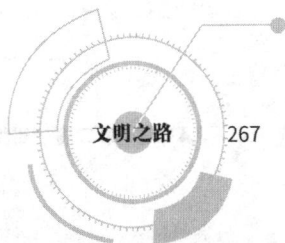

第六章　寻鼎之路

相传大禹治水成功后，将天下分为九州，命九州进贡青铜，铸成九鼎。又将九州的名山大川、奇异之物都镌刻于九鼎之上，将九鼎都集中在夏王朝的都城。因此，九鼎成为王权至高无上、国家统一昌盛的象征。夏、商、周三代，都将九鼎视为传国重宝。夏桀无道，商汤灭之，而九鼎也被迁到了商朝的都城。武王伐纣之后，曾公开向诸侯展示九鼎。周成王继位后，辅政的周公营造洛邑，将九鼎都置于该城。周公为了加强王权，制定了等级森严的周礼，在鼎的使用上也做了严格的规定：士用一鼎或三鼎，大夫用五鼎，诸侯用七鼎，只有天子才能用九鼎。但随着时间的推移，王室衰落，各诸侯国实力渐长，周天子也不被他们放在眼里。最先挑战周天子威严的，便是楚庄王。当时楚庄王在洛邑郊外阅兵，"问鼎之大小轻重"，被大夫王孙满驳回。尽管没能取而代之，但楚庄王却开了挑战周天子威严的先河，"问鼎中原"也成了各家诸侯的梦想。秦惠王时，张仪制定策略，希望可以帮助秦国夺得九鼎，以号令天下。楚王和齐王，同样对九鼎虎视眈眈。秦武王时，秦国攻占了韩国重镇宜阳，秦武王便带着自己手下的大力士去宜阳巡视，并趁机带兵来到洛邑。周天子无法，只好派人迎接秦武王。秦武王大大咧咧地直接闯入太庙，欲窥九鼎，在看到雍州之鼎时，便打算将此鼎搬回咸阳。为了展示自己的神力，秦武王徒手举鼎，结果却因力竭，被鼎砸断小腿而死。秦昭襄王时，周赧王驾崩，秦国趁机夺走了九鼎，将九鼎西迁咸阳。但是等秦始皇统一天下后，九鼎却不知所终。有人说，九鼎被沉到了泗水彭城，秦始皇巡幸当地时，特意派人打捞，结果却徒劳无功。也有史学家认为，可能大禹当时只铸了一个鼎，因上面绘有九州地图物产，所以被称为"九州鼎"，简称九鼎。周天子为了避免诸侯国兴兵问鼎，便将九州鼎扔进了泗水中，从此杳无音信。但这一说法与秦武王举雍州鼎相悖，不足为信。更有甚者提出，周朝末年，周王室财政困难，周天子命人偷偷融化了九鼎铸钱，对外则谎称九鼎不知去向。

"卓将军，根据倪博士提供的信息，我们进行土壤及岩石断层分析后，确定第一只鼎位于原泰山省济水市，现在集结工程兵小队，对原济水市地下断层进行挖掘。济水市现在处于一片湖泊之中，通过三维扫描信息，我们现在基本上已经确定了挖掘的具体位置。"

"好，我和赵将军即刻前往现场，工程兵小队立刻集结。"卓伟和道。经过空间位移器传输，卓伟和与赵玲很快到达了济水市的一处湖中小岛上。工程兵正在有序准备。"首长，我们需要对这一区域进行质子隔离，以免器物出土时发生其他损害。另外，通过旋挖机械直接将该区

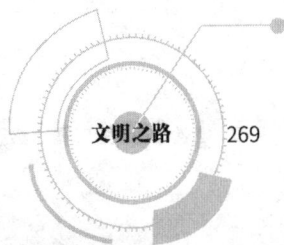

域的土块整块挖出来，通过超声等离子剥离器物外部附着物。是否可行，请指示！""同意此次操作方案，请立刻执行。"卓伟和抱着激动的心情命令道。

经过一个小时的挖掘，一段高约 50 米、直径约 30 米的圆柱形土块被整块取出。在超声等离子剥离器的作用下，一个黝黑的青铜鼎出现在卓伟和与赵玲面前。鼎身上刻着一群人对着九个太阳祭拜，铭文刻着"火"。

"首长，幸不辱命，完整取出第一只火鼎。"卓伟和向姜天智汇报道。"很好。你们立刻前往原山南省咸通市，根据倪博士的分析，有一只鼎应该陪葬在秦武王陵中。""好的，首长。"

卓伟和与赵玲顺利地在咸通市取出了金鼎。但因磁极倒转引起的地理变化和山川移位，寻鼎之路变得更加艰难。寻鼎小组根据洋流三维模型进行分析后，把寻鼎的范围扩大到了全球。

经过艰苦的搜寻，他们在原亚马孙河流域的神庙中取出了水鼎；

在原神农架原始森林的神秘区域取出了木鼎；

在原阿尔卑斯山脉的无人谷中取出了土鼎。

至于水鼎和土鼎是怎么漂洋过海的，就无从得知了。九鼎已得其五，剩下的四只鼎在哪里？寻鼎之路面临僵局。倪靖途博士观察着已经取出的五只鼎，脑门上的头发快要被他抓秃了，就是找不到丝毫线索。赵玲说："倪博士，我们现在找到的五只鼎，分别是从现在的东、南、西、北、中五个州找到的，那么我们是否可以推测剩下的四只鼎就在其他四个州，云州、风州、沙州、雷州呢？"

"不排除这种可能性，但是科学是严谨的，我们虽然已经对地球的形态有所了解，但是如果单纯地从这个方面去筛查，这无异于大海捞针。"倪靖途博士回答道。

卓伟和说："古人云'先知日月，后生万物'，那么我们是否可以进行这样的尝试呢？我们将火鼎作为母鼎，运用五行原理对其他四鼎进行排列组合，拓印鼎上图文进行数理分析后对比原来的地形地貌，然后再对可疑区域进行分层式土壤岩层扫描。"

"哦，我怎么没有想到呢？我这就安排下去。"倪靖途博士回答道。

"哈哈，找到了，伟和，你真的是我的救星啊。"倪靖途博士在两天后欣喜若狂地喊道，"经过排列组合，真的在鼎身上发现了一些地理标记，指向现在的云州、风州、沙州、雷州的一些区域，经过地理图层遥感扫描，基本可以确定其他四鼎的位置。只是古人是怎么知道地理变化后的格局的？这太神奇了。难道科学的尽头真的是玄学？真叫人难以置信！"

"古人认为风云际会、电闪雷鸣则普降甘霖、滋润万

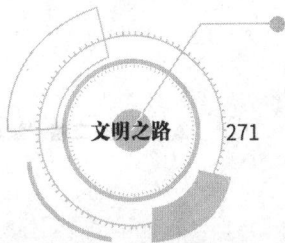

物。所以将不同的变量和不变量进行组合，即以金、木、水、火、土五大要素中的某个或者某几个作为不变量，而剩余的几个作为变量，再辅以时间、速度等变量，模拟山间有风，风吹云散，风停云聚，云聚雷鸣，雷鸣电闪，天水降焉的变化过程。我也是想着古人所考虑的因素，尽力抽象化，归纳成一类物质进行描绘。"卓伟和道。

赵玲说："那我们即刻前往其他四州取出四鼎吧！"

经过七个昼夜，卓伟和、赵玲分别在云州的黑月山取出云鼎；

在风州的青格尔草原取出风鼎；

在沙州的塔偌甘沙漠的一处绿洲泉眼中取出电鼎；

在雷州的窟坨山大峡谷一处铁岩画壁中取出雷鼎。

至此，寻找九鼎的任务全部圆满完成，接下来赵玲和卓伟和还要按照古籍和倪博士的分析去寻找十二铜人。但是十二铜人又在哪里？他们能否顺利取出呢？

第七章　再见铜人

说起秦始皇铸造的十二铜人，我们需要先了解一下它们的由来。当时，秦始皇为了巩固自己一手建立的秦王朝，建立了一套从中央到地方的、严密的统治机构及封建官僚制度。而且，秦始皇还采取了许多其他措施，其中一条就是没收全国上下的兵器，将这些兵器铸成了十二个铜人，放在了咸阳。对此，《史记·秦始皇本纪》中有记载，秦始皇二十六年（公元前221年）"收天下兵，聚之咸阳，销以为钟镰，金人十二，重各千石，置廷宫中"。

最让人感兴趣的一件事情却是：这位中国皇帝第一人，为什么要大张旗鼓地铸造十二个铜人呢？关于这件事情的说法主要有两种：第一种说法，有一天，秦始皇做了一个梦，梦里看到天象大变，天地无光，有大量的妖魔鬼怪在作祟，于是，他惊恐不已，在万般无奈之中，有一个人告诉秦始皇："制造十二个铜人，便能坐稳天下。"等到秦始皇梦醒之后，当即下令把全国的兵器都收集过来，集中到咸阳，将其融化铸成了十二个铜人。对此，有一些学者认为：秦始皇的一生都非常相信方士的话，再加上秦朝刚刚建立不久，秦始皇难免心生担忧，所以上述说法极有可能是真的。第二种说法，秦始皇在统一了全国之后，总是忧虑如何才能让秦朝的江山稳固下来，使得国家能够长治久安，以传万世。想要国家安稳，只有先排除那些不稳定因素。这其中，首先要解决的问题就是收缴和销毁那些散落在民间的兵器。"收天下之兵，聚之咸阳"之后，秦始皇下令将这些兵器销毁熔铸成十二个铜人。

为什么是十二个铜人呢？这其中有什么寓意吗？其实，在古代，十二有着特别的含义。古时的人把大地先分

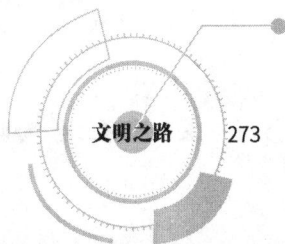

成东南西北四个方向，每个方向再分出两个分支，组成四面八方，总数即为十二。由此可见，十二代表着大地，且是一个统一的大地。大地不就是天下吗？秦始皇所建立的不就是天下统一的封建王朝吗？所以，我们不难理解"十二"这个数字的意思，即"天下一统"。还有，一年四季，一季三个月，一年十二个月，如此往复便是千秋万代，这些不正是秦始皇心中所想的吗？关于十二个铜人，还有另外一个故事。有一天，秦始皇在大臣们的陪同下，一起观看杂技表演，正在兴致高涨的时候，忽然有一队杀气腾腾、拿刀执剑的人上场表演。秦始皇见到这一幕，不禁心生担忧，他夜不能寐，每天都提心吊胆。正在这个时候，有一个农民送来了一个消息，说他看见了十二个巨人，且当地还盛传着这样一首童谣："渠去一，显于金。百邪辟，百瑞生。"秦始皇听了之后，心里一直悬着的石头终于落了下来，不禁情绪一振。因此，秦始皇便说自己梦见了一些征兆，下令把全国上下的兵器都集中到了咸阳，将其熔铸成了十二个铜人。所以，秦始皇铸造这十二个铜人，完全是为了政治方面的考虑。至于所谓的天意，纯粹是为了让自己的行为合理化，是封建社会统治者惯用的手段。但是，这十二个铜人只在史料中出现过，现在却没有人知道它们在什么地方。

时至今日，十二个铜人早已不知所终，那么，他们究竟去了哪里呢？关于十二个铜人的去向，现在主要有以下几种说法：

第一种说法，项羽当初在攻占了咸阳之后，火烧阿房宫，连带着十二个铜人一起烧了。可是，关于这个说法，赞同的人却比较少。

第二种说法，十二个铜人毁在了董卓、苻坚的手里。东汉末年的时候，董卓占领长安，把十个铜人销毁后，铸成了铜钱，而另外的两个被搬到了长安城清门里。之后，到了三国时期，魏明帝曹叡下达命令，把这两个铜人运到洛阳。当时，工匠们把两个铜人送到了霸城，因为铜人实在太重，于是终止了这次搬运行动。后来，到东晋十六国的时候，后赵石虎又把这两个铜人送到了邺城。直到秦王苻坚统一北方之后，才从邺城将两个铜人运回了长安销毁。到这里，经过将近六百年风雨的铜人，全部被销毁了。对此，《关中记》中有记载："董卓坏铜人，余二枚，徙清门里。魏明帝欲将诣洛，载到霸城，重不可致。后石季龙徙之邺，苻坚又徙入长安而销之。"

第三种说法，十二个铜人并没有被销毁。因为，十二个铜人是秦始皇最为喜爱的东西，因此，在秦始皇陵建造好了之后，十二个铜人被一起搬到了秦始皇陵里，成为秦始皇的陪葬品。

根据倪博士的分析，这十二铜人是对应春、夏、秋、

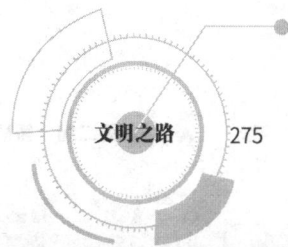

冬的四个时间轴，每三个存放在一处，最有可能存放铜人的地方就是始皇陵。但是始皇陵能否按照之前取鼎的方式去挖掘，这个问题需要经过慎重的讨论。始皇陵三维扫描信息显示，其构造之复杂，为人类文明之巅峰。寝宫中山川、日月、河流之象形尚在运转，象征着其看护东方大地，守护万世太平。

"伟和，接到姜部长指示，此次始皇陵取铜人，不可破坏其原有结构。"赵玲说道。"那我们要准备一些特殊工具，不可用强光以及可能造成损毁的高能质装备。"卓伟和说道。

穿戴好全密闭自动循环空天服，赵玲与卓伟和从工程兵小队事先打通的墓道进入始皇陵寝。

"伟和，通信装置似乎受到强电磁波干扰，我们切换成量子模式吧！"

"我也感觉进入陵寝后，有双眼睛一直盯着我们。"

"管不了那么多了，速战速决吧！"

"这里给人的感觉，和香巴拉秘境很相似啊！你看，山川、星辰、河流、植被的设计都有很多相似点啊！"

"嗯，你不说，我还没有观察到这些呢！"

"这些河流都是用水银灌制而成，始皇帝那时的国力很强盛啊！根据立体扫描和可靠性分析，这次我们要寻找的三个铜人位于始皇寝殿龙椅前，相当于天、地、人三界在始皇帝龙椅阶下听候差遣。小心我们的反重力飞行器，不要碰到墓室里面的任何东西，待会取铜人时不要让空天服破损，否则会水银中毒。"

"直捣黄龙吧，定位始皇寝殿。"

飞行器发出吱吱的声音，穿过墓道向主墓室飞去。主墓室始皇寝殿门口，一道白光投下，形成一个人形投影。他峨冠博带，用睥睨天下的眼神看向驾驶飞行器的卓伟和与赵玲。"呵呵，我等了2000多年，你们终于来了！神仙大人，你们好呀！你们让我保管的三个铜人就在这边。"金光闪耀，始皇寝殿前三个铜人的体积以肉眼可见的速度缩小，最后变成奥斯卡奖小金人大小，飞向卓伟和与赵玲乘坐的飞行器。嗖、嗖、嗖，三个小铜人落在赵玲的收纳器中。赵玲疑惑地看向人形投影，投影说："神仙大人，你们很疑惑吗？其实，我也不知道为什么会这样，你们当时告诉我说，不要质疑，你以后会明白的！这些年来，我一直在等待你们回来，你们回来后，这束投影的能量就会损耗殆尽，也就到了嬴政真正消失在这个世界的时候。"赵玲说："您是始皇帝嬴政？还等了我们几千年来取铜人？""哈哈，无须怀疑，神仙大人，我这里的一切都是你们赐予我的。一切的一切，你们日后自知。我要走了，还有三个铜人在我追寻周穆王的脚步寻找西王母的时候，作为得见一面的交换物件，献给了西王母！"话说

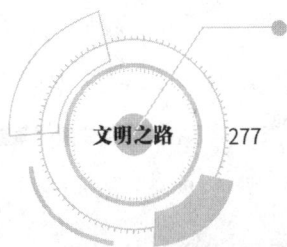

完，白光闪没，陵寝再次变得一片漆黑。

"走吧，我们去找西王母。"

根据倪博士的分析，西王母可能就是传说中的埃及托勒密王朝贤后阿尔西诺伊三世。她的陵寝在埃及法老的金字塔中，但是现在却陷在海洋深处。场景位移至大陆变迁后的北极冰洋深处，卓伟和与赵玲身穿分水隔离服，其原理是通过隔离水分子在潜水服表面形成一层引力场，抵消上下左右的水压，在水下形成一个独立空间，潜水员可以自由穿梭。一座座金字塔整齐地排列在海平面 3000 米以下的海底平原上，这里曾经是古埃及法老沉睡的地方。

"倪博士的定位显示我们要找的地方就在最雄伟的那座金字塔里面，我们过去吧！"通过能量交换渗透，卓伟和与赵玲来到沉睡于海底的金字塔里面。"擅闯者死。"一道闷雷似的低喝穿透了整座金字塔。卓伟和沉声道："为了文明的传承，我们今日擅入此地，只为了寻找三个铜人。""传说中，能让我们死而复生的神，您来了吗？我们古埃及的启示录中说，2000 年后，将有一男一女两个真神，穿透层层水幕，让我们重新复活。"一道柔和的女声问道。卓伟和与赵玲对视一眼后，沉声道："我们可以满足你们的要求，但是不是现在。我们需要你们看守的三个铜人，它们是人类的拯救之光。如果没有它们，也就没有你们的复活。""尊敬的神，我们如您所愿，您要寻找的铜人，就在这座金字塔的顶端悬浮。铜人们，回到你们该去的地方吧。"嗖嗖嗖，三道金光闪烁，三个小铜人出现在赵玲的收纳器中。金字塔中的女声再也没有响起。卓伟和走向法老灵柩，打开了它，用自带超低温设备的试管，提取了两具木乃伊的细胞样本放入试管中。卓伟和说道："你们继续沉睡吧，你们的愿望，我会满足。"这个世界的生物技术已经实现了人体克隆和记忆细胞培育移植，所以满足阿尔西诺伊王后和法老托勒密四世复活的愿望并没有难度。他们与卓伟和交流是通过提取2000多年前的脑电波信号，进行加密封存，在特定情况下释放出来，所以看上去好像是逝去的人在与他当面交流。

"神啊，谢谢你们的怜悯，让我们的重生充满希望。我们知道还有三个铜人，在印度孔雀王朝时期的一位高僧大德处。这也是我们最后能够帮助你们的地方了，再见！我的神！"

"如果你刚才不提取他们的 DNA 组织，他们会不会就不告诉我们接下来的铜人在哪里啊？"赵玲说道。

"这是有可能的，因为脑电波最后储存的能量释放，可能基于他们自身细胞之间的电流感应，如果我刚才没有提取一些他们的细胞组织，那么在原先的能量保持平衡的状态下，就不会释放细胞电流，也就无法激活最后的脑电波信号了。"卓伟和道。

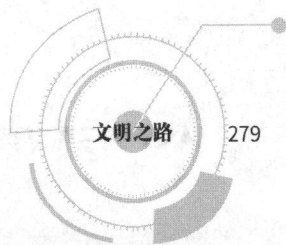

"真不知道是哪个缺德的家伙设计的这个模式！"

　　"数据已经传输给了倪博士，他给出了定位，我们即刻出发前往印度孔雀王朝的遗址。"

　　场景置换到一片沙漠之中，这里原来存在着恒河流域衍生出来的人类文明，现如今因为地球磁极倒转，绿洲变荒漠。

　　一棵干枯的老树下面，工程兵小队已经掘开沙堆，金灿灿的铜人在阳光的照耀下，散发着一股柔和的光，让人心旷神怡。一声直达心灵的佛号，传向卓伟和与赵玲的心里。"一花一世界，一叶一如来！红莲业火与因果相生相伴，客自东来，可解千年业障。危机解除后，施主当竭心尽力，为千万百姓谋福。"卓伟和与赵玲心中映射出一个枯瘦的老和尚，坐在一棵菩提树下说道。卓伟和道："大师放心，我等必不负所托。我们所在的党就是以人民福祉为奋斗目标的党，大师可放下心结，永登极乐。"一声佛号过后，卓伟和与赵玲心中的和尚形象不知所终。

　　"据说古老的宗教大师能够控制意念。这种精神力的修炼非常难得。精神力也是一个能量场，与反物质等都是我们这一阶段需要突破的研究方向。""呵呵，伟和，你的研究方向好广哦！信号也可以理解成能量传输嘛！物质都有相对和绝对，都有能量接收范围，对吧？""是的，科学的态度就是未能感知，并不代表它不存在。只剩下最后一组铜人了，不知道会在哪里？""我猜测，最后的三个铜人可能在拜占庭帝国旧址。我们把消息发送给倪博士，让他分析一下吧！"

几天后，最后三个铜人在安纳托利亚半岛被挖掘出来，寻找铜人的任务宣告结束。随着第三艘不明飞行物重新出现，外星人占领了V–1945号星球，正朝着地球的方向前进。怎么样开启九鼎和十二铜人，又让卓伟和与赵玲陷入沉思。

第八章　传国玉玺的前世今生

传国玉玺是开启铜人阵和九鼎的关键，离成功只有一步之遥的时候，一定不能放弃。

公元前221年，秦王嬴政并吞六国，在历史上第一次实现了中原大一统，随后建立了秦王朝，自称始皇帝。嬴政认为自己的文治武功已经是前无古人后无来者，因此将之前卞和发现的和氏璧雕琢成玉玺的样式，分正副两印，并且让丞相李斯在上面雕刻了"受命于天，既寿永昌"八个字。二世皇帝胡亥死后，子婴向刘邦投降，把玉玺交给了刘邦，就这样，玉玺一直在汉王朝的刘氏手中代代相传着。

西汉末年，外戚重臣王莽篡权夺位，他让自己的弟

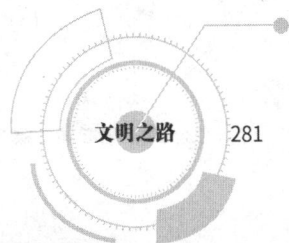

弟进入宫廷索要传国玉玺，没想到遭到了王太后的强烈斥责，而且还大骂："我是马上就要入土的人了，今天你们王氏兄弟敢这样做，以后一定会招来灭顶之灾！"说完之后王太后就把玉玺捧起来直接重重地摔在了地上。不过玉玺的材质着实优良，如此猛烈的撞击也只是摔掉了一角，王莽用黄金对玉玺进行了镶补。

到了公元23年，王莽建立的新王朝覆灭，玉玺被校尉公宾得到，献给了自己的顶头上司李松，李松又转手送给了更始帝刘玄，后来刘玄被赤眉军抓住，玉玺辗转到了傀儡皇帝刘盆子的手里。紧接着刘秀的大军杀来了，赤眉军大败，就这样玉玺落到了刘秀手中，刘秀也成为东汉王朝的开国皇帝，史称汉光武帝。

一转眼又是200多年的时间，这个时候就到了大家都很熟悉的东汉末年了，宦官专权和外戚干政交替上演。外戚大将军何进不敌宦官集团，于是招西北大军阀董卓进京，奈何东窗事发何进身死，袁绍等人诛杀宦官后逃亡，汉少帝携带玉玺出逃，在途中被董卓迎回，不过在动荡中玉玺已经不知道丢在了哪里。董卓根本不在意玉玺，开始了作威作福的太师生活。由于董卓乱政，嚣张跋扈，十八路诸侯开始讨伐董卓，先锋官孙坚攻入洛阳后，在一口枯井中意外发现了一个盒子，打开一看竟是失踪的传国玉玺。

孙坚去世后，其子孙策拿玉玺从淮南军阀袁术手中换来了兵马。袁术狂妄自大以玉玺为凭自立为帝，最终败亡。后玉玺被曹操所得，其子曹丕取代汉朝建立魏国，玉玺被他在肩部刻上了"大魏受汉传国玺"几个字。后来权臣司马家篡魏立晋，玉玺再次易手。经历了北方大动荡后，玉玺被东晋豪族谢尚得到，他快马加鞭呈献给了东晋皇帝，玉玺重回司马氏手中。

公元 420 年刘裕建立刘宋，玉玺先后在宋、齐、梁、陈几朝皇帝手中流传，一直到公元 589 年隋朝统一南北，玉玺被杨氏获得。隋朝昙花一现，李唐建立，玉玺又到了太宗李世民手中。唐末黄巢起义，天下烽烟四起，进入五代十国时期，玉玺在后唐末帝李从珂手中不知下落，北周建立后曾多次寻找未果，只能重新仿制"皇帝神宝"作为替代品。北宋建立后一直到了宋哲宗的时候传国玉玺才重现天下，被农民发现后上交给了朝廷，但真伪已经无人可知。

公元 1127 年北宋灭亡，玉玺被金人掠走，再次下落不明。100 多年后蒙古灭金，依然没有找到这块传说中的玉玺。南宋灭亡的时候宋恭帝手中却有一块传国玉玺，但据说是南宋朝自己造的，并非真品。元世祖忽必烈去世后，传国玉玺惊现大都，被崔彧找到后献给了元成宗铁穆耳，铁穆耳也是因为这块玉玺才坐稳了龙椅。

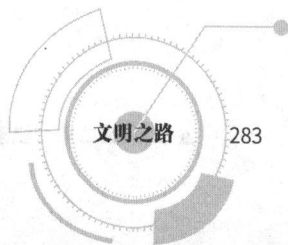

此后又传了几代元帝，1368 年明朝建立，1372 年朱元璋为寻回玉玺多次与北元交战，但一直没能成功。此后传国玉玺就湮没在了历史长河中，虽然偶有玉玺惊现的传闻，但无一例外都是假的。

　　到了清王朝统治时期，有人说皇太极在塞外得到了传国玉玺，而故宫交泰殿中的 39 块玉玺中也确实有一块上面镌刻着"受命于天，既寿永昌"，不过乾隆帝在鉴定的时候认为这和史书上记载的出入很大，应该是后人仿制的，也就不了了之。清朝灭亡后伴随着溥仪被逐出皇宫，即便是这一块刻字的玉玺也不知道去了哪儿，冯玉祥曾多次寻找也没有发现，后来据说这块玉玺流落到了台湾岛，放进了台北故宫博物院中，但台北故宫博物院一直否定这个说法，至此所有关于传国玉玺的消息全部中断。

　　"这些都是倪博士收集整理的有关传国玉玺副印的相关情况，至于正印应该是在始皇帝游洞庭湖时丢失了，后世流传的不是假印就是副印。我们立刻启程前往原洞庭湖所在地，正印应该还在这个地方。"赵玲说道。

　　原潇川省洪河市，这里属于国家行政中心区域，受到地质灾害的影响较小，仍然是一派烟波浩渺的景象，有渔民唱着渔歌，采莲捕鱼，不亦乐乎。

　　"这里，是我曾经魂牵梦萦的地方，是我的父辈生活的地方。他们都是与世无争的性格，如果说灾难会在明天来临，我想他们今天会照常生活。"卓伟和道。

"首长，经过地层三维扫描和密度分析，我们尚未匹配到这个区域有像传国玉玺的物体。姜部长问，要不要调整方向？"

"你们继续扩大扫描样本区域，我们去村里走走！"卓伟和说道。

卓伟和与赵玲迈步走进一个农家小院，里面有个30岁左右的年轻人正在忙活午饭，回头看见门口有人进来，扔掉锅铲就跑出来，一把抱住卓伟和道："哥，你回来怎么也不告诉我和姐一声啊！"卓伟和看向赵玲道："这是我堂弟卓少东。少东，这是你未来的嫂子赵玲！"卓少东道："好好。哥，你们去看看爷爷奶奶吧，你也好久没有看他们了。""嗯，我这就过去！"

卓伟和与赵玲来到旁边一间屋子里，在卓伟和爷爷奶奶的遗像前，卓伟和按照传统习俗，给他们上了三炷香。当他正准备将香插到香炉中时，他惊呆了，连忙喊道："赵玲，你看看这块石头像什么？"卓伟和说着用颤抖的手，抹掉香炉旁边一块当作贡品的石头上的灰尘。

"这是传国玉玺正印！天啊，这真是踏破铁鞋无觅处，得来全不费工夫啊！"赵玲惊讶地说道。

卓伟和正色看向卓少东道："这个物件我们要拿走，我们正在寻找它，它关系到全人类和全地球的安全。你就

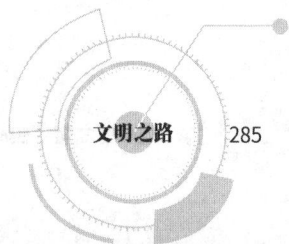

当把它捐给国家了吧！"

卓少东说："哥，按说一个物件，你想要的话拿走就是了，但是这个玩意是我爸爸在湖里捕鱼的时候一网捞起来的，还是问问他是否同意吧！"

电话接通后，卓伟和直接和叔叔沟通起了此事。卓伟和的叔叔说："和儿，你想要就拿去吧。我也是看它造型奇特，才带回家当贡品的。它真的是传国玉玺啊？如果真的是传国玉玺，那你就捐出去吧。我们卓家在这种事情上，从来不糊涂。"

正印找到后，通过镜像投射对比，发现副印被收藏在E国的历史博物馆内。面对全球地质灾难，E国没有做好末日备份系统的准备，导致整个国家一夜之间从地球上被抹掉了。卓伟和又潜入大洋底部找到沉睡的E国历史博物馆，费尽周折才取出了传国玉玺副印。

相传正副两印结合，即可启动大禹九鼎与十二铜人，但是迫在眉睫的战争即将开始了。

第九章　人类的反击

大禹九鼎与十二铜人聚集在一起的时候，突然爆发出一个巨大的磁力场，最终稳定地形成一个光幕。此时一个声音响起："我的朋友，你们是不是很无助，不知道怎么使用这些东西？嗯，我现在给你们讲解使用说明书。"
一阵使用说明书交代完毕后，这个声音再次说道："很抱歉，差点忘记了，你们可能要寻找到相应的元素能量石才能启动九鼎。至于怎么找，就不用我多说了。我想以你们的聪明智慧一定能够找到。"然后又小声嘀咕道："要是没有找到，就没有我了。"然后这个声音就消失了。

卓伟和与赵玲借助通古斯大爆炸的相关信息，找到了寻找元素能量石的办法。原J国富石山，山口，卓伟和把绝热安全绳挂在腰间然后滑了下去。滑到底后，他向等在上方的赵玲发出了安全信号，赵玲问道："怎么样？追踪器有反应吗？找到了那颗代表火元素的能量石了吗？"卓伟和回答："暂时没有，不过能量密度检测仪响得越来越厉害了。"

"嘀嘀嘀嘀嘀嘀嘀——"卓伟和借助微型推进器在昏暗的山洞中摸索着，能量密度检测仪的声音越来越大了。"侦测到前方火元素迹象有明显加强，并且有一颗疑似能量石的块状物体。"能量密度检测仪突然急促地叫了起来。"赵玲，我好像找到了！"卓伟和紧张地说。他小心翼翼地用激光刀从山壁上切割下了那颗暗红色的石头，在夜视仪的视野中，它散发着幽暗的红光。握着石头，卓伟和明显感觉手中有热感，他把这个石头嵌入了能量检测槽中，目不转睛地等待着检测结论。"是的！它就是那颗

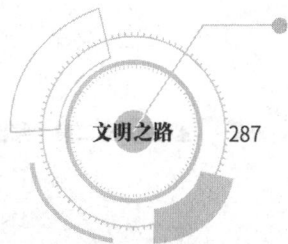

代表火元素的能量石！"望着屏幕上那大大的一个"火"字，卓伟和心中无比兴奋。同时，各任务小组在量子计算机给出的区域也都找到了相应的元素能量石。

现在就可以九鼎合一，将两枚玉玺进行融合了。进行融合时必须要穿上碳纳米管制作的一级防护服，这种防护服可以保护人员的安全。因为谁也不敢保证，到时候玉玺会不会爆发出能量冲击波。根据文献记载，将正印和副印合二为一之后，玉玺体内巨大的能量会被激活。如果现场人员身上没有任何防护的话，说不定可能直接就灰飞烟灭了。所以他们需要利用坚固的多材料复合碳纳米管做防护服，这样相当于在身上穿了无数层能量隔绝钢板，这可比普通的防护服好用多了，既能防物理伤害，又能防化学伤害。

到时候只要把金、木、水、火、土、雷、风、云、电这9种元素能量石都安装在九鼎的能量卡槽中，然后启动对撞冲击器，对准两块玉玺，就可以使之合二为一，爆发出能量，地球就有救了。有大禹九鼎汇聚能量，十二铜人辅助进攻，那肯定需要一个东西来补充能量，玉玺中蕴藏的能量绝对是首选。卓伟和与赵玲就是这么想的。如果真的可以召唤出那么强大的能量的话，外星人就不足为惧了。

次日，卓伟和、赵玲、姜天智、宋时雨、吴慈仁、倪靖途、刘达、叶广宇、黎侠挈9个人来到了位于中州舒平省的物质碰撞实验基地，他们每个人的身上都穿着一套黑色的防护服，有着满满的科技质感和金属质感。只见他们每人拿着一根科技感十足的镶嵌着元素能量石的卡槽连接器（简称"法杖"）：卓伟和拿着金元素"法杖"，叶广宇拿着木元素"法杖"，赵玲拿着水元素"法杖"，倪靖途拿着火元素"法杖"，吴慈仁拿着土元素"法杖"，黎侠挈拿着雷元素"法杖"，宋时雨拿着云元素"法杖"，姜天智拿着电元素"法杖"，刘达拿着风元素"法杖"。每一根"法杖"的顶端都镶嵌着一颗能量石，发出来的光亮看起来非常耀眼。金元素能量石发出来的光是金色的，木元素发出来的光是绿色的，水元素发出来的光是淡蓝色的，火元素发出来的光是红色的，土元素发出来的光是棕色的，云元素发出来的光是白色的，电元素发出来的光是紫蓝色的，风元素发出来的光是深蓝色的，雷元素发出来的光是紫色的。

然后，他们走上各自负责的操作台，站在了对应的元素方位上。只见各个操作台围成一个直径约100米的圆形，圆形中间有一个大概1.5米高的柱子，上面镶嵌着那两块玉玺。然后，十二铜人围在了柱子旁边。铜人和柱子之间密集地刻蚀了一些奇怪纹路的电路进行连接。一阵七彩光柱在融合区旋转，传国玉玺有了动静，发出了绿色的

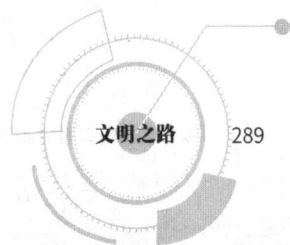

柔光。9个人手里"法杖"中的元素能量石也发出了各种耀眼的光，映射着他们身上原本黑色的防护服，竟然也发出了和元素对应的亮光。

随后，他们每个人都将自己"法杖"的另一端连接上碰撞反应区的能源接入口，所有的元素能量石像约好了似的，都发出了一道元素射线，集中在七彩光柱外围，像极了太阳耀斑的爆发场景。

忽然，"轰"的一声响，好似天崩地裂似的，除了十二铜人之外，其他所有人都被炸飞了出去。他们顾不上自身的伤痛，连忙去查看玉玺的情况，大家用颤抖的手打开了碰撞反应区的防护罩，只见两块玉玺严丝合缝地融合在了一起。大家的手一碰到玉玺，就感觉有一股无穷的能量涌入身体内。"太棒啦！成功啦！"此时，距离人马星系舰队到达地球还有大概一个月的时间，他们正好可以用这段时间武装地球，做好充分的准备抵抗外星人。

风、云、雷、电四只大鼎被分别运送到几处名山，收集相对应的自然能量。十二铜人被分别运往几处古迹进行时间能量的收集。同时，刘达教授领衔的空间化学试剂和空间磁场壁膜材料研究已经完成，只待最后的成果检验。

公元2250年，三艘倒三角形不明飞行物进入太阳系，狂妄地叫嚣："灭绝之战来临了，你们等待着做我们圈养的牛羊吧！"外星人指挥官叫嚣："第一轮恒星级反物质投射器发射，先进行两轮饱和打击，打掉他们的磁力层防护罩。记住，千万不能让那颗蓝色星球直接面对投射器的能量，否则这个星球上的食物就无法收集了，现有食物已经支持不到我们返航了。"

反物质投射器发射能量后，太阳坍缩，变成了一个黑洞，重新拉扯着宇宙空间的平衡。银河系就像一个在台风中摇摇欲坠的草棚，已经发出吱呀吱呀的声音。

"真的是不堪一击啊，没有对手的人生好孤独！"外星人指挥官一脸狞笑。

"指挥官，他们太落后了，好像都没有什么像样的防御，呵呵。"

"平行推进，目标蓝色星球。看上去那个星球有 HO_3，嗯，我超级讨厌这个玩意，就像粪便一样恶心。"

此时姜天智看着战场显示器，说道："伟和，接下来的指挥权我就交给你了。"

"请首长放心！"卓伟和挺胸回复道。

"我们在距离地球 0.1 个天体位置设立了空间磁场壁膜，不知道能否起作用，人类成败在此一举了。"刘达教授说道。

"首长，对方三艘战舰进入我方预设位置，看来他们以为我们根本就没有反抗的能力。这样也好！"

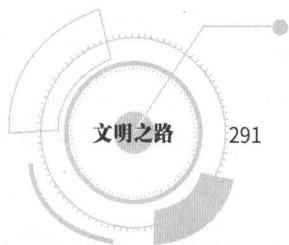

"五星"号、"元"号、"东方"号已做好升空准备。这三艘太空母舰除了驾驶舱外，全部填充满了 HO_3。

"'五星'号、'元'号、'东方'号已到达指定位置。"

"对方战舰毫无防备，已全部进入空间磁场壁膜划定区域。"

"启动准备，10，9……1，启动！"卓伟和一声令下。

只见金、木、水、火、土五鼎泛出异色光芒，直抵空间磁场壁膜区域，它们投射的光线形成一个等边五星形状，风、云、雷三鼎在上一个界面形成稳定的三角支柱，支撑着电字鼎将空间磁场壁膜一点一点扎紧成为一个空间口袋。传国玉玺作为反应堆能量石，正在以看得见的速度逐渐缩小。

"灌注 HO_3 以及反铬金属腐蚀剂。""五星"号、"元"号、"东方"号同时开舱，向空间口袋中倾注 HO_3。

"指挥官，我讨厌这个味道。"

"指挥官，糟糕了！我们的粒子反应堆因为腐蚀，已经无法正常工作。"

"指挥官，我们的反物质投射器能量舱泄漏，已经无法启动。"

"我大意了，向外突围吧！"

"指挥官，我们怎么越来越小，感觉空间压力越来越大！"

......

人类利用九鼎锁定太空区域，再以十二铜人固化敌军所在空间，然后以抽压方式，将外星战舰所在区域变成扁平化的一张白纸。C 国国防部内响起一阵欢呼："我们胜利了，我们终于打败了入侵之敌！"C 国空间研究所将压缩成一张白纸的外星入侵者及其装备带回去进行拆解研究。

经过此次危机，人类的科技再一次得到了飞跃式的发展。大禹九鼎、始皇帝十二铜人经过这一次的使用后，已经变成普通的金属器物，没有了其他任何高科技属性。至于传国玉玺，在锁闭空间的时候，已经因能量消耗殆尽，缩小到了指尖大小。

第十章　后续

"卓伟和，赵玲，现在任命你们为空天军司令、政委，为我们人类开拓第二家园！"

往后 10 年，卓伟和、赵玲在无尽的星际间探索，重新发现了几颗类地星球。为纪念那一次保卫地球的战争，他们将发现的第一颗类地星球命名为 V-1945 号星球。人类重新开始了太空移民的征程。

20 年后，人类从对人马星系飞船的研究中获得了一

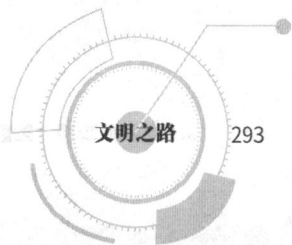

些新的科学技术，对时空的理解更加深刻，如果人马星系的外星人再敢侵犯，人类已有把握击溃他们。

卓平凡今年 18 岁，继承了卓伟和与赵玲的基因，又青出于蓝而胜于蓝，现在已是 C 国时空研究所高级研究员。

"首长，我发现一个有趣的现象，如果以空间的某个介质为媒介，通过定位时间坐标轴，我们就可以将现实镜像反射到过去的某一时间点。这个实验我打算自己来做。"卓平凡对卓伟和说道。卓伟和现在已是 C 国空天军司令、国防部副部长。

"平凡，这个事情我们已经研究过了，由我和你母亲来做这个实验，这样对我们后续的研究会更有帮助。这是命令！"卓伟和道。

"我服从命令，但是站在科学的角度我需要阐述几个观点：第一，时空镜像投射成功之后，现实中你们可能处于静默状态，思想和行动能力将被剥离。第二，这个实验的能量场具有时间效力，可能两天后你们才能回来。第三，可能存在时间曲率，导致映射对应不平衡，你们要做好心理准备。"卓平凡对着父亲说道。

"我和你母亲现在最大的心愿就是想看看当年始皇帝是如何知道九鼎和十二铜人能够抵御外敌入侵保护地球的。能不能将我们的时空投影投射到那个时间点？"卓伟和道。

实验开始，时间剥离点位能量素已经完成加注。嗡的一声响，只见实验舱外电闪雷鸣，能量柱显示器已经准备就绪。

"轰"，明天启帝刚吃过早膳，准备前往御花园散步，一声爆炸传来，京师三平方公里内被夷为平地，史称"天启大爆炸"。

公元 2273 年，C 国时空研究所内，卓平凡懊恼地叫道："糟糕，忘记了用时间抽离作为镜面的时候，这个时间点的空间是不稳定的，因为大量能量被压缩成镜面实体，风吹草动都会导致在那个时间点发生大爆炸，下次不能在历史位面上做实验了。另外，因为时空投影会放大，他们两位在那边感知的时间可能要超过两年啊！"

公元前 220 年，始皇帝正在处理政务。"陛下，丞相李斯觐见。"舍人通传道。"陛下，胶东郡守来报，天降异象，伴随一道七彩霞光，一条怪鱼从水中跃出，鱼肚打开后，出现一男一女，两人穿着打扮十分罕见，似为海外夷人。他们自言已年近七十，然看上去仅有三十岁左右。"李斯向始皇帝说道。始皇帝面色如常地看向李斯道："传令胶东郡守，送两位夷族之人前来咸阳。"后世史料记载，始皇帝与二夷人于咸阳宫畅谈两天两夜后，宣旨重铸九鼎及十二铜人，并大兴土木修建始皇陵。两年后，始皇

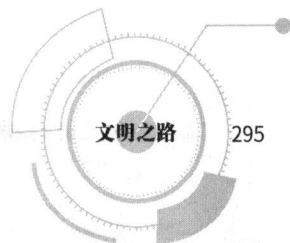

帝委派方士徐福带三千童男童女到海外寻访仙山，求取长生不老之药。两个夷人后来去了哪里？有人说返回他们的时空了，有人说去了古埃及。

公元 2263 年，C 国一处生物研究所，一个年轻男子不停地喃喃自语："我复活了，我就说我是阿蒙神之子，太阳不灭，我将永生。"他旁边坐着一个年轻女子，回眸间眼波如微风轻拂，身材完美体现黄金分割，一颦一笑都让人心旷神怡。她的声音宛如黄鹂轻鸣，只听她说道："托勒密，我的哥哥，这里已经不是我们那个时代了，我们只是被克隆出来，将完整的记忆细胞移植进了新的躯体而已。简单来说，我们就是试验品，那个人只是兑现他的承诺罢了。"她就是埃及贤后阿尔西诺伊三世，她心中突然泛起涟漪，映出了一个英俊优雅的面容。

（全文完）

李泊辰

星神计划

鲲鹏

中短篇小说组三等奖《星神计划》颁奖词

　　作品通过一场太阳耀斑引发的人工智能危机，描写了人类建设星神空间站的宏大工程。故事设定大气张扬，情节推进明快紧凑，科幻设定逻辑严密，是一篇颇具科幻古典主义风格的优秀之作。

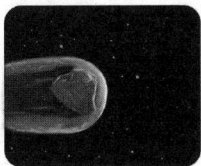

危机初现

　　猩红的夕阳，映着一片片残云，就像给天幕抹上了一层淡淡的橘黄色，使天空呈现出一种特别的色调。往西望，天空的色谱慢慢向橙红色系偏转，渐变着，燃烧着……

　　黑刃特战队队长程浩天熟练地驾驶着轻型反重力飞行器，向深圳东部海湾飞去。这架小型飞行器的外观和内部结构由程浩天自己设计，通体都是他最喜欢的军绿色。乍看之下，飞行器的外观就像一个大三角形，最前端是一个半圆形的聚合玻璃结构，中间是驾驶舱，只能容纳一名

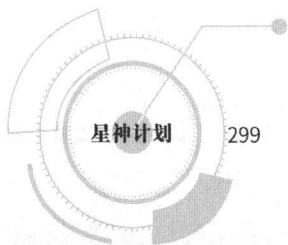

驾驶员乘坐。驾驶舱左右两侧是动力系统，前端有一个细细的三角形进气口，横向贯穿了整个动力结构，进气口上下都是强力照明灯。飞行器一共有三个主引擎，驾驶舱后还搭载了一台备用的超导引擎，能够实现短途快速飞行。

今天，他即将到达这次任务的终点站——联合国生命科学研究院。

连续三天三夜，从酒泉到文昌，再回到深圳，程浩天没有丝毫的疲惫，无论在什么样的环境下，他的精力仿佛都是无限的。他的身体机能非常好，这全都得益于他进入部队之后，一直保持每天锻炼的习惯。

联合国生命科学研究院位于深圳大鹏半岛，研究院的特别之处在于一部分建筑在陆地上，而调度中心和实验室集群却悬浮在海面上。研究院完工后，立刻成为当地的地标性建筑。

整个研究院由三栋办公楼、分散式实验室集群、一个调度中心、一个行政服务中心和一个生态公园组成。三栋办公楼建筑主体呈螺旋状，好像生机勃勃地在不断地向上生长，充满设计感。办公楼的右前方是行政服务中心，左前方是鸟语花香的生态公园，对市民开放，再向前就是大鹏半岛美丽的黄金海岸。两条白色云轨贯穿整个研究院，云轨交汇处就是研究院的调度中心，更是深圳重要的交通枢纽。除了在这里工作的科学家和工作人员，市民也可以在这里乘坐飞行器迅速到达其他城市。调度中心附近海上的分散式实验室集群由 1000 多个半球形巨蛋组成，不规则地悬浮在海面上，提供给各国的科学家使用。每个巨蛋和调度中心之间以随时可以激活的隐形通道相连，既形成一个整体又能独立安全使用。

金黄的海面上泛起一朵朵浪花，轻轻拍打着泛着红光的沙滩。程浩天的飞行器从海面上方的云海中显现，此时它正在慢慢下降，即将进入调度中心的机库。

程浩天轻车熟路地走出机库，来到调度中心。他就近选择一扇圆形的传送门，地面感应区立即对他进行安全扫描。安全扫描通过后，传送门上的屏幕亮起，程浩天输入访问许可码，传送门迅速激活并打开与周少龙专属实验室的连接通道。

此时，周少龙正在他的专属实验室里焦急地等待着程浩天的到来。

周少龙，星神总设计师，脑科学专家，专业能力处于国际领先水平，每年 3 月到 5 月应邀到联合国生命科学研究院工作，主要负责"宙斯之火"项目。周少龙和程浩天是大学同学，也是多年的好朋友。两人都是清华大学高才生，一起学习计算机专业和生物医学工程专业。大学毕业后周少龙出国留学，程浩天特招进入部队。他们有很多相似的经历，但气质却截然不同。程浩天平时总是一身橄

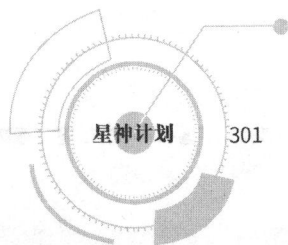

榄绿军装，却长着一张与他那身严肃军装严重不匹配的娃娃脸，看不出是一名科学家。他留着寸头，手臂特别长，身躯健硕壮实，肌肉发达，可他的头脑并不简单。他性格开朗活泼，非常好强，不服输，但是什么时候都能保持清醒和乐观。相比之下，周少龙就讲究多了，他戴着一副黑框眼镜，西装革履，头发梳得一丝不苟，人比较消瘦。他跟程浩天一样，腿长长的，这可能是这对好朋友在外貌上的唯一相似之处了。因为由性格稳重的爷爷把他抚养成人，所以周少龙的性格非常谨慎稳重，气质几乎跟他的爷爷如出一辙。无论什么时候遇到什么事情，周少龙都会认真地分析、严谨地考虑。他常年穿着干净的白衬衣和笔挺的西服，看起来气场十足，其实他和程浩天一样平易近人，非常喜欢交朋友。虽然周少龙跟程浩天性格气质截然不同，但他们志同道合，共同的梦想都是成为一名世界顶尖的科学家，所以他们俩成了铁哥们。

周少龙跟程浩天打了个招呼，互相撞了撞肩膀，以示问候，不需要过多寒暄。程浩天拍着周少龙的肩膀说："少龙，情况紧急！我早上给你发了密电，星神被监视到有异常行为，我们必须马上去黑刃基地。"

"明白，我已经和研究院申请提前结束这里的工作。"周少龙说。

"那现在就走！坐你的飞行器，基地需要你的设备和信息。"程浩天回答。

周少龙和程浩天来到传送门前，周少龙输入识别码，传送门再次打开。他们进入连接机库的智能认证通道，这个通道设计得非常巧妙：通道内壁上有交错排列的线形灯槽，灯槽中不仅有用于装饰的灯带，还嵌入了各种传感器，一切安检程序都由这些传感器完成。传感器可用于实现"登录"功能（与其说是传感器，不如说是微型路由器），搭配一对摄像头使用，可以迅速锁定匹配的飞行器。别看等待匹配的队列很长，由于安检进行得很快捷，他们很快便匹配到周少龙的专用飞行器。

周少龙的专用飞行器是隐身构型，比程浩天的飞行器大五六倍，适合长途飞行。他们进入驾驶舱，各坐上一把任务椅，任务椅激活系统，几个全息显示影像马上围绕着他们投射了出来，随即飞控面板也亮了起来。这种实体化操作设备已经相当陈旧了，但还是需要它来做双重保险。

周少龙双手向上一张，一个全息控制面板被投影在他手指尖的位置，经过半秒钟的光学校准，随后一个虚拟键盘显现，键盘按键完全由他手指上的皮下芯片感知。周少龙输入一条请求指令后，飞行器的导航系统把航行目的地设为黑刃基地。

此时，机库顶部天井微微一颤，缓缓滑开。机库上

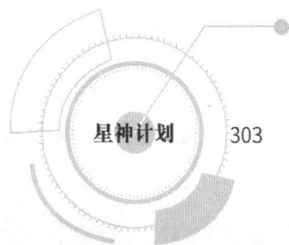

方的钢结构枢纽发出轻微的电抗共振声,机械装置正将飞行器提升至发射井中,散热支架轻轻退到一旁,超导发射线圈发出幽蓝的光芒,控制面板上各种参数跳跃着,飞行器腾空而起,冲出发射井,尾部腾起一道蓝光。

从飞行器向外看,悬浮于海面上的实验室集群的半球形巨蛋好像正被血红的晚霞浸染着,远处一轮残月显出淡淡的轮廓。

一路上两人沉默无语……

黑刃基地

一段冰冷的人工合成音打断了两人的思绪:"已到达目的地黑刃基地,30秒后飞行器将自动降落,请马上回到任务椅!距基地机库垂直距离432米,着陆准备!着陆准备!"飞行器的前置驱动器开始反推,引力控制器全负荷运转,主发动机开始依次阶梯式关机,飞行器的两翼折叠完毕后,高度控制引擎开始工作。一分钟后,那个冰冷的提示音又响了起来:"距上层机库入口处100米,升降机辅助设备正在进行引力俘获及牵引,整个过程耗时约10秒。"飞行器微微地一颤,开始缓慢下降。

飞行器控制面板上,激光传感器的数据一次次刷新,几个反重力主推器再次减速。稳定支架缓缓展开,飞行器着陆在黑刃基地巨大的顶层机库。气密模式打开，气压平衡后，提示音响起："压力稳定。Pressure stability。"整个过程每次都让人想起古老又经典的科幻影片《火星救援》。

舱门两旁的红色指示灯转为绿色，跟电影一模一样。周少龙将手指向舱门凑了凑，皮下芯片发出信号——皮下芯片可以监测主人的思维活动，搜索能够激活系统的思维信号（其实就是主人的指定内心独白），发出指定信息——充氧器发出一阵"嗞嗞"的响声，几团白色烟雾从灯槽中喷出，这是系统正在放气，随即舱门向左右两边滑开。

凛冽的风在百米高空嘶吼着，径直灌进了舱室。风灌进程浩天的T恤中，军绿色T恤瞬间胀得鼓鼓的。深夜的风吹乱了周少龙一丝不苟的头发，扬起了他那紧贴在衬衫上的领带。

两人走出舱门，一架小小的安防无人机照例从机库入口上方降了下来，悬停在两人面前。无人机对他们进行了面容核实和虹膜扫描，确认无误后，指引他们来到黑刃基地顶层的电梯厅。

他们乘电梯来到黑刃基地总指挥赵大海的办公室。推开办公室门，最显眼的就是一张巨大的三角形书桌、一面巨大的终端屏和一面高"墙"。赵大海坐在"墙"边批

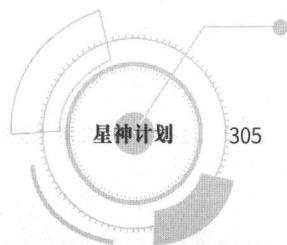

阅文档，这是一面由一大堆的纸质报告构成的墙，他的面前则放着一台笔记本电脑。几个助手和助理机器人在一旁整理批阅完毕的文档，并用另外几台计算机把文档录入到大存储器里，还有三位科学家坐在办公桌另一端拟订计划，还有几位工作人员在接入黑刃基地的军事系统。

赵大海听到脚步声，敏锐地抬起头，朝门的方向看去，明亮的灯光照着他满头的银发，他已经年过半百，依然精神矍铄。

"报告！"程浩天行了标准的军礼，周少龙连忙效仿，赵大海微微点头。

助手们和科学家们闻声都纷纷抬起头查看，就连一旁的小机器人好像也好奇地抬起四四方方的小脑袋观望。

赵大海一字一顿但不失威严地说："进。"两人应声而入。

赵大海接着说："你们的速度很快，很好！少龙，星神情况紧急，研究院那边的工作你先放一放，这段时间你要回基地工作。"

"好的，赵将军！研究院那边我已经安排好了，马上可以开始工作。"周少龙回答道。

"很好，大家都过来开会。"赵大海继续说。大家纷纷站起，在会议桌旁落座。"大家应该都收到了基地的报告，星神出现异常，情况可能比我们想象中的要复杂得多，所以我召集星神的主要设计师和基地的科学家来开会。时间紧迫，直接开始吧！剑锋，你给大家介绍一下星神的情况。"赵大海说。

一个皮肤白皙、身形清瘦的年轻人站了起来，他冷静而焦虑地说：

"是，将军！星神启动后，共试运行578天，状态非常稳定，可是就在一周前基地数据库没有完全回收星神的数据，部分数据缺失，存在重大安全漏洞。我们的科学家希望能够远程对星神植入补丁程序，一次性解决整个系统的问题，但是星神的返回值跟我们的预期相差极大，而且星神的数据返回包也残缺不全。我们初步推测这与最近一次太阳耀斑爆发有关，虽然星神和黑刃基地都有完备的电磁防护系统，但是为了保护一些精密且敏感的电子系统，黑刃基地的主计算机、射电望远镜阵列和天眼大口径射电望远镜都在此期间短暂停机。等到我们的电子设备和天眼开机重新对焦检测星神时，却发现星神有异常情况出现，星神的异常可能就是在太阳耀斑爆发时出现的。

"刚刚我们利用特殊频段的遍历扫描登入了星神的管理系统，我发现了一条很奇怪的进程，它的命名方式跟标准的星神文件截然不同，而且用常规编译器也无法打开，Datespell测试程序得出的结果自相矛盾，强行打开会显示各种符号和数字，跟用C#或Python打开Scratch文

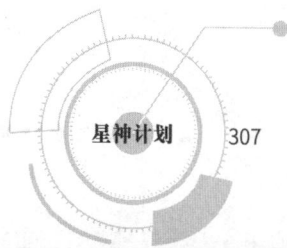

件一样。"

"看来这是一个标准的非对称加密。"周少龙分析道，"星神自己需要运行这个插件，所以肯定有一对密钥来解密。"

另外一位盯着计算机的科学家推测道："看来主要问题就在于公钥和私钥。我推测，公钥可能藏在星神管理系统模块的日志文件夹里，因为公钥可能会伪装成一个文档。尽管我们没有私钥，但是我们可以依据公钥的加密格式来推测文档中的内容。"

"按照正常的程序，除了星神航行的状态与正常的运行状态，星神每次对程序进行改动，都会创建一个类似日志通知我们。"周少龙说。

"但是星神现在的状态确实是正常的运行状态，这怎么解释呢？"另外一位科学家说。

"给我调一张星神的逻辑架构，这有利于我们找出一些有问题的部分，尤其要查看安全系统，这是星神本身安全的核心，看看是星神的系统被攻破了，还是它自己有问题。"周少龙说道。

叶剑锋双手在空中一挥，一个全息图像显示在周少龙头顶。周少龙把它拖到两人面前，调整了一下显示角度，屏幕忽明忽暗，微微校准后，屏幕迅速扩大，一张布满文字与符号的图纸出现在他们眼前，这是一张巨大的星神架构图。周少龙逐字逐句地看着，思维顺着一条条线、一个个文本框游移。大约一刻钟过后，他忽然问叶剑锋："这张表是指标函数动态生成的返回值吗？"叶剑锋点点头，周少龙一脸狐疑："那自监模块去哪儿了？"叶剑锋回答："三天前，星神的自监模块更新了一次后，出现了几个小问题，技术人员正在抢修。"

周少龙听他的语气，知道那肯定不是"小"问题，但他还是保持着一贯的冷静，没有多问。

周少龙侧了侧脑袋，轻轻推推自己的眼镜："从星神发回的例行报告看，有理由相信星神的一部分防火墙被关闭了。"

程浩天少有地严肃起来，抿着嘴，在消化着听到的信息："可是星神为什么要关掉自己的防火墙呢？它不可能擅自关闭防火墙，否则遭遇黑客攻击可就不好办了，肯定有其他原因。"

周少龙继续说："我推断，星神可能已经有了自我意识，还打算与某种形式的计算机结构对接，这真是匪夷所思。"

"更糟的是，"周少龙一字一顿地叙述情况，"我还推测星神会将管理网页的自我 HTML 编辑器、应用的自我 Python 编辑器都给锁死了，星神官网还被修改成了暗网，用爬虫模式访问也只会显示'403'，好像星神在隐藏些

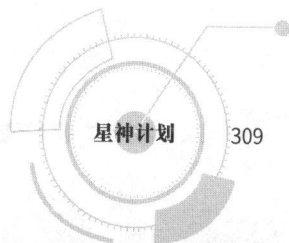

什么……"

"大家来看看，星神有动静了，"程浩天不知什么时候坐到了监视器的终端前，此时大家都转过头来，十几张严峻的面孔直对着终端，"卫星的热力图显示，星神的散热口处温度急剧上升！"

"星神是不是在进行耗能巨大的运算？"

"剑锋，赶紧去看看星神的任务管理器！"

"奇怪，星神没有执行任何计算操作！"

一条数据流被编译并传到星神基地的核心计算机上，主机输出了一条返回值。这是一条由星神编译的有 30 比特的文本。基地收到信息，立刻全息投影仪显示在赵大海办公室会议桌的中间，程浩天点了下预览键，系统处理了一下数据，竟然是一堆乱码！

"糟糕！它把自己的网页都锁上了！"

周少龙的额头上滑下一滴汗珠，滴在他一尘不染衬衫领子上。

这时，星神的防火墙页面忽然发出一个通知，程浩天马上把它点开，并以迅雷不及掩耳之势截了一张图：星神的几个防火墙防护忽然打开了，几个链路经过验证开通了。大家露出了难以置信的神色，现场一片死寂。

意料之外的事情马上又发生了：星神随即撤回了这条指令。对比系统记录，防火墙打开只持续了 6.9 秒！防火墙页面马上回到了原来的状态。

叶剑锋忽然开口："那……那个小插件！大家快去看看！"大家如梦初醒，个个跑到自己的计算机前查看。周少龙马上调出了刚刚的截图，转成一个全息窗口。那个小插件还是显得那么平凡，那么天衣无缝。

程浩天第一个反应过来："等待例行信号，找日志！"

三分钟后，例行信号传到了每个人的计算机里，大家第一时间去翻找控制日志。

控制日志还是跟平时一样，但是有明显的修改痕迹，20:59:33~21:59:53这段时间的日志明显被删除了。日志信息足以证明安全系统还在正常运行，说明星神的安全系统并没有问题。

大家开始用自己的电脑搜查发过来的日志文件夹里是否有什么线索。程浩天发现了一个混杂在文件夹里的小插件，他立刻汇报了这个消息，之后用自己的电脑打开了这个小程序，对其进行覆盖率、刺激返回值、CPU使用率测试，得出的结果令人很诧异，他立刻上报了他的发现。

程浩天发现，无论给予什么样的电子信号刺激，无论是攻击还是发送信息，这个程序连一条返回值都没有输出，但是测试CPU使用量还是维持在75%以上（在星神的主计算机看来，这也不算什么）。这令大家感到既震

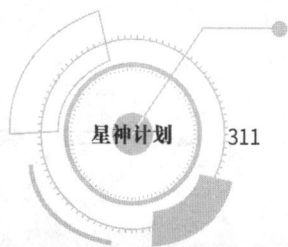

惊又疑惑：星神不会写一个程序专门消磨自己的算力吧？可这个程序一点反应也没有，那它究竟有些什么用处呢？除非是星神故意的……

自我意识

星神仿佛一个淘气的孩子，在跟他们玩一场捉迷藏般隐藏证据的游戏。现在所有的分析都指向它的自我意识在觉醒。按照设计，它的动态成长数据表明它要成长很多年才能成熟，它的天启系统有完备的防卫系统：粒子束武器、激光武器、动能拦截器、制导武器等可以保护它的安全。现在它觉醒了，像个身怀宝藏又手拿利刃的小孩，天启系统的模块也许会改变性质，成为杀伤性武器，那无疑会带来灾难性的后果。

"万一星神已经拥有完全的自我意识，它也许会叛变，脱离基地的控制，也许会被外部势力利用。如果星神要和人类争夺资源，那么整个地球都会成为人间炼狱。"一位科学家说，话音抑扬顿挫，像是在讲一个鬼故事。

叶剑锋说："星神的构造非常复杂，判断它有无自我意识比一般超算困难得多，干扰因素更多。国外已经向我国施压，并鼓动舆论，鼓吹'星神威胁论'，说它已经有了完全的自我意识，将要攻击地球，人类会面临灾难。为了保险起见，基地是不是要向上级请示启动天惩行动？"

"不！这些只是推测，星神并没有叛变！而且防火墙还在正常运行！我们不能这样做！天惩行动就是摧毁天启系统的作战方案，一旦天启系统被销毁，星神将会失去一切防护，就像手无缚鸡之力的婴儿，任人宰割！万一星神遭到攻击，无数正在动态生长的意识数据都将被损坏，星神会死的！"周少龙少有地失态了，他激动地大喊起来。

突然，赵大海办公室控制台另一端的白色的照明灯光转为了令人心惊胆战并快速闪动的紫红色。随即，警报紧促的提示音响起："警报！警报！（嘟嘟嘟）星神防火墙已关闭！警报！警报！（嘟嘟嘟）星神防火墙已关闭！"。

"糟糕！星神关闭了防火墙，并且正在预热天启系统！"程浩天赶紧赶到监视器前，顿时呆住了，一字一顿地，僵尸般地说出一番话来，不再像是那个一向乐观的程浩天了。

"星神与我们失联了！星神和我们的中短波通信都断了！现在它的动机无法确定……"叶剑锋来到了控制面板前，焦急地喊道。

赵大海镇定地说："马上打开星神系统实时监控！"叶剑锋一挥手，一个小窗口出现在他手指尖的位置，随后全

息影像经过光学校准，图像变得清晰。

由环绕星神的卫星拍摄并传回的图像令大家大吃一惊：星神的几十个光学锁定器和雷达都开始旋转，天启系统已经运作起来，十几个足球般大小的宏原子在磁场约束器中跳动，宏原子的强相互作用发射器已经准备就绪。

大家久久注视着屏幕，沉默不语，空气变得凝重。这会是一场超级计算机和人类的战争吗？人类要如何应对？如何反击？已经存储在星神中的众多人类科学家的大脑思维备份该怎么办？如果直接将系统关闭，无数动态覆写与迭代的系统运行数据就会被迫中断，造成不可挽回的损失。如果星神打开内部防火墙，黑刃基地就会失去对天启武器的控制，万一天启武器开启无差别攻击，那么地球不可能幸免。

最终，大家不得不艰难地向上级发出了"实施天惩行动"的请示。大家守在赵大海的电脑前，焦急地等待着上级发回的下一步行动决策。

天惩行动是程浩天设计的，以"分级机制"组织打击行动。上级指挥官会对星神现在的危险性做评估，级别分三级，对应着星神三个级别的防护武器系统，防护武器系统的重要程度随着级别数目的增大而增大。如果评估结果为一级，基地会派出机群，用精准打击的手段，轰炸星神的一级防御系统。如果评估等级为二级，就会一起毁掉星神的一级和二级防御系统，依此类推。

最终，上级经过评估，下达命令：24 小时后实施天惩行动，评估等级为三级。由程浩天带领 C97 黑刃特别反应部队携带反物质导弹和激光武器，驾驶太空战略飞行器精准地对星神的防控系统和火力打击点进行轰炸，破坏天启系统模块，但执行任务时不能打击星神空间站的核心系统部分。上级的意思是，只解除星神的大部分武装，但保留少许必要的武器系统；轰炸时绝对不可以伤及星神的核心区域，让核心系统继续正常工作。

赵大海清了清嗓子说："大家先不要沮丧，我们还有机会！"

赵大海继续说："上级宣布天惩行动启动的同时，也给了我们最后一个机会：如果我们能在第二步打击动作实施之前，也就是打击后 8 小时内，恢复与星神之间的联系，并再次打开星神的防火墙，就可以终止行动。所以，大家必须全力以赴，珍惜这个弥足珍贵的机会。"

天惩行动

C97 黑刃特别反应部队集结完毕，在战术中心旁边列成一个小方阵。程浩天简单概括了行动的内容，带着队员来到顶层机库。

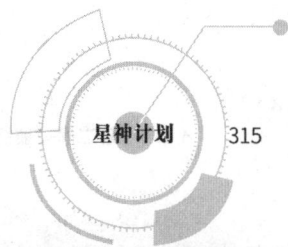

程浩天登上一艘泊在滞留台上的歼-707小型歼击机，余下的队员立刻登上了其他战机。

歼-707歼击机适用于执行有较高隐身要求的任务，也可以转变为太空战机执行任务，它在巡航飞行模式下速度可达12马赫，配装的重力弱减器可将飞行员承受的重力加速度降到3~5个G。机身在传统歼击机的基础上采用正多面体设计，用于散射雷达波，配合吸波材料使用。该机可以在地球大气层和太空环境下无阻碍飞行，高能粒子矢量引擎发出的高能粒子射流在大气层中会发出显眼的青色光芒，但是在太空中不需要考虑充分燃烧的问题，同样不需要在意"尾焰被追踪"等问题。歼-707搭载一门反物质炮、三门小型集束激光炮、两门中型散射激光炮，满载质量72吨，由内部微型核反应堆驱动。

几十架战机被一部反重力牵引机依次拖到不同的加速线圈轨道上，随着加速线圈轨道的闪耀，几十架战机渐渐远去，组成编队。机群以极快的速度渐渐缩小，最后成为深色夜幕中几抹淡淡的蓝色，最后渐渐淡化，融入深邃的星空中。

黑刃基地亮出了一张王牌……

程浩天正在与队员联络，确认各个细节。他们在平时模拟演练了无数次，程浩天认为，这次行动一定会万无一失。

目　标

　　程浩天没有将太空战机调成高速巡航模式，因为用高速巡航模式前往第二拉格朗日点完全就是个吃力不讨好的举动，将一架每秒航行约 9720 米的太空战机减速至完全静止就是在浪费燃料。

　　他与指挥部和队员来回交换信息，确认机群各部分的状态。他还要时刻注意观察雷达生成和传回的三维模型，以防机群遇袭，造成损失。

　　虽然太空是失重的，可是 5 个 G 的重力加速度可以将五脏六腑牢牢压制在体内，所以，驾驶这种战机的太空飞行员不用经受严格的失重训练，何况程浩天还有航天员资格证，抗 5 个 G 还是绰绰有余。

　　"不愧是新产的歼 –707，只飞了 10 分钟就可以到第二拉格朗日点，还能抵消重力加速度，真是个神奇的好发明！"程浩天在频道中调侃，可延时过后，基地并没有响起笑声。

　　这次任务的时间定在每年联合国执行"太空清道夫"计划前夕。程浩天选择这个时段来轰炸天启系统，是因为每年都会有各国的微波探测器、背景辐射监听器和引力波探测器前往此地，这里可以说是"观测宇宙的胜地"，而相应地，每年也有同比增长的航天器在这里沦为太空垃

圾。所以，在"太空清道夫"计划的前夕，停泊在第二拉格朗日点的太空垃圾会达到一个峰值，有利于计划的进行。

机群开始减速，很快停在了第二拉格朗日点附近，粒子引擎处于静动的空转状态。现在，要调低粒子射流的速度，就可以让飞机以一般战术飞行器的速度移动，便于大家执行任务。此时，程浩天在驾驶舱内已经开始失重了，他的后背已经离开了靠垫，他解开安全带。整个身子完全抵在了全景窗上，他一只手抓住上方的把手，腾出另一只手来按了一个按键，机腹区开始充氧，也可以说他处于一个平板支撑的姿势，太空中不分上下。

他打开了自己座椅后的门，慢悠悠地滑了进去，很快套上了航天服，轻盈地跳进气密舱。提示音响起："压力稳定。Pressure stability。"充氧器吐出白雾，指示灯变绿。他将自己拴在安全绳上，拎上一个舱外工具包和一个密封盒，便飘了出去。

他顺着舱壁爬行，没有贴在舱壁上的身体部位轻轻飘了起来。现在，他已经到达这架歼−707的第三设备区附近了，两门小型集束激光炮横在眼前，程浩天做好准备，拔出航天服口袋里的一支小手枪，双足一蹬，从两门激光炮中间穿过，然后他马上举起手枪，打了一发，手枪射出的是绳索，不是子弹。绳索不偏不倚地挂在了那边的第三设备区周围的环形栏杆上，将程浩天往设备区方向拉，他把航天服上的两条安全绳拴在了环形扶手上，然后松开了小手枪上绳索的扣子。他打开麦克风，听到系统报告："氧气剩余98%，航天服无破损，反应堆无故障。"然后打开盒子，取出一个类似微型船舶雷达的物件，这是一个频道监听器，用于监听星神的电磁波信号。程浩天知道，以前这种设备被大规模用来在战时监听敌人的通信。程浩天将外包的塑料膜撕掉，将这台小机器的电源线接上了设备区的电源面板，再把它固定好，然后回到了自己的舱室。

程浩天对这次袭击胸有成竹，毕竟他们还没有被天启武器的雷达发现，但前方嗡嗡飞过的无人机无疑是莫大的威胁。于是，一枚圆滚滚的"陨石"炸弹拖着一条"冰晶喷流"将无人机砸得稀碎。

天启武器

程浩天指挥机群躲到两个展开的太阳帆后面，因为太阳帆材料的雷达反射率极高，天启武器的雷达暂时不会发现他们的机群。程浩天需要一个摄像头向基地转播相关情况，所以，他小心翼翼地控制歼击机一点点顺着十几个离得很近的太空垃圾堆挪移，寻找有利的架设位置，顺便

留给队员们分析情况的时间。

此时，程浩天歼击机的机腹部，猛地甩出一根强相互作用钢缆"柳条"，缠住了一颗废弃卫星的主体，这是一根经过伪装的控制钢缆。接着，程浩天放出了一架"渗透者"无人机，为这个太空垃圾发电，并顺利启动了它。然后，他激活了座舱里的微电脑，让这颗被他用于转播行动进展的卫星连上了基地。

他依计行事，要先为天启找一些新鲜的东西，一些天启没有见过的东西。

他控制着"柳条"捕获了十几颗大尺寸陨石。又控制歼击机顺着几个正好能挡住他的歼击机的太空垃圾挪到他的小队藏身的太阳帆后。将这些陨石运到太阳帆后还废了好些周章，他指示四架运输机用携带的设备制造 7 万立方米的水结晶，然后将其压缩，又指示另外两架运输机控制工程设备，将每颗陨石的内核全部掏空，留下空间注入水结晶。

程浩天向黑刃基地报告后，开始和黑刃基地保持无线电静默。

半小时后，万事俱备，只欠程浩天一声令下。

一阵奇怪的响声在机群频段中传开，行动小队的队员们都知道，等待他们的，将是一场视觉盛宴。

造一朵云

10 多颗内部充满冰核的陨石已经被推至天启的雷达探测区外木星的方向，被装上了引擎，正对着星神的方向。这些陨石可能会被天启系统认为来自太阳系外围，然后被木星的引力弹弓效应碰巧引导到自己的领地中来。经程浩天的计算，这些陨石会在不同角度、不同时间，在小范围内被全部击碎。

现在陨石背后的粒子发动机已经发动了，机群频道内有人大喊："报告！ 32 秒后第一次撞击！重复！ 32 秒后第一次撞击！"大家可以感受到时间在快速流逝，程浩天机舱内的监控系统显示，编号为"9"和"7"的两颗陨石的相对速度已经变为 5 米／秒，"9"号已经向"7"号的侧翼发起包抄。

此时并无响声，只见全景窗外寒光一闪，顿时，监视器上的"7"号和"9"号陨石被标红，然后瞬间化为几百个白色小亮点。全景窗外，陨石的小冰核全部暴露出来，马上从压缩状态变为了正常状态，炸裂开来，化作了一朵高浓度的云，真正意义上的云。剩下的陨石并没有直接互相撞击，而是被其他陨石爆炸时的碎片击穿，最后陨石内外压力差过大，导致陨石内壁结构爆裂。

很快，几团稠密的黑云已经聚集在星神前方 13 千米

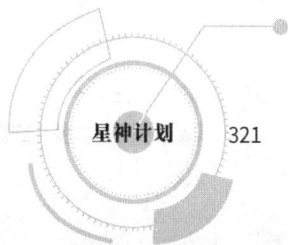

左右，几乎跟太空背景融为了一体。根据气象学知识，厚云团雷达反射率非常强，所以天启雷达此时也不能发现他们，只会把程浩天他们行动之前出现的云团归咎于几块可怜的陨石。

估计此次行动可以被载入史册了：人类第一次在太空造出了真正意义上的云。

此时，用液氮制成的冰就有很大的用处了，战机会在黑云上空随机飞行，机腹内的设备制出的干冰会被战机通过机腹加速器像子弹一样打出，纵向穿过他们制造的黑云，被天启雷达探测到。而且，为了取得更好的效果，程浩天突发奇想，下令往各个冰块内都注入了一些压缩液氧煤油，给天启再来点意外的见面礼。

一个个从天而降的冰雹成功引起了天启雷达的注意，因为天启的数据库里并没有对应目标。激光锁定仪立刻发起追踪，并协同防空导弹和激光武器消灭这些"炸弹"。因为压缩液氧煤油的缘故，这些小冰雹被击碎之后还会爆炸，更加吸引了天启系统的注意。

天惩行动的冰雹计划很成功，但基地传来消息：模拟器显示，因为这团黑云置身于失重环境之中，所以将在25分钟内分崩离析，1小时11分23秒后消失殆尽。

声东击西

机会来了，程浩天当机立断，马上开始计算路线。他们决定在星神的七点钟方向降低高度。

机群集体行动，开始转向。机群引擎散发出的蓝色光芒与云间的闪电巧妙映衬，在远处几乎无法辨认。

机群行动敏捷神速，快速到达了目标区域。程浩天再一次查看雷达，确保无误后，发出指令，指示机群下降高度。屏幕显示高度跳崖式下降，程浩天想起了小时候看《哈利·波特》，波特追逐金色飞贼时的场景——这是一段快乐的回忆，而且现在就发生在了自己身上。程浩天激动得在驾驶位上抖了抖手腕。

就如同波特骑着火弩箭向前冲刺时的场景：程浩天视野之外，除了远处向自己急速逼近的云和与自己的战机一样高速移动的机群外，其他一概看不清楚。

前方的云雾慢慢散开，机群正离开这朵人造云较为稠密的上层部分，进入能见度较高的下层，云的雷达反射率会每降低 100 米下降 2.93%。也就是说，每下降 100 米，被发现的风险也会相应增加。

智能驾驶系统限制了机群的速度：局域速冷仪的工作温度范围有限，必须限制战机速度，以防机身过热产生等离子体被天启的红外探测器觉察到。

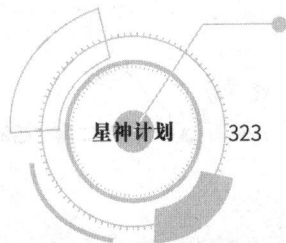

背水一战

机群从云层中毫无征兆地冲了出来。现在，已经不需要开启加速度弱减器了。

程浩天太清楚星神的防御系统了，因为他就是星神天启武器系统的总设计师。这次，他们需要以少胜多，因为他们只有 24 架歼击机和 6 架轰炸机。

程浩天从战机的下方储存区调出了几架中型"渗透者"无人机窥探敌情，几架"渗透者"在空中放肆地盘旋，有时还绕着几根散热大管低飞。

战术成功奏效，程浩天打开"渗透者"的监视器，马上发现它们被天启的战术雷达锁定了。他微微一笑，点了点头。

对此，他感到很满意。他将几架"渗透者"都设置为自动驾驶模式，让它们在这段时间内吸引天启的注意，他选择的战术是"闪电战"，趁着天启雷达还没有探测到自己，赶紧行动！

程浩天看看事先存储在显示器里的星神架构图，确定了自己是在星神的北区主控部分附近 300 米范围内。他立刻给其他队员分配了任务，然后单枪匹马，朝距离他最近的 32 号火力点发起冲击。

程浩天绕着 32 号火力点做了一个依玛曼机动，忽然从火力点下方闪出，顺势发射了一枚 B77 导弹，几排离子高射炮在一声巨响中化为乌有。他敏捷地避开冲击波，继续作战。他打开离子刀，侧转机身，让机翼避开目标，离子刀直接切了过去，后座的激光炮手配合默契，一阵扫射，让 32 号火力点后排的激光炮化作了一团碎片。他又指示炮手把火力点的液压仪和承重柱统统打断。

其他队员陆续将四周的火力点清理干净，很快摧毁了天启大部分的主动性火力。此时天启防御系统已经锁定了机群。

接下来，他们就要面临天启正式防御系统的挑战了。

天启的几十个光学锁定器和雷达都一直在不停运转，光学锁定器顶端的激光器圆形聚焦镜处射出激光，几十束激光的指向经过校正，激光器输出能量加大，瞬时变成一张红色的大网，将机群罩在其中。

就在这时，程浩天发现前方出现激光网眼交错之际形成的一个六角形隧道，真是个千载难逢的好机会！机不可失，他猛推操纵杆，带领机群迅速加速通过这张激光大网，进入星神的核心区域。

此时，在基地总指挥部，计算机系统刚刚完成升级。赵大海带人穿过走廊，鱼贯而入。周少龙选了一个机位，坐下，录入指纹。显示器桌面的几个图标显示为暗灰色，显然是正在传输，他明白，赵大海正在给大家同步传输作

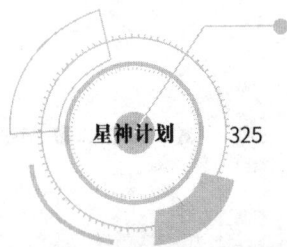

战信息。忽然，他的手表向他使用的计算机发送了一条信息。信息很简短，只有十几个字符：SOS22470608。

回忆·回归

周少龙看到这串字符，脑中的记忆回路立刻被激活了，一条条记忆正被他脑中那双无形的手，拂去岁月覆盖上的尘沙。

多年前的记忆瞬间浮现。

11年前，中国在联合国脑科学大会上提出要打造"中国脑库"，各国代表大多冷眼相看。于是，中国政府新闻发言人诚挚地向世界上的顶尖科学家发出邀请：为了保存人类文明的火种，中国要建立一个可以存放人类意识的"脑库"，创建一个虚拟环境。听到这个消息，我心中涌现出一股慷慨激昂的热情——这场新闻发布会终将改变我的命运。

国外早有类似的项目在进行，我在麻省理工学院攻读博士时，就加入了"美国脑库"项目。他们的项目需要用实体大脑做实验，我对此很不认可。

我多次到各国的研究院和实验室参观，当我看到实验室里十几个球形真空罐中的大脑连接着各种仪器，我心中就泛起一阵恶心。我曾提出修改计划，换一种方式，不要再使用实体大脑做实验，他们大多不以为然，甚至还意味深长地嘲笑我来自一个古老的国度，而他们的神学早就与科学划清了界限。

我不希望自己的研究生涯被闲置，而且脑库项目和我正在研究的课题方向非常吻合，所以我还是答应了加入他们。可是我心中却埋下了退出的种子，我下定决心，一旦中国有类似的脑库项目，我就马上回国。

现在，中国也要建立"中国脑库"，期盼已久的时刻终于到来。我满怀热忱地接受国家的邀请，希望可以提早回到祖国。

我和外交部的团队一起努力了三个月，经过一番艰辛的谈判，我才辞掉了"美国脑库"的工作，终于可以离开了。

我站在波士顿机场检票口前，虹膜扫描完毕，闸口在我面前打开，我没有一丝迟疑地走了过去，突然，我奋力跑向通道外的飞机，我要投入祖国的怀抱，一去不复返。

我在飞机上看到了很多麻省理工的校友和其他学校的同胞，原来这是祖国接回海外科学家的专机，飞离美国领空后还有战机和加油机护航。飞机把大家送到了黑刃基地，站在祖国的土地上，大家都生出了一种莫名的使命感

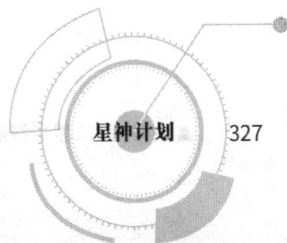

和自豪感。

黑刃基地是国家为"中国脑库"项目筹备组建设的一个军事化多功能研究基地，位于贵州省，选址于此地是因为将来星神运行时，黑刃基地需要借助"中国天眼"（FAST）大型射电望远镜来观测星神。基地由实验室、射电望远镜阵列、研究院等组成。由于项目的特殊性，汇聚于此的全国甚至全球的精英科学家，必须接受军方的统一调度安排，这个类型的项目在世界其他国家开展时也都是由军方领导的。

大家来到黑刃基地休整了几天，熟悉环境。在基地里我看到了我的好朋友和大学同学程浩天，他现在不只是特战队员，还是军方有名的人工智能专家，他和我们一样，是项目筹备组的成员，他的综合性才能对项目很有帮助。

建　设

星神是一个复杂的结合体，星神工程开创了科学界"新控制论"的先河，还诞生了许许多多的副产品。如果只凭一国之力，不知要修建到驴年马月。世界上的尖端制造业公司合力为星神制造组件，将这些组件全部制造完成也足足花了 4 年时间。

各个发达城市的周边货运发射系统和各国的航天中心，每天都会不间断地发射运输火箭。现在，火箭发射已经不需要瞄准窗口期，只需要预约到联合国的"太空门户"就行了。火箭发射到"太空门户"非常容易，"太空门户"定位在航天中心上空，跟地球同步运动，能将角动量最大化减小，这样，火箭只要在发射时顺着地球自转的方向设置一定的偏移量，就可以在进入同步轨道后5小时之内进入"太空门户"的船坞。"太空门户"系列由67个空间站组成，这是一个完整的太空驿站，包括船坞、轨道区、制造区、调配区、货仓、市场、餐厅和住宿区。所以，只要"太空门户"系列的任何一个空间站来到航天中心上空，航天中心只需要把火箭打上天，保证组件不会损坏就行了，剩下的就交给"太空门户"里的AI和工作人员了。

　　我们星神设计团队受邀前往文昌航天中心观看运输第一批星神组件的运载火箭发射，我们目睹了一场精彩夺目的视觉盛宴。巨大的直播屏幕上的发射倒计时归零，人人都举着长焦镜，生怕错过任何一个细节。发射台方向出现了动静，一枚巨大的长征六十号运载火箭腾空而起，在助推器发出的红色火焰和耀眼的阳光辉映下，中间那枚主火箭的等离子火焰显得更加耀眼，更加明亮。考虑到这点，航天中心给大家的长焦镜上加了一层偏转镜。远远可

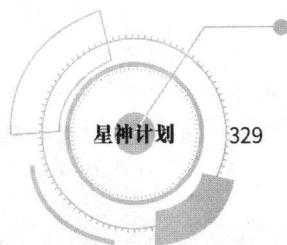

见导流槽散发着余热，几架维护无人机正悬在半空，测试聚合钨合金垫板的性能是否稳定，几条管子正在往发射垫板上喷洒冷却液，为几个小时后的第二波次发射做好准备。

随即，各个发射台都升腾起一股股烟雾，一声声巨响传来，好像把几十次炸雷的声音聚合在了一起。随即，各个发射台上的火箭犹如雨后春笋般拔地而起，因巨大的加速度而掉落的绝热陶瓷板形成了一场淅淅沥沥的小雨，人们忙不迭地将自己的长焦镜转向天空中的几十枚火箭，火箭下方巨大的等离子火焰互相辉映，显得更加澎湃，更加壮丽。此时，天空中，一幅奇妙的画卷铺展开来，数量众多的明亮的蓝色太阳，众星捧月一般地簇拥着几十个更加巨大的艳红色太阳。

远处的天边，还可以看到城市发射站发射的织女星运输飞船刚刚起飞。更远处，十几颗小小的太阳正在向我们这边的天顶移动。

这样规模的发射不间断地进行了 6 个月，每天都可以看到有几十个小太阳出现在空中。

在太空中，组装施工进行得很顺利，我们引入了"全智能机械化管理系统"（FIMMS），施工过程中，没有出现任何意外。在这方面，机器人比人类可靠得多，我们只需要对少量对接进行指导，其他施工场所内的大小事务都交给 FIMMS 的决策系统了。

在星神建设期间，我们接受各国的邀请及记者的采访，每天的日程都排得满满当当的。星神计划大获成功，我们的研究基地也被大规模扩建，原来计划 15 年后建成的星神测控中心已经开始投入建设了。我们向联合国披露了在星神建设过程中开发出来的部分高新技术：引力激发矩阵系统工作原理、引力测试干涉系统工作原理、改良粒子引擎开发技术……

星神计划就像通往一个新世界的大门，起初可能微不足道，无人知晓，隐匿在世界的一角；而现在，它被公之于众，像一位身经百战的巨人一样，赫然挺立在人群之中，它的事迹被漫天的新闻稿歌颂着、赞美着。

星神空间站的建设工作在万众期待中顺利推进。外太空无人侦察机的监视器显示，星神从原来的一些毫无生气的结构梁，渐渐被一层层复杂的几何形"鳞片"包裹起来，缓缓向世界展露出前所未有的威仪。

星神空间站的左右两个端头对称，安装了各种观测仪器，一看就知道是标准的桁架式结构。我们综合了新式空间站结构和传统桁架式结构，取其精华，去其糟粕，设计出了专属于星神空间站的综合性结构设计方案。

将视线从两端相对尖锐的结构移开，慢慢举目向中心观望，就可以发现新型空间结构方案的优势，没有了以

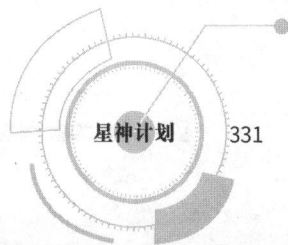

往那种"拼积木"式的结构尺寸限制，空间站中间最长的主体部分长达 2270 米。

星神的完工日益临近时，基地的服务器每日都不间断地向星神上传用于运行的软件程序，最终累积数据量竟然已突破了 33PB 的大关。

星神的核心代码由我们设计团队审理发布。

当我郑重地打开存储星神文档的云盘权限时，我深深地被这一幕震撼了：各种各样的文档从菜单栏下的文件区倾泻而出，汇成一条滚滚的洪流。我看不清一个个文档的名字，这些小小的模块文档，就像它们那些默默无闻的编写者一样，组成了整个系统的基石。

我缓缓打开列在文档夹首的主程序，就像是在进行某种典礼，开始了细致的检查，小到一个符号，大到一个完整的逻辑体。

慢慢地，三周就过去了。虽然我每天都只能查几万行代码，其他同事一天能核实的数目跟我不相上下，但我还是继续日复一日地查找问题。我一直不相信懈怠会发生在我身上，可是它的确已经发生了。每天，我也只会在程序里偶尔补充一些小插件，调换一些逻辑的顺序，或者微调对象出现的顺序和参数。

那是一个雨夜，下班时间已经过去很久了，办公室里只有我一个人，可我不想离去。我伏案静思，回忆往事，陷入深深的思考。星神工程已经接近尾声，但我心中总有一个声音在问自己：为什么我要参与星神项目？我的初心是什么？

传　承

伴着淅淅沥沥的雨声，一幅图画再一次穿过时空的帷幕，浮现在我的脑海中：一张苍老的面孔正慈祥地凝望着我——那是我的爷爷。

我的爸爸妈妈，把一生都奉献给了祖国的航天事业——他们都是航天工程师。他们在我出生后不久，就把我交给了退休的爷爷奶奶照顾，他们则一心扑在工作上。我的爷爷是一位杰出的人工智能思维专家，而我的奶奶则是一位控制论专家，他们的感情格外深厚。

就是我的爷爷奶奶，联名提出了"脑库猜想"。爷爷曾经跟我说过："每一个表达式、每一条电路的联通，都是一首巧妙的歌，就看写歌的人是不是乐在其中。"在这样的家庭背景的熏陶下，我"子承父业"，也就不是一件奇怪的事情了。

为了报效国家，为了实现自己的梦想，也是为了完成爷爷的遗愿，我义无反顾地参与了星神计划。为了延续爷爷的浪漫风格，我给它取了一个诗意的名字——星神。

有一天，我的脑中涌现出一个奇怪的想法：要用星神计划好好纪念一下我的爷爷——我想写几行多余的代码。我重新打开计算机，进入星神的总程序，用编译器的逻辑功能找到了一个合适的位置。我解锁软件，点击插入，悄悄导入了 Libcurl 方法，一口气写完了 189 行代码，在程序的发送内容部分写下 SOS22470608。数字部分是我爷爷的生日，至于前面的 SOS，我把它连上了星神负责安全评估的神经网络，如果网络检测出星神有任何形式的异常，星神都会触发我刚刚写的这串代码。这样一来，星神计划完成之后，我也可以跟它保持一种"个人"联系。

　　这只是为了纪念爷爷的一个无心之举，我根本没想到这条信息有一天真的会显示在我的眼前……

重　联

　　"SOS22470608！是星神发来的信息！星神和我联系上了！"周少龙瞬间从自己的回忆中清醒过来。

　　星神没有叛变！

　　周少龙站了起来，顿时指挥室内全部的人都望着他，他大喊："星神向我发出了求救信号！星神联系我了！"

　　赵大海立刻果断下令："全体人员注意！立刻连接星神主系统！"

顿时，指挥室中忙碌起来，全部科学家和工程师都在全力沿着周少龙给的这条信息代码的源文件寻找星神传送出信息的路径，并尝试对其进行攻击。

　　终于连接上了星神。

　　顿时，黑刃基地的星神控制系统那盏熄灭已久的灯再次亮起，星神发出的数据流接入基地；主计算机室，一部部服务器重新开机，各色指示灯再次亮起，为整个基地注入了生命。

　　一个小小的信号跨越遥远的空间，直抵贵州的FAST大型射电望远镜的弧形主接收面，经过连接线路传入黑刃基地的指挥室，显示在大屏幕上。

　　忽然，一阵比嘈杂声更响亮的欢呼声传遍了整个指挥室：这个刚刚传来的信号代表着星神系统已经完全恢复了正常状态，并且自主打开了防火墙，修复了一切进程！指挥室掌声雷动！大家激动地互相击掌、拥抱。

　　周少龙静静地站在自己的监视器前，热泪盈眶……

　　10分钟之后，黑刃基地的计算机系统终于修复了星神被删除的日志，一条神秘病毒索引浮出水面，基地马上对其进行了各种测试和追踪。最终证明，病毒利用太阳耀斑爆发这个千载难逢的机会，进入了星神的主系统，对星神进行控制和操纵，关闭了星神的防火墙，迫使星神与黑刃基地失去联系，让黑刃基地错误地判定星神已经叛

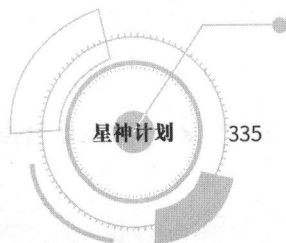

变……

赵大海马上向上级汇报，请求立刻停止天惩行动。10分钟后，程浩天带领机群返航。

星神没有叛变！这一切的变故发生得那么明显，那么顺理成章，像是有一只神秘的手，一步步将星神推向深渊……

但是我们不会沉默，我们一定要为星神讨回公道……

后　记

周少龙按下了电梯按钮，电梯的超导环体发出低沉的声音。大约10秒后，电梯门再次开了，周少龙迈着沉重的步伐，独自一人穿过门厅，来到广场上。

后方，研究院门厅的灯光渐渐暗了下来，取而代之的是星空那深邃的纯黑色。

周少龙独自站在黑刃基地的广场上，深夜的冷风吹乱了他平日里一丝不苟的头发。他遥望着那深邃的星空，爷爷慈祥的面孔浮现在他眼前，耳边仿佛又传来爷爷熟悉的声音："少龙啊，你想一想，百年之后，生命都归于尘土，来无影，去无踪。那生命度过的这段时间，是否毫无意义？"恍惚间，好像爷爷就站在他身边，陪着他一起仰望那璀璨星河，体会岁月流转。忽然之间，身旁的爷爷化作了一颗闪亮的飞星，向空中急速划去，最终隐没在天幕的尽头，融合于宇宙之中。周少龙知道，宇宙中有一颗星，那颗星叫作"星神"……

此时，程浩天走了过来，拍了拍他的肩膀，与他并肩而立——他们要做的事情，还有很多……